I'm a healer in the reversed world of beauty and ugliness
美醜逆転世界で治療師やってます
2
AUTHOR
猫ヒゲ
ILLUSTRATION
水野早桜
一迅社ノベルス

イラスト／水野早桜

CONTENTS

プロローグ

prologue

馬を繋《つな》ぎ、グリルの近場の湖で慎重に身体《からだ》を隠すように水浴びをすると、水の中からあがったボクの引っかかる物のない肌の上を水滴が伝い落ちていく。

キラキラと朝焼けの中で光る湖面に映ったボクの身体は酷《ひど》く醜い。

恥ずかしいのもある。そして、それ以上にこんなものを見せてしまった人に対して申し訳なく感じてしまう。

急ぎ服を着ると陰鬱《いんうつ》とした気持ちで六脚馬《ろっきゃくば》に近付く。

「ありがとう、よく頑張ったね。もう少しでグリルの街に到着だよ」

出発の前に長旅で疲れたはずの六脚馬に労《ねぎら》いの言葉を掛け頭を撫《な》でると居心地悪そうにしながらも頭を寄せてきたことで期待してしまう。

しかし、期待に反して六脚馬はボクに擦り寄るどころか頭突きをするような勢いをつけて攻撃をしてきた。

「いっ……！　い、一応長旅を共にしたわけだし、少しくらい気を許してくれてもいいんじゃないかい？」

なんて伝わるわけないけど言ってみると、不機嫌な嘶《いなな》きも聞こえてきた。

結局行き来の間、一度も懐《なつ》いてくれなかったな……いつものことだけど少し凹《へこ》んでしまう。

「ハア、いいよ……ボクには皆や〝彼〟が……いやまあ〝この姿〟では碌《ろく》に話せてないんだけどね。だから君に懐かれなくても平気だよ。うん、平気平気」

唇を尖《とが》らせて誰《だれ》に聞かせるわけでもない愚痴を吐きながら地面を踏みしめる。

ボクはようやくパーティーの拠点があるグリルの街の目と鼻の先くらいのところまでやってきていた。

六脚馬を落ち着かせてから、荷物を確認する。

予定よりも帰郷に時間が掛かってしまったので、少しばかりの懐かしさを感じた。

(皆は元気かな……)

〝銀翼《ぎんよく》〟の仲間たち。ボクの仲間であり、大切な友達でもある。

ここにいることに喜びを感じるのも皆との再会が自分にとってそれだけ大きいからということでもあるんだろう。

それに何より――。

(……あの人の姿も早く見たいな)

とても運の良かった出会い。ボクの大好きな人だ。

皆が知ったら何て言うんだろうな……と相手がいることへの優越感を胸の奥に仕舞い込む。

六脚馬の手綱《たづな》を握り馬車を動かした。

「あー……」

今日は晴天だ。空を見上げてぽつりと呟《つぶや》いた。

「会いたいよ……〝トーワ君〟」

1章

リズ・ドラグニル

Chapter 1

テントの中で目が覚めると、同時に寝惚《ねぼ》けた頭が起きることを拒否するように自身を微睡《まどろみ》へと誘う。

今日は少し肌寒い気温らしく、身体《からだ》に掛けた毛布の温かさが心地良い。

しかし、もう一度寝返りを打とうとしたところで毛布の中に何かがいることに気付いた。

何か毛布にしてはやけに違和感があるというか……。

「ん、おはよう、トーワ」

毛布の中から顔を出したのは一人の猫耳少女だった。

「おはよう……何してるのミーナ？」

彼女はギールの村で関係が進展した僕の彼女の一人である獣人族のミーナだ。

猫のような特徴を持った彼女の猫耳と僕の指先に触れてきている尻尾《しっぽ》がとても可愛《かわい》らしい女の子で、元々は状態異常になった仲間の治療を頼みに来たという経緯で僕と知り合ったんだよね。

野良猫たちに混ざって餌《えさ》を摘《つま》む彼女の姿に驚いたあの時は、こんな関係になるなんて思いもしなかった。

「朝這《あさば》いにきた」

朝這いってなんだろう……夜這いならよく聞くけど、それの朝バージョン？

ミーナの尻尾が甘えてくると、そのまま僕の股間《こかん》へと伸びていく。

「ちょっ」と慌ててミーナを見るけど顔を赤くするだけで言葉はなかった。

何だか最近ミーナがやけに積極的というか……気のせい？　色々と大らかになっているような……。

そして、ミーナは僕に抱きついたまま、胸元に顔を寄せて匂《にお》いを嗅《か》いでくる。

彼女が身体を擦り寄せるとミーナの甘い自分のものではない香りが鼻を突き、薄着だからなのか、胸の先端にやや硬い突起の感触が感じられ、くらくらした。こちらから動けばミーナの敏感な箇所に身体のどこかしらが擦《こす》れて小さく喘《あえ》がれてしまう。

「みぃ」と鳴いて身体を擦り寄せてくるミーナは熱に浮かされたようにその行動を大胆にさせていった。

どうしよう、動けない。

朝勃《だ》ちという男にとってはどうにもならない生理現象も発生している。

それを見たミーナは嬉《うれ》しそうに口元を緩ませる。我が意を得たりとばかりにさらにそのしなやかな身体で僕に奉仕するように密着し、更には首筋に舌を這わせて――。

「何してるんですか……？」

聞こえてきたのは湖面に波紋が広がるように澄んだ可愛らしい声だった。

エルフ族のシルヴィさんだ。

先程ミーナが彼女の一人だと言ったと思うのだけど、僕には複数人の恋人がいて、シルヴィさんもその内の一人だ。

可愛らしい垂れ気味のまなじりが、ジトっと横になったまま絡み合っている僕たちを見つめていた。

何となく浮気がバレたような気分になってしまう。

「別にいいですけど……ミーナさんはトーワさんのお気に入りですもんね～」

拗《す》ねたようにそっぽを向いてしまったシルヴィさんの機嫌を取るためにも僕は慌てて起き上がった。

「やっぱりミーナはトーワの所だったか……」

そして、テントの入り口から顔を出した三人目。人族のアイリさんだ。

何かと頼りになる姉御肌の印象があるアイリさんは「お前も少しはトーワ離れしろよ」と言ってミーナに呆《あき》れた様子だった。

シルヴィさん、ミーナ、アイリさん。この三人と僕はお付き合いをさせてもらっている。

失礼な物言いになってしまうが、この世界で彼女たちは不細工らしい。

らしいというのは、美醜感覚の逆転していない異世界から来た僕にはピンとこない価値観だからだ。

美醜逆転世界と僕は呼んでいる、価値観の歪《いびつ》なこの世界では、僕から見たら絶世の美しさを持った彼女たちも醜女《しこめ》に成り下がってしまう。

そんなここではおかしな価値観を持った僕を彼女たちは好いてくれている。

ギールの村で告白を受け入れさせてもらった形なんだけど、いまだに僕はこの関係性の変化に慣れることはなかった。

彼女いない歴＝年齢な僕だったからね。三人もいきなりだし、ある程度時間はかかるのだろう。

「アランさんは？」

「ああ、あの人は馬車を見てたぞ。先に食べててくれってさ」と、アイリさんが答えてくれる。

そういえば昨日通ったのが悪路だったせいもあり、壊れてないか心配だ、とは言ってたな。

僕も様子を見に行った方がいいだろうか？　まあ、それは後でもいいか。今は朝食の準備を進めよう。

ちなみに今朝は簡単なスープと黒パンだった。パンは硬くて噛《か》み切れないのでスープでふやかして食べるものだ。

魔素溜《だ》まりの件が片付き、皆とも関係が進展してからグリルの街に帰る道中。

ミーナは隣に座って僕の腕に抱きついてくる。尻尾は相変わらず甘えるように巻きついてきていた。

そんな僕たちを見てシルヴィさんは向かい側でジトっとした視線で見てくるし、アイリさんはそんな僕たちを見て苦笑しながら食事を進めていた。

「そういえば治療院は空けてて大丈夫だったのか？」

「あー」

僕は治療師だ。若いけどこう見えて一応正式な資格も持っている。

グリルの街では治療院を運営していて、今のところあまり人は来ていないんだけど、そこでの収益などでなんとか生計を立てている。

「一応看板は仕舞っておきましたよ。ギルドにも伝えておきましたし」

「そっか、ならよかった」

順調とは言えないので、少しくらい空けても平気だろうとは思っていた。

一応アランさんの奥さんに世話をしていた猫たちのことは任せておいたし。

「それにしても何だか感慨深いですね」

皆と出会ってひと月ちょっとだ。

最初にシルヴィさんが状態異常で僕に襲い掛かってきたのが始まりだったんだっけ。それからアイリさんとミーナとも知り合って、告白をされて……というのが最近の経緯だ。

三人ともお互いに相手が僕だとは思っていなかったらしく、ちょっとしたいざこざがあったんだけど、今では皆仲良くできている。

「そういえばトーワって〝あいつ〟とはまだ会ってないんだっけか？」

「あいつ？」

って、ああ……あの人のことかな。どうやら帰郷中らしく、僕と彼女はまだ面識がない。

しかし、それならどうしたものか。

「どうしたの、トーワ？」

「ああいや、その人のファンでさ、サインもらえないかな～って」

よかったら皆からも頼んでもらえないかなーという。

続けて言葉を口にしようとした僕だったけど口いっぱいに広がったパンの味がそれを止めた。

むぐっ、となる。アイリさんが僕の口に切れ端を突っ込んだようだった。

訳も分からずにいるとアイリさんは少しムッとした表情で僕を見ていた。

「アタシたちがいるのを差し置いて、ファンだサインだってのはちょっと妬《や》けちまうな」

言われてからハッとなった。なんで気付かなかったのか。

付き合ってもない女性のファンって言うのは、彼女たちにとっては面白くないことだろう。

軽い気持ちで聞いたことを後悔し、謝ろうと思って口の中のものを急いで咀嚼《そしゃく》する。

「悪い悪い。冗談だ」

アイリさんが、くくっ、と悪戯《いたずら》な笑いを浮かべる。

「……こういうの憧《あこが》れてたんだよな」

そう言って恥ずかしくなったのか、アイリさんは誤魔化すように残りの料理を食べ始めた。

言われてみれば、今のって「あーん」だな。それと間接キスも。

僕も照れ臭くなって視線を逸《そ》らしたら、その先にいたミーナが頬《ほお》を膨らませているのが目に入る。

「トーワ、私も」

「ちょ、ちょっと待って、そんなにすぐに食べられないよ」

そう答えるとどことなく落ち込んだ様子のミーナだったので、少し悪い気がしてくる。

今度機会があれば僕からミーナにやってあげよう……勿論《もちろん》その隣で膨れっ面をしているシルヴィさんにも。

アイリさんを睨《にら》むシルヴィさんだったけど、睨まれてる方はどことなく勝ち誇った気配すら感じさせていた。

ああ、そうだそうだ。とアイリさんが話題を戻した。

「サインだったか？　ああ言ったが、アタシはいいと思うぞ？」

意外にもその言葉は肯定的なものだった。

僕の隣に座るアイリさんはあっさりとしている。

「さっきのは冗談だ。あいつも喜ぶだろ」

「こっそりサインの練習もしてたみたいですしね。誰《だれ》かにしてるのは見たことないですが」

「やっと報われる」

サインの練習してたのか……本の中のイメージとは違うけど、なんか可愛いな。シルヴィさんとミーナにも聞いてみるけど、二人も概《おおむ》ね賛成らしい。

「でも大丈夫ですかね？　僕たちのこととか」

アイリさんが「ん？」と僕を見てきた。さっきのこともあり少しだけ照れてしまう。

「えっと、僕たち付き合ってるじゃないですか」

「お、おう」

「アイリはまだ照れてるの？」

ミーナの言葉にアイリさんが顔を赤くして照れ臭そうにしている。

「……なんかムズムズするんだよ」

シルヴィさんが、分かるけど……みたいに頷《うなず》いた。

他《ほか》の二人もだけどアイリさんは特に初心《うぶ》に見える。

そこが彼女の魅力の一つだとは思うけど……そんな反応されると僕も恥ずかしい。

「僕たちが仲良いと気まずくないですかね？」

四人パーティーで三人が彼氏持ち。それに加えて同じ人物を共有しているとなると、彼女の肩身が狭くなるんじゃ？

その人のことは詳しくないけど、客観的に見たら嬉しいとは言えない状況だと思う。

僕が原因で皆のパーティーが不仲になるのは嫌なんだけど。

「ああ、それは……どうなんだ？」

「たぶんですけど、そこまで心配はいらないのでは？」

「うん」

だけど三人ともその心配はないと言う。

なんでだろう。疑問に感じたので理由を聞いた。

「あいつには相手がいるんだよ」

「交際してる人がいるってことですか？」

それなら納得だ。思ってたより気を使う必要はないんだなと、僕は胸を撫《な》で下ろした。

でも異性としては意識してるつもりはないけど、少し相手のことが気になってしまう。ファンの心理としては相手もいい人であってほしい。

内心複雑な気もするけど、さすがに自分勝手な嫉妬《しっと》だと思うから口には出さない。可愛い彼女が三人もいるんだから、そんなことを僕が言ったら彼女たちも面白くないだろうしね。

アイリさんが食べ終え、コップを片手に対面の二人に目を向ける。

「アタシはその辺は詳しくないな。あいつ交際してるんだったか？」

「そこまでは私も知りませんけど、意中の相手がいるみたいなことは言ってましたね」

アイリさんの言葉にシルヴィさんが答える。

へぇ、そうなんだ。本の中では出てこなかった情報だな。

「でも急だったよな。そんな素振りなんて全然見せなかったのに、半年くらい前からだったかな。いきなり〝将来の相手がいる〟とかって……今まで何度自慢されてきたか……」

「ですね……」

皆が苦笑いしていた。

だけどそれなら僕が変に気を使う必要もないかな？　相手はどんな人なんだろう？

好奇心から聞いてみたけど、アイリさんは首を振った。

「それが分かんねーんだよな」

「というと？」

「なんでか相手に関しては毎回はぐらかされてきたんだ」

ふぅん？　そのあたりの事情は分からないけど、なんでなんだろう？

同じパーティーの仲間にも言えないって、何か訳ありだったりするのかな。だけど少しだけ引っ掛かった。あんまりパーティー内の事情は詳しくないけど……。

なんて不安を感じているとシルヴィさんが胸を張った。

「彼女に関しては大丈夫ですよ。何かあれば私からもフォローを入れます」

皆を安心させるようにそう言った。

自信を見せた彼女の態度に僕も安心感を覚える。

アイリさんとミーナから「そういえばリーダーだったな」「忘れてた」と、揶揄《からか》うような言葉が聞こえてきた。

「そこうるさいですよっ」とシルヴィさんはまったくといった様子で返す。

そして、シルヴィさんがいい考えを思いついたと手を叩《たた》いた。

「今度こそダブルデートですね！」

「ああ、やってみたいな」

彼女たちも彼女たちで考えてたんだな。僕が口を出すことでもないように思えたので、これ以上何か言うのはやめておいた。

「そろそろ帰ってきてる頃《ころ》かもな」

アイリさんの言葉を聞いてミーナの耳が動いた。自慢気な顔のまま彼女が口を開いた。

「私たちに恋人ができたなんて聞いたら……絶対驚くと思う」

◇

馬車の中で流れていく風景を見ている。

アランさんが御者をしてくれるとのことなので僕たちは全員乗っても余裕なほどの大きさの荷台で悠々と馬車旅を楽しんでいた。

「アランさん。すみません……準備やら色々してもらって。というか今日ほとんど一日中御者してくれてますけど、大丈夫ですか？」

馬を操るアランさんに声をかけた。

スキットルから丁度口を離したアランさんが返事をしてくれる。

「いーんだよ。余計な心配するんじゃねぇよ」

アランさんにとって僕はまだまだ子供のようだ。

だけど今回はアランさんに頼りっぱなしで否定できないな。

それに――と。

「馬に蹴られたくはないしな！　付き合い始めってのは色々考えるのが楽しい時間だぞ、楽しんどけよ！　がはは！」

ああ……まあ、気を使わせてしまっているのは申し訳ないとは思うけど、僕は馬の御者なんてしたことがないからできない。

アランさん曰《いわ》く「付き合いたてのお前らと同じ空間とか肩身が狭かったぞ、どうしてくれる」とのことらしい。

すみません……今度お酒を御馳走《ごちそう》しますんで。というかアランさんずっと飲んでばかりだな……事故とか起こさないよね？　なんて心配しつつも旅路はいたって平和なものだった。

この分だとあと数日ほどでグリルの街に到着するらしい。

ただ一つ気になることと言えば、時折アイリさんとシルヴィさんが遠慮している気がするんだよね。

最初は甘えてくるミーナに年上として譲ってくれてるんだな、なんて思っていたんだけど……。

何となくそれ以外の感情が見て取れるような？　本当に何となくだけどさ。

「トーワ、どうしたの？」

ミーナが僕の腕に頬を擦りつけてくる。

付き合い始めてからというもの、ミーナの甘えっぷりは日に日に増している気がするんだよね。

それ自体は嫌というわけじゃないんだ。ただ、それを見てシルヴィさんとアイリさんが複雑そうにしていて……。

この際だ。聞いてみよう。とはいえ、なんて聞けばいいんだろう。うーん……と、僕が悩んでいるとまたもミーナが甘えてくる。小さくてもはっきりと柔らかさを感じられる膨らみが僕の腕に当てられた。

「なあ、トーワ……？」

妙に畏《かしこ》まって声をかけてきたのはアイリさんだった。

ちょっと言いづらそうに言葉を詰まらせている。

「聞きたいことが……あってだな」

緊張気味のアイリさん。どことなく覚悟を決めたような彼女の表情に僕は気圧《けお》される。

アイリさんはゆっくりと口を開いた。

「別に……悪いってわけじゃないんだ。いつかするだろうってのは覚悟してたから……ただなんでミーナが最初だったのかって聞きたくてな」

「……最初？」

「あっ、ち、違うぞ!?　ほんとに駄目ってわけじゃないんだ！　参考までにどういう流れだったのかなっていうか」

慌てた様子のアイリさん。

最初？　え、なんのこと？　僕、何かしちゃったっけ。本当に覚えがないんだけど。

シルヴィさんはシルヴィさんで頬を赤く染めていた。チラチラと僕の様子を伺ってきている。

「あ、アイリさん！　直接的すぎますよ！　でも、そうですね……わ、私も気になります……」

心当たりがなかったので、隣にいるミーナに助けを求める視線を送った。

「トーワ、この二人はあの時のことを妬んでるの」

「あの時？」

「私がトーワの部屋で寝た時。話したら二人とも羨《うらや》んでた」

「ああ」

なんだ、もしかして耳掃除のこと？

思ったよりも平和なことだったんだなと安心した。

「帰ってから二人にもやりましょうか？」

「えぇっ!?」「はぁ!?」

いやいや、そんなに驚かなくても。

ミーナが拗ねるように腕に力を込めてきた。

「駄目だよ、ミーナ。二人がしてほしいっていうんだから、こういうのは皆でね？」

「むぅ……分かった。その代わり、帰ったら私にもまたしてほしい」

「うん、帰ってからね」

目の前を見ると、アイリさんとシルヴィさんがこそこそと話し合っていた。

「な……なあ、おい。いきなりチャンス来たぞ、どうするんだ？」

「わ、分かりません！　というか……え、なんか軽くないですか？」

相変わらず聞こえてくる声量だったけど、聞こえないふりをしておいた。

何はともあれ二人の懸念は解消されたらしく、ミーナに遠慮するみたいな雰囲気は綺麗《きれい》に消えたのだった。

代わりに物凄《すご》く僕に対してぎこちなくなったけど……なんでだろう？

◇

「ようやく帰ってこれましたね」

帰りくらいは他の人の少ないルートでということで辿《たど》ったギールの村からの帰路。

リザード便の通る道を使えば安全で簡単なルートだけど、今回は皆のんびり帰りたいとのことで、人の少ないやや遠回りになるルートを通ることになった。

アランさんは酒がまた制限されるんだ～と嘆いていたが、あなたののんびりしたい理由はそれか。

まあ席順とかで何度か揉《も》めはしたものの、比較的平和な旅路だったように思える。

そうして十日ほどかけてようやく帰ってきたグリルの街にて。

「トーワはどうするんだ？」

「僕はひとまず治療院に帰りますかね」

皆は？　と聞けば銀翼《ぎんよく》の皆は、軽く買い物をしてから拠点に戻るらしい。

アランさんは酒場でお酒を買って帰るとか……まだ飲むんだこの人……ギールの村で買った酒《さか》樽《だる》ほとんど全部飲んでたのに。

「後でアタシたちの拠点に来てくれないか？」

アイリさんからの提案。それは構わないけどなんでだろう？

「リズのやつが帰ってたらトーワのことも紹介したいしな。まだでも飯くらい御馳走するよ」

そういうことならとお誘いに乗った。僕もあの人には会ってみたかったし。

皆の家でのご飯も楽しみだな。皆に手を振ってひとまずお別れをする。

当然のように僕の腕を取って「いこ、トーワ」と甘えてきたミーナが「お前はこっちな」と猫みたいに首根っこを掴《つか》まれて引き戻されていた。

ミーナは甘えん坊だなぁ、とほっこりしたところで「また後でね」と告げた。

「あ……忘れてた」

そういえば魔素溜まりに関して冒険者ギルドへの報告義務があったことを思い出す。

アランさんの分もだ。情報の精査は必要だからということでグリルの街のギルドへは僕が報告する手はずになっていた。

彼にはずっと馬を御《ぎょ》してもらっていたし、これくらいはさせてくれと引き受けたんだっけ。

皆の拠点に招かれた食事の誘いは、少し遅れることになるかもしれないけどこればかりは仕方ないかな。

荷物を治療院に置いてからは遠回りになる。僕は荷物鞄《かばん》を肩にかけたまま、冒険者ギルドへと向かった。

◇

「南方の香辛料を使ったケバブだよー！　お兄さんも一つどうだいー！」

歩くと様々な客寄せの声が聞こえてくる。

食欲を刺激されてお腹《なか》が鳴るけど、皆とのご飯も控えてるからここは我慢だろう。

（ギルドは……こっちか）

久しぶりに帰ってきたグリルの街。相も変わらない街並みにどこか懐かしさを覚えた。

この世界に来て日も浅いけど、第二の故郷として愛着を持ち始めているということなんだろうか。

冒険者たちの集うギルドには僕も何度か顔を出したことがあった。

なので迷うこともない。道は覚えているので記憶の通りに進むと、程なくして冒険者ギルドが見えてきた。

目立つからフードでも被って髪の色を隠しておいた方がいいかもしれない。ちょっと怪しい容《よう》貌《ぼう》にはなるだろうけど……。

けどもしかしてこれ宣伝になるんじゃないかな。治療院のためにも縁起のいい黒髪アピールはしていくべきだろうか。

少し悩んだけど知名度を優先してフードを被らずにそのまま向かった。少しでも噂《うわさ》とかになってくれたらいいんだけどな……偶然でも何でもいいから一人でも多く来てくれると嬉しい。

周りの建築物よりもひときわ高い三階建ての木造の建物の入り口には『冒険者組合』と書かれた看板が吊《つ》り下がっている。

縦だけでなく横にも広く、人が三人は並んで通れそうな大きな入り口を潜《くぐ》ると、中では様々な装備を身に纏《まと》った人たちで賑《にぎ》わっていた。

受付をするエリアと素材を買い取るエリアに分かれていて、奥の方では酒場も兼用しているらしい場所があり、お酒の匂いが漂ってきている。

報告は……受付でいいのかな？　番号のついたプレートを受け取り、席で待つことになった。

しばらく待っていたら視線を感じる、黒髪が珍しいこの世界ではよくあることだ。

「なんだあいつ。真っ黒だな」

なんて聞こえてきた。ギルドに来ると毎回これだよね。

視線がいつもより集まってる気がするけどなんでだろう？　人が多いんだろうか。

よく見たら酒場のところにちょっとした人集《だか》りができていた。

「何かあったんですか？」

隣の獣人の男性に聞いてみた。人よりも獣としての特徴が出ている。たぶん虎の獣人かな？

　僕が突然声をかけても、冒険者なだけあって他人と接することに慣れているのか堂々としていた。

「ああ、Ｄ級の昇給試験に合格したとかで騒いでんだよ」

「凄いんですか？」

「そりゃあな、冒険者にとってはＤ級が一つの壁みたいなもんだし、あそこで騒いでる奴《やつ》は二十かそこらだったはずだ。かなり有望だな」

　へぇ、そうなんだ。知ってる皆がＡ級とかＢ級とかだからしっくりこない。

　完全に感覚が麻痺《まひ》してるな……。

「にいちゃんは治療師か？」

「そうですけど、よく分かりましたね？」

「黒髪だとどうしてもそういうイメージがあるからな」

　イメージカラーみたいになってるのかな。

「そんだけ珍しい色してると寄ってくる女もいるんじゃねーか？」

「あー、どうなんですかね？」

「ははは、照れんな照れんな。でもまあそうだな……そういうのは気を付けたほうがいいな」

「何がですか？」

「変なのもいたりするからな。特に……まあ、化け物みたいなのがいるんだよ」

　へぇ、と頷きながらも彼の言葉に耳を傾ける。

　こうして名前も知らないのに気軽に話せるっていうのも冒険者という職業ならではだよね。

　彼と話しながらも待ってる人は減り番号が進んでいく。

僕は三十番だからあと二人。この分だとすぐに自分の順番もやってくるだろう。

すると買い取りをしている場所から大声が聞こえてきた。

普段から人で賑わっている冒険者ギルドだけど、それよりも更に大きな声に僕の意識がそちらへと向けられる。

「ふっざけんな！　なんでこれっぽっちなんだよ！　ダイヤウルフの毛皮だぞ！」

どうやら買値に不満があるらしく、青年が今にも掴み掛からんばかりの勢いで職員に詰め寄っている。

周りの人たちはいつものことのようにその様子を傍観していた。

彼らにとってこういうことは日常茶飯事なのかもしれない。

職員の女性も落ち着いた様子で対応している。

「状態があまり良くありません。穴だらけで傷んでますし、ちゃんと専用の道具を使いましたか？」

「け、けどよ。いくらなんでも二千はないだろ。せめて五千にしてくれよ！」

「申し訳ありませんが、これほどのものとなると査定が厳しくなってしまいます」

僕がハラハラしながら見ていると、気付いた時には僕の順番が回ってきていたようだった。

「三十番の方」と、呼ばれたので、待ち合い場所から立ち上がった。

まるで動じていない隣の受付を担当している女性が話しかけてくる。

「ご用件をお伺いいたします」

「はい、ギールの村の魔素溜まりに関してなんですけど」

だけどあれは放《ほう》っておいてもいいんだろうか。

そちらを気にしつつも、僕はギールの村の魔素溜まりについて伝えようとした、その時だった。

先ほどよりも騒《ざわ》めきが大きくなる。

視線を向けると、先程の冒険者が買い取りカウンターの職員に掴み掛かっていた。

「こっちは命懸けだったんだぞッ!!」

冒険者の彼は筋の通らないことを言って胸倉を掴んでいる。

カウンターの職員も驚いていた。突然のことに声も出ないようで苦しそうに呻《うめ》いている。

さすがにこれは見過ごせなかった。

誰かが警備兵を呼んでいるのが聞こえるものの、現状でそれは悠長に思えた。

周りからの助け船が出る様子もなかったため、僕は慌てて仲裁に入る。

「ま、待ってください。暴力は良くないですよ」

「あぁ!? なんだお前! じゃあ、テメェが穴埋めすんのかよ!」

それとこれとは別だ。乱暴は良くない。

そもそもギルドの職員に手を出したらこの人の立場だって危ういんだ。

どうにか冷静になってもらわないと……。

二の句を継ぐ前に、僕は彼に胸倉を掴まれ体が浮くような力で引っ張られた。息も止まり、振り上げた彼の拳《こぶし》が見える。

あ、これは痛い気がする。

「………ッ」

僕は咄嗟《とっさ》に目を瞑《つむ》った。

だけど——。

予想していた衝撃も痛みもやってこなかった。

恐るおそる目を開ける。そこには目前まで迫った拳を誰かの手が止めていた。

そこでようやく視認することができた。彼の手を止めていたのはマントを羽織った小柄な人物だった。少なくとも目の前の彼と比べたら頭いくつか分くらいは小さくとても華奢《きゃしゃ》に見える。

「彼の言う通りだ。暴力は良くない」

それは静かな声で、それによって僕は助けに入った人物が女性だと分かった。

しかし、とても違和感のある光景に思えてしまう。

見るからにか弱い細腕が岩のような拳をあっさりと受け止めていた。

彼が手加減したようにも見えないが、女性の手が力を込めている様子もない。

助かった。そう思っていたのも束《つか》の間で、ギルド内の空気がおかしいことに気付く。

音が消失してしまったかのように静まり返っていた。

――化け物。

誰かがそう口にしたのを皮切りに、さざ波のように陰口が広がっていく。

僕を助けてくれた彼女がまるで悪者のような空気だった。

「規則違反は罰金だ。あなただってそれは分かっているだろう？」

女性の諭すような声。

「はあ？　ふざけんなよ。こんなの認められるか！」

彼がそう吐き捨てると、彼女はフードを脱いだ。

殴り掛かってきた冒険者が「げっ」と顔をしかめると、弾《はじ》かれるように手が引っ込められた。

「チッ、気分わりぃ……」

周囲の不可解な反応の中で、彼はあっさりと引いてくれた。

興醒《ざ》めだと言うように立ち去っていく冒険者。

武装した警備兵が職員に話を聞いていた。混乱した頭で彼が被害者だったのかと錯覚する。

隣にいる気配が揺らめくように弱々しく身動《みじろ》ぎをして、まるで敵地のど真ん中にいるみたいな感覚を覚えた。

居心地が悪い。

「あれがＡ級ねぇ……」

「龍王、まあ猛者《もさ》の顔付きと言えばそうなのかもね」

小馬鹿《こばか》にするような声が聞こえた。

何人かが慌ててその口元を押えているようだったけど、悪意は口々にやってくる。その中で誰かが不意に気になることを言っていた。

「……龍王？」

拾った単語を反芻《はんすう》するように声に出し、訳も分からず僕は頭半個分ほど小さい彼女に目を向けた瞬間、その理由を理解する。

悲し気な表情で自らを恥じるように視線を落とした彼女の容姿を認識した。

僕の目には正しいはずの彼女が仲裁したことを後悔しているようにも映った。

その気配は今にも消えてしまいそうなほど弱々しい。

だけど、それはすぐのことだった。委縮して俯《うつむ》いていた彼女は静かな動作で顔を上げる。

「だっ、大丈夫だった、かな……？」

優しい声色で心配される。こちらを気遣う彼女は、本で描かれていた通りの特徴だった。

黒い長髪。その中に白い髪が一房、また一房と伸びていた。

濡《ぬ》れているかのように艶《つや》めく黒髪に白い線が何本か伸びている。この世界では珍しいけどメッシュのようだった。

Ａ級冒険者パーティー〝銀翼〟の四人目。

儚《はかな》く、神々しい、精巧なビスクドールのような造形美。

美醜の価値観が逆転したこの世界で、彼女が周囲からどんな目で見られているかなんて分かり切っている。

だけどそれはこの世界の人たちにとっての話だ。

中国系に似た服装が包む豊かな身体。腕には大きめのブレスレットがあしらわれている。

綺麗だ。そんな月並みな言葉しか出てこない。ただひたすらに美しいと感じた。

時間の経過が緩やかになり、スローモーションのように世界が流れていく。

周囲の色彩が消える。音さえも聞こえなくなり、言葉が出なくなった。

幻想的な雰囲気がある印象だけど、歳《とし》は同じくらいだと思う。

切れ長の黄金《こがね》色の目は鋭くて、僕の心の奥深くまでを見抜いてるみたいで……僕はいつの日かアランさんが言っていた言葉を思い出していた。

彼女を謳《うた》う物語にも綴《つづ》られていた一節を。

僕はその意味をようやく理解した気がした。

まるで夢の中にいるようだ。現実離れしていて、この世の者だとさえ信じられない。

女の人相手に酷《ひど》いことを言うものだと思ったけど……あながち間違いでもなかったのかもしれない。

非現実的ですらあるその姿を見て……僕にはその通りだったのかもしれないとさえ思えた。

彼女は、

〝龍王〟リズ・ドラグニルは――。

いっそ人とは思えないほどに、恐ろしく美しかった。

◇

衝撃的なことが多くて少し認識がついてこなかったが、折角助けてもらったのに感謝を伝えていないことに気付いた。

僕は彼女に改めて向かい合う。僅《わず》かな反応が返ってきて、彼女は瞳《ひとみ》を揺らした。

「おい、邪魔だぞ。退《ど》いてくれ」

だけど、後ろから投げかけられた声に意識を向けてしまう。

気付けば周囲に喧騒《けんそう》が溢《あふ》れる。そういえばずっと受付のエリアだった。

「す、すみません」

そう言いながら、ちらりとドラグニルさんの方を向くとすでにいなくなっていた。

彼女の行方《ゆくえ》を気にしながら慌ててその場を離れた。

壁際までついて一息つく……あ、報告忘れてた。

しくじってしまったと思っていると、視界にドラグニルさんがいた。

どうやら彼女はギルドにまだ用事があったらしく、素材を買い取ってもらっている。

再び並び直してギルドへの報告と彼女への感謝を伝えることを天秤《てんびん》にかけ、一言もなく別れるのは薄情だし、少し寂しい。

一言の後でも報告はできると、天秤は彼女へ傾いた。

「ドラグニルさんのお知り合いなんですか？」

そんなことを考えていたら、声をかけられてしまった。

胸にギルド所属だということを示すバッジをつけている、ギルドの職員の獣人の女性だ。

「一方的に知ってるだけですね。でもなんというか……」

素材の買い取りは時間が掛かりそうだ。

もう少し待つしかないか……。

しかし、それを違う意味で受け取ったらしい彼女は「確かに見た目は怖いですけど、すごい人なんですよ」と、フォローを入れてくる。

「コールドクエストの達成実績もありますし、Ｃ級昇格までの最短記録はしばらくは破られそうもありません」

「Ｓ級に最も近いＡ級冒険者なんですよね」

お、と受付の人が反応を示した。

銀翼の皆からも聞かせてもらったから知っている。ドラグニルさんの本も読み込んだし。

知的で優しくて、戦う姿は力強い、誰であろうと配慮を忘れない人格者……まるで主人公みたいな。

いや、実際物語の主人公になってるんだからその通りなのだろう。

目の前の彼女は嬉しそうに微笑《ほほえ》んだ。

「よかったら気にかけてあげてください。本当に優しい方なので……私もこのギルドに配属になったばかりの心細かった頃に何度か――」

「リーシャさん、仕事中ですよー」

「あ、はいっ、すいません、失礼しますね」

仕事仲間だろうか。

同じく職員らしき人物に注意されて、慌てて仕事へと戻っていった。

ドラグニルさんのことは詳しく知ってるわけじゃないけど、彼女のことをそう思ってくれている人がいることが何だか嬉しい。

（あ、お礼しないと……）

すると声をかける間もなく、用事を終わらせたらしい彼女はそそくさと建物から出て行こうとしていた。

一瞬だけ視線が交わるけど、すぐに逸らされる。

辛うじて見えた背中を急いで追いかけた。

「ま、待ってください！」

僕はギルドを出て周囲を見渡すけど、目立つ容姿なのに彼女の姿は見当たらなかった。

もしかしたらと人気《ひとけ》のない路地の方へと向かうと、足早に歩く彼女の姿が遠くにあった。

「ドラグニルさん！」

怯《おび》えて身を竦《すく》ませたように見えた。

白いラインの入った黒髪を揺らし彼女が振り向き、目が合うと気まずそうに目を逸らされた。

その様子に気まずさを感じたが、立ち止まってくれたということは話を聞いてくれる意思はあるのだと、走った。

彼女の傍《そば》へ向かうと、息を整える間もなく僕は深く頭を下げた。

「あの、さっきは、ありがとうございます。助かり、ました」

「れ、礼には及ばないよ。当然のことをしただけだよ」

僕の言葉は当たり前のことだと受け流され、僕との視線が交わった瞬間にすぐに逸らされる。

視線があちこちを行き来して動揺しているみたいだった。

ドギマギしているのは、いきなりのことだったからかもしれない。

彼女のことは僕が一方的に知っているだけで、向こうからしたら初対面だし。

とはいえ勝手なイメージで普通に対応してくれると思ってたけど、案外人見知りなのかな？

「えっと、はじめまして……銀翼のリズ・ドラグニルさんですよね……？　あ、いきなりごめんなさい。僕はトーワっていいます」

憧れの主人公と話せていることに緊張するあまり食い気味に名乗ってしまい少し反省した。

すると彼女は「え……」と一瞬だけ寂しそうな表情を垣間《かいま》見せた。

「あ、ああ、いやいや、なんでもないよ。それで何か用かな？」

何だったんだろう。疑問を感じるも、彼女に促されてしまってそのことを聞くことはできなかった。

とりあえず、僕は彼女へ言葉を返す。

「実は銀翼の方々と交流させてもらってまして」

「……皆のことを知っているのかい？」

「えー、はい」

会話が終わってしまった……。

何を言えばいいのだろうか、天気がいいですね？　とか？

緊張で頭が回らないことを自覚する。

今何を言っても舌がもつれて恥ずかしい思いをするだけな気がする。

考えれば考えるほど次の言葉が出てこなくなる。

そんな僕の様子が悟られたのか、ドラグニルさんは落ち着きを取り戻したように話し始めてくれた。

「さっきも言ったが礼には及ばない。皆と交流があるならこれからも仲良くしてくれると嬉しい」

いきなりこんなことを言っても大人《おとな》な対応をしてくれた彼女に温厚で優しい印象を受ける。

本で見た主人公としての彼女は、何かと豪快で迫力のある戦闘をしていたけど、こうしてみると綺麗なだけで普通の女の子なのだと思えた。

性格も多少の脚色がされてたりしたのかな？

「さっきの凄かったですよ。僕なんて全然反応できてなかったのに……あの時止めてもらわなかったらどうなってたか、ギルドの人も感謝してましたよ」

僕の口も重さが取れてきたのを感じる。素直な思ったことが口に出てきた。

「……そうだね。君に怪我《けが》がなくて本当によかった」

彼女の表情が曇《くも》ってしまう。

先ほどのギルドでの出来事は僕の印象に残った部分とドラグニルさんとでは全く違ったことに

気付いてしまった。

人を助けたのに、あんなことを言われたら傷つくのは当然だろう。

「ドラグニルさんのことを気にかけてくれる人もいましたし」

口を出た言葉は自分で思ったものよりも大きかった。

確かリーシャさんといったか。彼女の言葉からも分かる。

きっとこの人は本当に優しい人なんだろう。

でも、その結果があれだなんて、あんまりじゃないか。

傷ついてるのに平気そうな顔をして耐える彼女を少しでも応援したかった。

「じ、実は僕、リズさん……いや、ドラグニルさんの本も読ませていただいてて……それでファンになったんです」

今更ながら彼女の見た目があり得ないほどの美少女だからかそこも意識してしまう。

絶世とすら形容できる彼女の容姿は、僕には刺激が強すぎたけど、相手がいる女性をそんな目で見るのは失礼だと咳《せき》払いで気を取り直した。

「ああ、ボクの本を読んでくれたんだ……執筆者には伝えておくよ、あ、ありがとう……」

と急に歯切れ悪くなった。少し黙りこみ。

「……ん？　ファン……？　誰の？」

キョトンとした顔で聞き返された。

「え？　ドラグニルさんの……」

「誰が……？」

「？　僕がですけど」

彼女は理解できていないようだった。

言葉の意味を考えて繰り返すように「ファン……ファン……？」と口にしている。

どうしたのかと聞くのもはばかられる雰囲気にややたじろいでしまう。

「……えっと、トーワ君が、ボクのファンということかな？」

奇妙な時間を少し過ごすとドラグニルさんがやがて恐るおそる確認してきた。

その表情には悲壮な覚悟を感じる。何やら僕はとんでもないことを言ってしまった気がする。

「ファンというか……」

「っあ！　ああ、すまない……そうだよね。さすがにね……」

両手で体を抱きしめ、耐えるように体を強張《こわば》らせてしまった。

徐々に言葉尻《じり》を弱めて、僕の言葉に心の底から気を落としている。

目には今にもこぼれんばかりに涙を浮かべている姿に僕は激しく動揺した。

「いやっ、違うんですよ！　ファンというか……だ、大ファンです。後でサインください！」

あまりの様子に捲《まく》し立ててしまう、あまつさえ勢いのままにサインを求めてしまった。

僕たちは見つめ合うようにジッとしている。

十数秒、たっぷり固まり、間を空けてからやがて彼女は動き出し口を開いた。

「……………………………え？」

「だ、駄目ですよね……落ち着いた時にでもお願いしたかったんですけど」

困惑させてしまったのだろう。

残念だけど仕方がない。

「……い、いや！　構わないよ！　なんだったら今でもいいし！」

しかし、大きい声とともにブンブンとおそらくサインをするジェスチャーをしてやる気を見せてくれた。

「え、いいんですか？」

もしかしたら駄目かもと諦《あきら》めかけたけど、もらえるなら本当に嬉しい。

「ご迷惑じゃないなら、ぜひ」

「もちろんだよ！」

と、言ったが彼女は顔をサッと青くさせた。

荷物袋をあさり、体中をまさぐり、ない、ないとつぶやきが聞こえる。

「……ごめん、ペン持ってなかった……」

がっくりと項《うな》垂《だ》れられる。

「ああ、ペンでしたか。僕持ってますから大丈夫ですよ」

「あ、ありがとう！」

パアと表情を輝かせてくれた、僕がお願いしてるし感謝するのは僕のほうなんだけどな……と思いながら探す。

鞄の中から『龍王』と書かれた本を手に取った。

ニコニコと嬉しそうな彼女がそれを受け取ったのを確認してから、もう一つお願いを聞いてもらえそうな雰囲気に「あのー……」と、期待半分くらいでドラグニルさんを見た。

「よかったらなんですけど『トーワ君へ』とか書いてもらえませんか？」

「い、いいのかい？　ボクなんかがそこまで……」

目をぱちくりさせてそんなことを言うドラグニルさん。

たぶん僕の名前を書いてもいいのかってことだと思うけど、是非お願いしたい。

顔を俯かせるのを見て出会った頃の銀翼の皆の卑屈さを思い出した。

そういえば皆こんな感じだったな……ちょっと懐かしくて、ここひと月程の思い出が随分と密度の高いものに感じられた。

「是非お願いします」

そんな顔をしてほしくなくて、素直な気持ちを伝える。

「……わ、分かった。君さえいいなら、大丈夫だよ」

ドラグニルさんが目を瞬かせると、何度か書こうとするためらいの動きを見せる。チラリと僕と目が合うとすぐに目を逸らされた。

あまり見ていたら緊張させてしまうかもしれないので、ドラグニルさんの手元から視線を外す。

そして観念したかのように、ぎこちない動きでペン先を走らせるのを横目で感じた。

「ぅ……」

「?」

彼女の手が止まる。

なぜか呻く彼女は恥ずかしそうに僕と手元の本を交互に見る。

やがておずおずと申し訳なさそうな上目遣いで本を僕に見せる。

「す、すまない……その、新しいものと交換しよう……」

サインは何があったのか、っていうくらいブレていた。

しかし僕としては、彼女の気持ちというかそのままのものを見れた気がして嬉しくなった。

むしろサインを失敗した本のほうがプレミアっぽい気さえする。

「凄く嬉しいです！　わぁ、ありがとうございます……」

ファンとして何かもらいたくて思わずサインを求めたけど本の主人公にサインをもらえることがこんなにも幸せだとは思いもしなかった。

前の世界でアイドルのグッズとかを買う人の気持ちはよく分からなかったけど、今になって共感できる気がしていた。

おずおずと手渡された本は僕にとって大切なものになったのだ。

「あー、長々とすみません。大切にしますね」

自分が浮ついているのがなんとなく分かる。とにかく嬉しい気持ちのままそう言うと、ドラグニルさんは僕と本の間で視線を彷徨《さまよ》わせてから、一瞬で顔を真っ赤に染めた。

手で口元を隠しているけど、その隙間《すきま》からは緩みきった表情が見えている。

どうしよう。美人のそんな顔を見てるとこっちまで照れてしまう。

いやいや、待て待て。僕には大切な彼女たちがいるんだ。

この気持ちは不純なものだろう。

理性を総動員して邪《よこしま》な感情を振り払った。

「えっと、それでリズ……ドラグニルさん」

「ふふっ……呼びづらいならリズの方で構わないよ。ドラグニルだと長いだろう？」

「いいんですか？」

「ああ」

そういうことなら遠慮なく呼ばせてもらおう。

照れ臭さはあったけど、実は自分でも言いにくいなって思ってたんだよね。

「ところで……ボクのことはこの本で知ってくれたのかい？」

「はい、そうなんですよ、本屋でタイトルに惹《ひ》かれて手に取った本が銀翼の皆さんと縁がある形で、なんというか嬉しかったなぁ」

「そ、そっか……」

先ほどまでの嬉しそうな表情から一変して、目を伏せられる。

まずい、想いが強すぎて引かれてしまったかもしれない。

慌てて話題を変える。

「実はシルヴィさんたちから食事に誘われてまして、よかったら帰り道とかご一緒させてもらってもいいですかね？」

「食事……？　皆が？」

ピクリと整った眉《まゆ》が上がる。

……警戒させただろうか。

「えーと、実は皆さんとはお付き合いをさせてもらってるんです」

その時、彼女の表情が……なんだろう。上手《うま》く言えないんだけど、感情が抜け落ちたみたいな。

だけど一瞬のことだった。気のせいだろうかと思っていると彼女が聞き返してくる。

「お付き……合い……？　というと？」

ここまで言ってしまったら、早く自分たちの関係をリズさんに伝えたほうが話が通りやすいだろう。

「交際させていただいています」

真っ直《す》ぐに彼女の目を見ながら、もう一度言い直した。

でもなんか恥ずかしくなってきた、顔が熱い。

さすがに驚かせてしまったようだった。リズさんは友達と僕の交際を快く思ってくれるだろうか。

「……は？」

たっぷりと時間を使い出てきた言葉はそれだった。

だいぶ驚いているようだ。口を噤《つぐ》んだリズさんに首を傾《かし》げる。

「……いや、す、すまない。急だったから少し驚いたんだ。ちなみに、皆さんというのは？　まさか三人と？」

「そうですね。シルヴィさんと、アイリさんと、ミーナの三人です」

「…………」

しばらく黙ってから「そうか……」と小さく頷く。

様子のおかしいリズさんだったけど、程なくして僕に意識を向けてきた。

「トーワ君、だったね」

「え？　はい」

「先に、行っててもらえないかな。皆が帰ってきてるならいくつか生活用品を買い込んでおきたいんだ」

あ、そうか。入れ違いになったリズさんは皆がこの街に戻ったことを知らなかったんだ。

折角だし荷物持ちでも、なんて思ったけど、女性だし男の僕がいないほうが気は使わなくていいだろう。

話せる機会が訪れなくて残念だったけど、銀翼の皆の拠点で色々聞かせてもらえたら嬉しいかな。

「そこで……改めて話したいな」

「分かりました。また」

「場所は分かるかな？」

「はい、お邪魔させてもらったことがあるので」

背を向ける。

皆を少し待たせることになってしまうけど、もう一度ギルドに行かないとだ。

憧れの人と出会えた直後ということもあり少しふわふわする。

そんな高揚感に浸りながらリズさんと別れた、その時だった――。

後ろから何かが鈍く軋《きし》んだ音が聞こえた気がした。

◇

黒髪の男が、出て行ったばかりの龍王を追ってギルドから姿を消したすぐのこと。

「あーくそ、最悪だ」

龍王の二つ名を持つA級冒険者。

本来ならば畏敬の対象になるであろう二つ名を持つトップクラスの冒険者。

彼女と触れ合った手を男は汚らわしいとばかりに服で拭《ぬぐ》った。

今やギルドに備え付けられた酒場ではその話題が多数を占めている。

噂の龍王を初めて見たと言う者。噂で聞いていた以上の醜い容貌だと馬鹿にする者。露骨に下に見る態度をとる者など様々だ。それを注意する人物もいたが少数だった。

彼女を貶《おとし》める声しか聞こえてこない。Ａ級というにはあまりにもあまりな扱い。

彼女が気性の荒い冒険者だったなら一悶着《いちもんちゃく》あったかもしれないがそれを不安に思う者は少ない。

龍王は人に手を出すことは滅多にないという話も冒険者たちの間では浸透していたからだ。

そのためギルド内では温厚で安全な人物として認識されている。

だからこそ男は腑《ふ》に落ちなかった。何故《なにゆえ》自分は怒られているのだろうかと。

「お前……ふざけんなよ。俺《おれ》にまでとばっちりが来たらどうするつもりだったんだよ……」

そう言って苛立《いらだ》たしそうに苦言を口にしたのは先ほどのいざこざを龍王に仲裁された男のパーティーメンバーだった。

叱られた男は虎の獣人である彼に「分かった分かった」と、大して気にしていない様子で席に座った。

エールを注文して彼なりの言い分を口にする。

「けどよ、ダイヤウルフだぜ？　さすがにあの買い取り額は」

「そっちじゃねぇよ！」

がんっ、とジョッキがテーブルに叩きつけられた。

中身が波打ちテーブルに水滴が飛び散る。

「そっちじゃねぇって……なんだよ？　何怒ってんだよ」

「お前なぁ……さっきの態度はないだろ。龍王だぞ？」

相手が悪すぎる、と獣人の男はジョッキの中身を飲み干した。

「ははは、なんだよ。ビビってんのか？　あんな不細工女がなんだってんだよ」

「馬鹿野郎！　お前あの話知らねーのかよ！」

容姿を馬鹿にした男の口を獣人の男は慌てて塞《ふさ》ぐも邪魔そうにその手は振り払われた。

誰かに聞かれたことを恐れるように、周囲をキョロキョロと見渡している。

強そうな見てくれのわりに肝が小さい獣人はいつものことだが、嫌な予感も感じ始めていた。

男たちのランクはＣ級。仲間がまるでダンジョン内部のように神経を尖らせる様子にさすがに自身も居住まいを正さずにいられなかった。

「なんだよ。実はやべー奴なのか？」

「やべーどころじゃねーんだよ。さっきのは完全にぶっ殺されてても文句言えなかったぞ」

「キレたら手が付けられないとかか？」

「そうだ」

なんだ、と男はウェイターの持ってきたエールを喉《のど》に流し込んだ。

冒険者は荒くれ者ばかりだ。怒りで我を忘れるくらいの血の気の多い程度ならよくある話だった。

温厚に見えて実は……なんてことも酒の肴《さかな》としては使い古されたものだ。

白けた男に「本当に知らないんだな……」と虎獣人の彼は憐《あわれ》みのような目を向けてくる。

「確かにそれなりに前のことだし、あの場にいなくて知らない奴も多いか……お前が本格的にこの街に拠点を移したのも、その後だったしな」

「勿体《もったい》ぶるなっての、さっさと話せよ」

「ダクトの奴のこと覚えてるか？」

「ん？」

誰だったか、と頭を捻《ひね》った。

しかし、その名前が出てきたのはすぐのことだった。

そういえば以前はここに問題児がいたな、と。

「もしかして、あのダクトか？」

「そうだ」

以前にパーティーを決めあぐねていた頃に何度か組んだことがあった。

結局は分け前をがめつく要求してきたこともあり、素行や分配問題で揉めて解散して疎遠になったが。

「龍王にも絡んだとかそういう話か？」

結局予想の範疇《はんちゅう》を出ない話だったな。と、男は内心でガッカリした。

だがどこかで納得もしていた。弱い相手にはどこまでも強気で、特に新人にはギルドに隠れて頻繁に恐喝していた。そんな素行の悪い冒険者のことだ。いつかこうなるかもしれないとは思っていた。

素行不良、治療費の踏み倒しに、悪いものでは盗賊と手を組んでいるのではなんて噂もあった。

再起不能にされた新人もいたというのだから、むしろギルドにとっては逆にありがたいことだったのでは、と。

ダクトにとってもいい薬だったんじゃないだろうか。

「龍王がキレてたんだよな」

「なんだよ、凄むようなことじゃねーだろ」

いくら温厚な人物でも腹に据えかねたという話だろう。

すると彼は、いや……と、声を落とした。

「断言する。あれは駄目だ」

「？」

「人じゃねぇ、あれは怒らせたら駄目な奴だったんだってようやく気付いたよ。多分その場にいた奴なら意味が分かると思うぜ」

大袈裟《おおげさ》な、という男の言葉は顔を真っ青にした仲間の様子によって呑《の》み込まれた。

よく見ると毛並みが逆立っていて、小さく震えている。

その言葉を裏付けるようにダクトという冒険者は街から姿を消している。

「ダクトだけじゃねぇ、その場にいた何人かは今まで馬鹿にしてきた龍王の報復を恐れて拠点を移してる」

「……そりゃあ、ちょっと只事《ただごと》じゃないな」

尋常じゃない様子に、仮にもA級に対する態度じゃなかったかもしれないなと自身の行動を鑑みた。

今更になって恐ろしいものに喧嘩《けんか》を売ってしまったのではないかという不安が湧き上がってくる。

「……ダクトの奴何したんだ？」

正しく龍の逆鱗《げきりん》に触れたのだろう。

どんな罵倒を浴びせたのか、どんな失礼な行動を取ったのか。

好奇心から男は尋ねた。

しかし、それに関しては腑に落ちないように首を捻り答えた。

理由に関しては意味がよく分からなかったのだという。

「龍王本人じゃなかったはずだ。なんだったかな……あんまり俺は思い出したくないんだよ……確か、どっかの誰かに絡んだって自慢話にキレたらしい……」

なんだそりゃ、と男はすっかりぬるくなったエールをちびりと飲み込んだ。

◇

銀翼の拠点にお邪魔した僕を待っていたのはミーナからの抱きつきという名のタックルだった。

「うっ」と自分から呻く声が零《こぼ》れ出た。だけど彼女も手加減はしてくれているらしくそこまで痛いというわけではない。

甘えてくるミーナの姿を微笑ましく思い、頭をひと撫でした。

出迎えてくれた彼女の案内でリビングへと通されると、所狭しと豪勢な料理が並んでいた。

何のお肉か分からないけど大きな肉料理を中心として、山盛りのサラダやスープに、この世界では珍しい白パンが切り分けられていた。

その他にも山菜のキッシュ、ミートパイが並んでいる。

普段から毎食こんなに豪華というわけでもないだろうし、皆のおもてなしを嬉しく思う。

「よう」とアイリさんが片手で気さくな挨拶《あいさつ》をしてくれた。

「そういえばリズさんと会いましたよ。本に書かれてた通りの人でしたね。緊張してたみたいですが」

アイリさんは「だろうな」と言って笑った。

こんなにすぐに顔を合わせることになるとは思ってなかったけど、容姿はぼかされていたとはいえ本に出てきていたこともありすぐに分かった。

サインももらえたことを話すと微笑ましい視線を向けられた。ちょっと興奮しすぎたかもしれない。

「けどそうか、やっぱ帰ってたか。ってことは手を付けるのはリズが戻ってきてからだな」

しかし、テーブルの上を見つめていたミーナは不満そう。

「むぅ、出来立てが美味《おい》しいのに……」

お腹が空いてたのかな。ミーナの可愛らしい我儘《わがまま》に和《なご》んでから、そういえばシルヴィさんはどこだろう？　と思っていると奥の方から声が聞こえてきた。

どうやら料理中で手が離せないらしかった。それなら仕方ない。

僕も席に着くけど、ミーナは椅子《いす》を寄せて腕を絡めてきた。

「お前なぁ、少しは離れないとトーワが暑苦しいだろ」

「僕なら大丈夫ですよ。むしろ嬉しいです」

向けられる好意が心地良くさえあった。

まあ、確かにちょっとだけ暑いけど些細《ささい》なことだろう。

それからリズさんの話題になると、二人は付き合ったことの報告をすると意気込んでいた。

「実はもう伝えちゃったんですけど」

「そうなのか。なんか言ってたか？」

「喜んでくれてましたよ」

様子がおかしい気もしたけど、そう思いたい。

あるいは出会った頃のアイリさんみたいに警戒されてる可能性もある。

こう言ってはなんだけど、皆に相手ができるとは思ってなかったのかもしれない。

「絶対驚いてると思う」

「驚いてるってより今回はさすがに信じてないかもしれないな」

友達が急に交際をってなったら誰でもビックリするんじゃないかな。

いきなり三人と付き合ってるのは、重婚ありのこの世界ではどうなんだろう。なんにしても快く思ってほしいけど。

僕の方も不安はあった。良い意味でも悪い意味でもリズさんからしたら急なことだし、どこの誰とも知れない人にいきなり友達を取られたって思っても仕方ないと思う。

歓迎してほしいけど、こればっかりはな……。

「どこで会ったんだ？　ギルドか？」

「ですね。魔素溜まりのことで報告に行ったらたまたま」

そういえばと、さっきから聞こえてくる調理音に意識を向ける。

「シルヴィさんは料理が得意なんですね」

食欲をそそる香草のいい匂いも漂ってきていて涎《よだれ》が出そうになった。

これではミーナに示しがつかないな、でも美味しそうだしね。

シルヴィさんは家庭的なんだな、と感心していると不意にミーナの腕に力が籠った。

「トーワ、私だって料理は作れる」

「へぇ、いつか食べてみたいな」

ミーナはこくんと頷く。

そのうち食べさせてくれるようだ。

「ありがとう、楽しみにしてるね」

◇

リズさんが帰ってきたのはそれからすぐのことだった。

食材をいくらか買い込んだようで、結構な大荷物だったけど、彼女の細腕のどこにそんな力がってくらい軽々と荷物を両手に持っている。

本日二度目。再び遭遇した僕を見たリズさんの第一声は、「本当に来てたんだね」だった。

どこか含みがあるような言い方に僕は首を傾げた。

「ああ……ごめんごめん。正直半信半疑だったんだ」

「あー、アタシたちが男連れ込んだなんて聞いたら不安になるよな」

隣でミーナも頷いていたけど、僕としては肯定も否定もしづらかったので曖昧《あいまい》に反応をしてしまう。

すると丁度いいタイミングでシルヴィさんがやってくる。

手には飲み物が注《つ》がれたコップとジョッキを持っていた。

手伝った方がいいのかなとも思ったけど、邪魔になりそうだったので大人しくしておくことに。

「お待たせしました。トーワさんの飲み物は果実水でよかったですか？」

「ありがとうございます。いただきます」

コップを受け取った。表面の水滴からなんとなく想像はしていたけど、冷たさに驚いた。

この世界には魔石を使った冷蔵庫が存在する。おそらくはそれで冷やしたんだろう。最近は常温か温かい飲み物しか飲んでこなかったので、正直結構感動してしまった。

喉は渇いていたけど乾杯はまだなので我慢した。

「なにはともあれおめでとう」

にこやかに告げるリズさんを見て皆は三者三様の反応を示していた。

アイリさんは照れ臭そうに。

ミーナはどこか自慢げに胸を張って。

シルヴィさんは……照れてるのかな？

そして、乾杯後。

「まずは改めて自己紹介させてもらおうか、リズ・ドラグニルだ。ドラグニルは実は里の名前でね、まあ里出身者なら全員ドラグニル姓になるのかな」

「トーワ・ミヤナギです。治療師をしてます。あと……皆さんとお付き合いをさせてもらっています」

「そっか、本当だったんだね」

途端にリズさんは、力なく「はは……」と乾いた笑いをする。

「どうした？」

「……いやぁ、先を越されちゃったなって思って。勿論喜ばしいことだけどさ」

ということはリズさんが言ってる相手とはまだ進展がないのか。

皆が言っていたダブルデートはもう少し先になりそうだ。

それぞれが飲み物に口をつけてから、食事会が始まる。

「とりあえず私たちの馴《な》れ初《そ》めとかからですかね？」

「別に話さなくてもいいけどね」

冗談交じりのリズさんの言葉にシルヴィさんは黙った。

リズさんが「冗談だよ？」と彼女の様子を見ておかしそうに笑う。

「本気にしないでよ、ぜひ聞かせてほしいな」

リズさんの言葉にシルヴィさんが「ち、ちょっとぼーっとしてました」と慌てていた。

馬車の中でも今まで自慢されてきたからってことで意気込んでたし、シルヴィさんとしては言いたいんだろうな。

どことなくそわそわしている。

だけど、馴れ初めとなると――。

「馴れ初めってことはシルヴィのやらかしからか？」

「あ、すいません。やっぱりやめときます」

ですよね。後先を考えないから……

シルヴィさんは顔を引き攣《つ》らせていた。

レイプ未遂のことを考えたらそりゃあ言いつらいだろう。

「最初に出会ったのはシルヴィさんでしたね。それからアイリさんとも友達になって」

なのでその辺りは省いて伝えることにした。

卓を囲み僕たちは会話に花を咲かせる。

僕が治療師であることや、そこでシルヴィさんと出会ったことや、色んなことをリズさんに聞いてもらった。

皆もその手の話題が振られるのは慣れていないのか、時折質問されると恥ずかしそうに照れ笑いを浮かべている。

リズさんはにこやかだった。

だけど、さすがに僕の価値観についての話が出た時には驚いたようだった。

「ブス……専？」

アイリさんは「おう」と、なぜだか誇らし気に胸を張っていた。

「さすがに驚いたけどな。アタシたち見て怖がらない奴がいるなんてよ」

「アイリさんが凄い疑ってましたよね」

「そ、そりゃ仕方ねーだろ？　この顔見て……き、綺麗とか、目が腐ってなきゃ嘘《うそ》だと思うだろ普通は……」

酷い言われようだったけど、この世界で僕はそこそこ異常者だし、仕方のないことだろう。

だけど皆とこうして話せてるのだってこの価値観のおかげなわけだし、この異常性がマイナスだとは思わない。

「……ちょ、え？」

リズさんの方はまだ驚愕《きょうがく》を顔に浮かべていた。

美人の百面相はどんな顔でも綺麗だった。

「リズもさすがに驚いただろ？」

「……うん、いや、驚いたというか……納得したよ」

「だよな」

皆と僕が付き合えた経緯や理由を知ってリズさんは口元に手を当てて考え込んでいるようだっ

た。

この世界では特殊性癖だし、引かれてないかが心配だ。

少しでも理解してもらえてたらいいんだけど。

「……告白は皆からしたんだよね」

それまでの経緯を聞いたリズさんが言ってくる。

その顔はほんのりと朱色になっていた。

「ああ、トーワも嬉しそうだったぞ、たぶん」

「たぶんじゃなくて嬉しかったですよ？　女の子に告白されたのなんて初めてだったので」

「へぇ……？」

改めて話すとなると当事者としては照れ臭くて、用意してもらった果実水を一気に飲み干した。

沢山話したから喉に染み渡る。

「照れる」

「まあ……シルヴィが暴走気味だったけどな」

「うっ、す、すみません……おつまみなくなりそうですね！」

シルヴィさんが誤魔化すように追加で作ってくると言ってから席を外した。

ちなみにリズさんが飲んでいるのはお酒らしいが、不思議とすっきりしたような匂いで、とても飲みやすそう。色合い的にはウイスキーに近いかな？　赤みがかった綺麗な琥珀《こはく》色をしている。

僕が手元を見ていると「里に帰った時にもらったんだ、『竜酒《りゅうしゅ》』だよ」と説明される。聞いたことないな……この世界特有のものだろうか。

アイリさんが「滅多に飲めないからな」と同じく竜酒を飲んでいた。

沢山あるなら分けてもらえないかな、アランさんが好きそうだし。

「……皆がこうして好き合っている人と語らえてるのは素直に嬉しいよ」

めでたいめでたいとお酒がリズさんの喉へと流し込まれていく。

さすがにアイリさんから心配するように声がかけられた。

「リズ、飲み過ぎじゃないか？」

「……いいじゃないか、少しくらい」

拗ねたようにリズさんがお酒を飲み干す。

そっか、僕が三人を取ってしまったようなものだしな。

「リズさんってお酒強いんですか？」

「ああ、かなり強いぞ。毎回飲んでるけど酔ってるってのは見たことないな」

そうなんだ……それにしては少しばかり饒舌《じょうぜつ》になってる気はするけど。

「そういや里帰りはどうだったんだ？」

「ああ、ちょっと心配事はあるけど、それ以外は平和だったよ」

「婚約者とはどうだった？」

アイリさんの発言に、リズさんは動きを止めた。

「……婚約者？」

「？　いるんだろ？」

「リズさんいっつも自慢してましたもんね」

アイリさんの言葉に、おつまみの盛り合わせを運んできてくれたシルヴィさんも恨みがましく続いた。

割と根に持っていたのかもしれない。

リズさんは額に手を当てると何かを思い出したように「あー」と声を出した。

「あ……あー……そう、そうだね。ああ、そういうことか」

急に歯切れが悪くなったな。何かに納得したようだったけども。

ミーナが気を取り直して僕の腕を取ってくる。ミーナってそれ好きだよね。

「私にとってのトーワもそう。私の自慢。この人以上はいない」

「そんな張り合わなくても……でも、ありがとね」

ストレートに愛情をぶつけてくるミーナの言葉が嬉しかった。

ミーナの頭をなでなですると、心地よさそうに目を細めてくれた。お返しのように頬で腕に甘えてくる。嬉しそうに喉から「みぃ」と聞こえてきた。思わず出たその声に恥ずかしそうにしてこちらを窺《うかが》ってくる。

甘えん坊なミーナらしい仕草だったけど、シルヴィさんとアイリさんがこっちを見てきてるからほどほどにしないと……。

アイリさんが場を仕切り直すように咳払いをしたので、意識をそちらへと向ける。

「それで心配事って何かあったのか？」

ああ、とリズさんが答えた。

薄い赤色に染まった表情が僅かに曇りを見せる。

「母がちょっとね。近いうちにもう一度帰郷しようと思ってる。できれば体力のことも考えて、今の仕事は辞めてほしいんだけどね」

「？　リズさんのお母さんがどうかしたんですか？」

気になる内容に僕はついつい踏み込んだ。

するとリズさんは口をもごもごとさせた。言うかどうか悩んでるみたいだった。

「……最近具合が良くないみたいなんだ」

歳かなぁ、とリズさんが零す。

食卓の空気が少しばかり重くなり、リズさんは誤魔化すようにジョッキを傾けた。

「治療院で診《み》てもらったりは？」

「一応何度か……でもこれだという言葉は聞けてないかな」

不安そうにリズさんは表情に影を落とす。

そういうことならと、僕は提案してみた。

「あの……よかったら僕に診させてもらえませんか？」

これでも一応は治療師だし、少しは力になれるかもしれない。

なにより不確定な言葉は言えないけど、僕にはアテがあったから。

「えっ、いいのかい？　里は遠いよ？」

ああ、そうか。そういえば結構な距離があるんだっけ。

とはいえ友達のお母さんのことは心配だ。

少しでも不安が取り除けるならと、僕は頷く。

帰郷を考えてるなら丁度いいんじゃないだろうか。

「あ、ありがとうトーワ君！　ぜひお願いするよ！」

リズさんは飛び上がりそうなほど喜んでくれた。

その表情を見た僕の方まで嬉しくなってくる。

「だけどトーワ君は……その、ボクと二人でも大丈夫なのかい？」

「？　何を言ってるの？　トーワが行くなら勿論私もついていく」

そんなリズさんの言葉に横にいたミーナが答える。

「いや……何言ってんだミーナ。アタシたちはクエストとかやらないとだろ？」

「やっ」

離さないぞと、僕の腕にしがみついた。

「大丈夫だよ、トーワ君のことはボクに任せてよ」

「……クエストは少し前に終わらせたはず」

「そうなの？」と、リズさんが皆を見る。

「とはいってもギールの村に行く前だろ？　あんまりサボりすぎるとギルドから除名されるんだが」

「だったらまたクリアすればいい。猶予はあるはず……」

それから少し話し合いは難航したけど、最終的にはミーナの「私がいくつかクリアしておく」との言葉に全員が折れた。

「仕方ないな……まあ丁度いいクエストがあるといいんだが」

「でもリズさんの実家に行くのは初めてなので楽しみですね」

シルヴィさんとアイリさんもそれらの問題がないならとついてきてくれるようだ。

だけど銀翼の皆がリズさんの家に行くのは初めてとのこと。

挨拶するなら菓子折りとか持っていこうかな。何がいいだろう。

リズさんのお母さんの好みにもよるけど、食欲がないなら重くない食べ物とか。

「……それなら出立は、いつがいいかな？」

「都合のいい時で大丈夫ですよ」

帰ってきたばかりだから疲れてないだろうか。

すぐでもいいし、なんだったらしばらく時間が空いてもいい。

「足はいつも通り六脚馬か？」

「そうだね、普通の馬だとボクに怯えちゃうし」

アイリさんの質問にあっさりとリズさんは返した。

へぇ、そんな生き物もいるんだ。

それからも和やかな空気で時間は過ぎていき、帰る時にはすでに陽が傾いていた。

ついつい時間を忘れちゃったな。僕はリズさんたちとの話を思い返しながら家路につくのだった。

◇

ガチャリ……。

扉が閉まったことを確認してボクは大きくため息をついた。

「そういう、ことだったかぁぁぁ……っ！」

トーワ君の価値観についても聞くことができた。

アイリが言うには彼はブス専らしい。トーワ君はそれに対して困ったように笑って……否定することはなかった。

色々納得がいった。皆を受け入れることができたのはそういうことだったか、と。

「あああ……ど、どうしよう、どうしよう、それが分かってたら……ボクだってもっと早く動いてたのに……っ」

トーワ君はボクのファンだった。

それを聞いた時は嬉しすぎてどうにかなってしまいそうだった。

今までこんな醜いボクを見てもファンだと言い切ってくれる人なんていなかったから、その時は冷静さを保つのに精一杯で……。

だけど、今にしてみればそこが幸福の絶頂期だったように思う。

暴力を振るわれそうになっていたところを止めたけど、あの男に関しては怒りを堪《こら》えることが精一杯だった。殴った拳を止めた時にそのまま握りつぶしてやろうかと……冷静になれたのはトーワ君が目の前にいたからだった。暴力的な女だなんて思われたくないという利己的な理由だ。

そして、向けられるのは慣れることのない嘲り、侮蔑《ぶべつ》、嫌悪だ。

容姿を馬鹿にされることなんて今までもあったはずなのに、彼の前だというだけで、トーワ君にどう思われるのか気になって仕方なかった。

あの人以外からの評価なんて毛ほどの価値もないはずなのに、それを聞いた彼がどう思うかを想像しただけで心が騒めいた。

居《い》た堪《たま》れなくなってすぐにその場から離れてしまったし……。

出会った時に気持ちの悪い反応をしてしまった気がする。彼の目を真っ直ぐ見ることもできなかった。

あとサインが……折角求められたのに、まともにペンを握れないほど動揺してしまった自分が情けない。

　トーワ君に汚い字を書く女だなんて思われていたらと考えるだけで、頭を抱えてしまう。これは黒歴史だろう。

「うああ……あー……」

　自分でも感情が顔には出ないタイプだと思っていたのに。

　荒波が立たないように普段から自分を抑えてきてたけど……彼のことになると動揺はあっさりと顔に出る。

　彼の言葉も行動も感情も、何もかもが気になって仕方ない。まるで自分が制御できなかった。

　それに他にも色々と……。

「ううう」

　トーワ君が銀翼の皆と帰ってきてから食事をした後、ボクの内心は「どうしてこうなった」という感情で一杯だった。

　皆がしれっとトーワ君と交際しているという事実をボクに知らせた時に、なんでああも普通の態度を貫けたのか、不思議でしょうがなかった。

　気まずいよね？　普通に気まずいよね？　四人中三人だよ？　しかも相手は同じ人だよ？

　ボクの肩身狭いどころじゃないよね。

　え、待たないかな？　別にボクたちの間でそういう約束があったわけじゃないけど、せめて知らせようとしないだろうか？

　事後報告になったとしても最初は謝るとかさ。こう……一般常識としてさ。

　とはいえ事情は理解した。その原因が自分にあることも。

理由を知った今となっては、仕方のないことだと自分を納得させるしかない。

トーワ君が帰ってから、度数の高いお酒を更に浴びるように飲んだ。

皆からは心配されたけど、飲まないとやってられなかった。

元から強い体質と悔しさのあまり全く酔えなかったけど……。

「トーワ君…… 〝やっぱり〟優しかったな」

まさか、母の容態を診てくれることになるなんて思ってもみなかった。

嬉しかった。男の人に優しくされたことなんてなかったから。

ボクの顔をあんな風に真っ直ぐ見つめてくれた。

最初に里へは二人きりかと思って舞い上がっちゃったけど、そうだよね。当然皆もついてくるよね。

「皆と……付き合ってるんだもんね」

めでたいことじゃないか。祝福しないと。

拠点で割り振られた自室の中を歩く。一歩一歩がどうしようもなく重い。

大丈夫だ。重婚はこの国で認められているし、まだ可能性がなくなったわけじゃない。

だけど、悔しい。

心の内側を焦がす醜い嫉妬をどうにかしようと胸を押さえた。

「はじめまして……か。うん……そうだ……はじめましてだね……」

ボクは何重にも防音のために魔法を重ね掛けした。

ハァ、と息を吐く。それが最後の理性だった。

部屋の机に拳を打ち付けると、思った以上に力んでしまったその衝撃は机をひしゃげさせる。

天板は砕け机はガラクタに変わった。耳障りな音が耳朶《じだ》を打つ。

心を内側から焼くような憤怒が湧き上がってきた。

ギリギリと骨が軋み、拳を握りしめた時に力を込めすぎて爪《つめ》が手のひらに食い込んだ。

「ボクが――に……ッ！」

食いしばった歯が鈍い音を鳴らした。

2章　醜い龍の追憶

Chapter 2

白は神様を、黒はその遣いをそれぞれ表す。

それは昼と夜みたいな感じだ。

だから黒と白が混じるのは不吉とされている。

髪の色が意味を持ち、その人を表すとされている現代でボクの黒髪に白い筋が伸びるような白黒の髪は異常とされていた。

赤は熱意や火。銀色や灰色は協調を表す色……だった気がする。青は静寂や水を、その他《ほか》にも色んな意味がある。

幼い頃《ころ》に誰《だれ》も教えてくれなくて調べたことがある。

大人たちには内緒で、この里では貴重な蔵書が置いてある倉庫に忍び込んで、髪の色について載っている本がないかと探した。

里長《おさ》の教育用のような本が並んでいる場所に行きつき、意味を知ることができた。

白と黒が一緒にあるなんて珍しいと思っていた。きっとボクは特別なんじゃないかと、そう思うと胸が高鳴ったのを覚えている。

混じることなく白と黒が共に在《あ》る。

昼に夜がないように、夜に陽《ひ》が差さないように、それらが共に存在することはあり得ないとされていた。

混じることなく争っている状態。〝混沌《こんとん》〟のような禍々《まがまが》しい髪は裏切りや反乱を示唆する色。

だから嫌われているのかな。なんて、それだけなはずないのに、そう思おうとしたりしていた。

ボクの冒険譚《たん》を出したいと聞いた時、耳を疑った。

コールドクエスト……様々な要因で達成ほぼ不可能とされ現状維持するしかない依頼。それを達成してしばらく経《た》った後のことだ。

最初は断った。自分が有名になって良いことがあるとは思えなかったからだ。

だけどボクの活躍を聞いて、ボクのことを書きたいと言った執筆者のようにボクを認めてくれる人がいるのではないかという希望を見てしまった。

熱意に押されて、と言い訳をしてボクは決意を固めた。

ボクを題材にした物語が本になった時、最初に目を通したのはボクだった。

ちゃんとボクの取材だけでなく、現場での記述、調査などが見て取れた。

創作するべきところは創作して、事実は事実で書かれている。

出来としては素晴らしいだろう。

ただ、一言だけ言わせてもらえるなら……ボクの容貌《ようぼう》はぼかしてはいたものの所々出てくる特徴で恐ろしい姿として記述されていた。

恐ろしい姿、それは物語のお約束で言えば敵役を描写する書くもおぞましい姿の暗喩。

ああ、当たり前か……

妙に達観した気持ちだった。

だから怒りは湧《わ》かない。ボクだって書くならそうするし、何より嘘《うそ》偽りはなかったから。

本は結構な人気となった。

そして、手紙が届いた。

正直、罵倒が書かれているかと思っていた。意を決して中身を読んでみると、そこには温かい言葉が書かれていた。拙《つたな》い子供の字、しかし精一杯の応援の言葉がボクは嬉《うれ》しかった。

本当に、涙が出るほど嬉しかったんだ。

ギルドの依頼で指名されて、ボクは一つのクエストを受けた。

内容は何でもない、普通の魔物の討伐。

クエストをこなし、依頼を完遂したことをその村に伝えに行った時。

子供がいた。

そして、ボクの姿を見て泣いてしまう。

たまにあることだった。ただ、いつもと違ったことはその子が持っていた本がボクのことを書いた冒険譚だったことだ。

嘘つきと、化け物と罵《ののし》られる。

そして最後に、その本は投げつけられボクに当たることすらなく落ちた。

子供は泣き喚《わめ》き、大人《おとな》はボクが何かするとでも思ったのか地面に額を擦《こす》りつけて謝罪する。

阿鼻叫喚《あびきょうかん》とはあのことだろう。

酷《ひど》い状況だ。と、その光景を見ながら他人事《ひとごと》のように思ってしまった。

落ちたその本はボク自身だった。

価値なんてない。お前も同じだと言われた気がした。

本当に……酷い話だ。本を投げつけられるなんて、英雄の扱いにしてはあんまりだ。

笑い話にもならないよ。主人公が一番の化け物だったなんてさ。
Ａ級ともなれば冒険者としてひとかどの人物と言えるだろう。少しは他人からの目も変わるかもしれないと願っていた。だけど、ボクの願いは叶《かな》うことなく、ただ目の前には無慈悲な現実だけが突き付けられていた。

その頃からだった気がする。

世界から色は褪《あ》せていった。何色ともつかない世界はボクを蝕《むしば》み、いつからか龍化でさえもまともに制御できなくなっていた。

しばらく経てば元に戻れたけど、時間の問題だったように思う。

いつかこのまま人に戻れなくなるんじゃないかと、本当に化け物に成り果てるんじゃないかと思うと怖かった。自分が変わる恐怖で眠れない日が何日も続いた。

それからしばらくして……ボクは母に尋ねた。

『ねぇ、お母さん。ボクは生きていてもいいのかな』

『生まれてきてもよかったのかな』

『ごめん、親にこんなこと言うなんて最低だね』

『でも――もう……辛《つら》いよ』

ボクの言葉に、目の前の母が泣いていた。抱きしめてくれたことが嬉しかったのを覚えている。

それが確か――彼と出会う少し前のことかな。

半年くらい前のことだった。

あの言葉は今でも鮮明に思い出せる。

「あなたは黒髪の男性と将来を共にします」

ボクは母の言葉を素直に信じることができなかった。

「……嘘はいいよ」

きっと、気遣ってくれたんだろうと思った。母は優しい人だから。

自分のことが申し訳なくなるくらい良い人だから。

「嘘じゃないわ。さっき視《み》えたの」

「まさか……〝龍眼〟を使ったの？」

龍眼、それは未来を予見する力。

龍神様の力の一部とも言われているそれは、持ち主がこの先視る光景の一部をその瞳《ひとみ》に映す。

極々稀《まれ》に生まれる特異体質。母はただ力が強いだけのボクよりもずっと凄《すご》い人だった。

「龍神様の力だよね。気持ちは嬉しいけど……嘘は駄目だよ。里長たちに怒られちゃうよ」

母はその力でこれまでに災害や魔物による被害の予見をして里のために尽くしてきた。

遠い未来ほど外れやすく近い未来でも外れる可能性のあるという酷く曖昧《あいまい》なものだけど、それでもその的中率は決して無視できるものではなかった。

だからこそ母はこの里では巫女《みこ》という重役についている。

使いすぎると母の負担が大きいため、負担を軽くするための大掛かりな儀式を行い、不吉を予見する。

しかし、それには様々な制限がつけられていた。その一つの明確な決まりの中で、個人的なことにその力を使ってはいけないというものがあった。

龍神様を自欲に利用することは許されないことだ。

その力で人を騙《だま》すことも、この里では禁とされている。

「……本当なの。本当に黒髪の人とあなたは出会うの」

母はそれでも食い下がってきた。

一瞬本気で苛立《いらだ》ったけれど、これだけ心配してくれているのはボクのことを想ってくれているからだろうと、気持ちを落ち着かせた。

悪いのは全部ボクなんだ。

「ごめんね。最近色々あったから疲れてたんだ。さっきのは気にしないでほしいな」

「リズ、信じて。あなたはこれから出会う日が来るの」

「じゃあ、どこで出会うの？　その人はなんでこんなボクを受け入れてくれるの？　一瞬だけの光景でなんでそこまで分かったの？」

「…………」

「どんなことを視てきたの？」

答えない母に焦《じ》れて、声色が不機嫌なものに変わっていくのを感じた。

「未来が変わるから……言えない？」

「ええ……その通りよ」

母に何か言うけど、口調が荒くなってしまう。自分にとってあまり触れられたくないところだったから。

弱音を口にしたのだって子供の頃以来だった。

未来を告げる母を信じることができずに、ボクは怒鳴って家を飛び出してしまう。

何をしているんだろうか。謝らないといけない。

里の外で独《ひと》り歩いた。

感情が乱れるとボクに怯《おび》えて知覚が鋭い生き物は逃げていく。鳥が危険を知らせる鳴き声を発している。そうして周囲は風が吹く音しか聞こえなくなった。

魔物ですら近づいてこない。

「お母さんは……嘘つきだ」

よりにもよって神聖な色とされている黒髪の人だなんて、いるわけがない。

黒髪なんて物語の中でしか出てこないような色だ。あるいは創作物の中のような王子様が迎えに来てくれるとでも言いたかったのだろうか。

そんなボクに都合の良い夢を見せるから辛くなる。

希望が大きければ大きいほど、それを裏切られた時の絶望は大きい。

「いるわけがない。ボクは、化け物なんだから」

ボクは母のことが大好きだった。

自惚《うぬぼ》れじゃないなら母もボクを愛してくれているんだろう。こんなボクにも愛情を注いで育ててくれたから、そんな在り方に憧《あこが》れていた。

好きな人と家庭を築くのが夢だった。

その人と出会って愛し合い、落ち着けるところで一緒に家を建てて、その人との子供に囲まれて……。

ボクも残したかった。命と命の繋《つな》がりを、自分が生きた痕跡を、愛した人との証《あかし》を。

でも……駄目なんだ。

ボクにその夢は難しすぎたんだ。

「ごめんなさい……」

誰に言うでもなく謝った。それは母にだったのか、仲間たちにだったのか、今まで迷惑をかけてきた人に対してだったのか。

気づけば涙が頬《ほお》を伝っていた。拭《ぬぐ》っても拭っても溢《あふ》れ出てくる。それが情けなくて、惨《みじ》めで……いっそ消えてしまえたらと何度も思った。

その時は、仲間たちは心配してくれるだろうか。母は悲しんでくれるだろうか。

もしそうなら……それも悪くないのかもしれないな。

本気でそう思った。

だけど、その時のボクはまだ知らなかったんだ。

この先、本当に黒髪の男の人と出会うなんて——。

里帰りを終えてグリルの街に徒歩で向かっているボクは、陰鬱《いんうつ》としたため息をついた。

あと二、三日もすれば到着するだろう。

またあの大勢からの嫌悪を向けられるのかと思うと憂鬱《ゆううつ》だった。龍族の里の人気《ひとけ》のなさが少しだけ恋しくなる。

ローブは用意しているけど、何の拍子に顔を見られるか分からない。

神経を削りながら街中を歩くことを考えただけで気が重くなった。

「黒髪の男性と将来を共に、か……」

母の言葉だ。勿論《もちろん》信じたい気持ちはある。だけどそんな都合のいいことがあり得るだろうか。ボクの相手が現れるというなら、それよりも弱ったボクを見て母が気を使って嘘をついたと言われた方が何倍も現実味があった。

お母さんの力は凄いと思うけど、正直これに関しては半信半疑かもしれない。

いや、正直に言おう。信じることができない。この予見だけは母の優しい嘘だと断言できる。

遠くで狼《おおかみ》の遠吠《ぼ》えが聞こえてくる。ここら辺を根城にしている魔狼の逃走のための声だろう。

龍族は龍の血を引く一族として畏怖される対象だった。弱い生き物たちは本能的にボクの強さを察する。

結局、ボクの居場所はないということだろう。

「……皆は元気かな」

シルヴィも、アイリも、ミーナも、今頃何をしているだろうか。

銀翼というパーティー名はボクに肖《あやか》ったものだった。

発案者はリーダーのシルヴィだけど、あの時は嬉しかったな……。

早く帰りたい。皆に会いたい。この苦しみを仲間たちと分かち合いたかった。

「……っ、また……！」

いつもより広範囲に鱗《うろこ》が生えてきていた。二の腕から砂利がじわじわと皮膚から出てくるように手首や肩を覆っていく。

龍化と呼ばれる力だ。使える人間は龍族の中でも多くない。

その力は一部にだけ龍を宿すことも、自分自身が龍になることもできた。

使用中の体力の消耗は激しく、酷く燃費の悪い力だけど、制御できるならこれほど頼りになる力もなかった。制御できるなら……。

今では自分の力がボク自身へと牙を向けている。

自分の体を見下ろす。最近は頻度が増えてきていた。眠れていないからなのか、精神状態が安定していないせいでコントロールが効かなくなっているのか。いずれにしても良くない状態だ。

これに関しては、母に相談するべきだったかもしれない。

集中して鱗の出た腕へと力を入れて――……あれ？

「戻ら、ない……？」

確かに最近は制御できていなかった。それでも少しくらい遅らせたりと多少は自分の意志でどうにかできたのに今回はそれさえも無理だった。

「な、なんで？」

街は近い。

人に見つかったら……いや、飛んでいけば拠点まで行ける？

駄目だ。街の上空を飛行する行為は緊急時や許可を得た以外は禁止されている。そんなことをしたら大パニックだろう。罰金や禁固刑ならまだいい。テロ行為として処断されるかもしれない。

ボクは荷物を投げ出し慌てて脇道に逸《そ》れて森の奥に入っていった。

ボクの龍化した姿は魔物として見られるほどに威圧的で、過去には魔物と見間違えた人がギルドに討伐依頼を出したこともある。

龍族にとって龍は神聖な存在だけど、他の種族から見たら命を脅かす存在でしかない。嫌悪ではないけど、そのベクトルは恐怖へと変わる。

隠れるために、急ぎ人のいない方へと進んだ。

「ど、どうして……なんでっ」

心当たりはあり、その兆候もあったんだ。

龍化をすると感情が昂《たかぶ》る。

その逆、感情の昂りで龍になってしまうこともあった。

パニックに陥った頭でとにかく奥を目指す。走りながら身体《からだ》のあちこちから鱗が出てくるのを見ているしかなかった。木々にぶつかりそうになりながら走った。泣きたくなる。

露出した龍鱗と枝が引っ掛かって服が裂けた。

中途半端に伸びた龍の角。腕が段々と盛り上がってくる。

翼や尾といった戦闘時の緊急事態でもなければ出さないような特徴も現れ始めた。

「はっ、はっ、はっ」

マズい。このままだと本当に……。

森の深奥。そこは沼地になっていた。

植物の蔓《つる》がだらりと垂れ下がった陽の差さない奥地。

さすがにここまでは人も来ないだろう。

ここで落ち着けよう。しばらくすれば龍化も戻るだろう。

服は……荷物ごと置いてきたからどうしよう。

野盗の類に盗まれてないといいけど。

「……？」

風は止まっていた。草木は時が止まったように黙りこくり、耳が痛いほどの静寂になっている。

ふと、足元の水溜りに映る姿に気づきゾッとして、拳《こぶし》を叩《たた》きつけた。轟音《ごうおん》が辺りに響く。

「……ハハッ」

これがボクか……恐ろしい。それ以外の感想が出てこないくらい酷い姿だった。

全身を鱗に覆われて人なのか龍なのかも曖昧な混じり合った姿。

不格好な鱗が覆っていた。

喉《のど》も鱗に覆われているせいでガラガラとしてしゃがれ声だ。

龍化が収まる様子はない。自分の姿を見てしまったせいか、気持ちの騒《ざわ》めきが収まらない、鳥肌が立つように鱗が身体のいたるところに出てきているのを感じる。

周囲には生き物の気配もなかった。

気持ちが、精神が、ぐずぐずになって落ちていくことに反比例するように自分の内包する力が大きくなっていく。

でも、どうでもよかった。このまま破裂でもしてほしい。

悲しいことばかり思い出す。

銀翼の皆の姿が思い出せない。

きっとこの先は長く、そして、もっと苦しい。

ああ、そうだ……そうだよ。ここがいいじゃないか。

「死のうかな」

身体は次第に人の形を失っていく。

崩壊と再生を繰り返しているようだ。

痛い。

骨が鳴る。恐ろしいまでに歪《いびつ》な肉体の変質。

人としてのボクが消えていく。

ゆっくりと肉体が龍へと変化していくのをボクは何の感慨もなく感じていた。

ボクはこの日、化け物になった。

自力で元に戻ることはなく……もしかしたらこのまま死ねるのかもしれない。

なんとなくそんな気がした。

◇

日も暮れた。

すでに光はない。

龍化して巨大化したボクの身体はすでに人だった頃の面影はない。身動《みじろ》ぎをするだけで木の葉が擦れて騒めくように動いた。

誰かに見つかったら、魔物として討伐されるんだろうか。痛いのかな、苦しいのかな。だけど、どこかボクは安心感を覚えていた。

重く苦しい何かから解放される感覚。

死に対して幸せを見出すなんて、本当にボクは親不孝者だな……。

龍化による体力の消耗は激しい。体への負担が大きいんだ。

燃費が悪いこのままの姿でいたら……いつかは体力も尽きるだろう。

ああ、寒くなってきた。

気付けば手足の感覚がいつもより鈍い。

それでもまだ時間はかかりそうだ。

「……」

鈍い輝きをした翼が目に入る。

パーティー名の由来になった銀色の翼。

キラキラと光沢を放つ硬質な鱗を見て、銀翼の皆を思い出す。

悪いことをしてしまった。皆は優しいから、きっと悲しませてしまうんだろうな。

それだけが心残りだ。

ボクの翼の色をと、つけてくれたパーティーの名前も縁起が悪くなってしまう。

せめて皆には伝えたかった。

ボクが皆にどれだけ感謝しているのか。どれだけ皆のことを大切に思っているのか。

あの時パーティーに誘ってくれたことが本当に嬉しかった。

ごめんね、皆。

何度か試したけど元に戻る様子はなかった。

このまま人には戻れないんだろう……どうでもいいか。ジッとしているだけでいい。そのうち朽ちるだろう。

「わっ、え、もう到着？　なんかあっさりだけど……ここが異世界？」

突然聞こえた人の声。

ボクは重くなった瞼《まぶた》をゆっくりと開けた——。

「というか人のいる場所の近くってお願いしたのに、なんでこんな森の中で……女神様、間違えたのかな」

見たことのない奇妙な服装をした男の人だ。

彼は暗闇でボクを認識できていないようだった。

たぶん体格の違いもあるんだろう。彼から見たらボクなんてただの巨大な壁みたいに映っているのかもしれない。

「暗いし……先が全然見えないんだけど」

夜目は多少利くけど今夜は月明かりが全くないから、さすがにボクの方も見づらい。

人影があるのは何となく分かったけど……。

龍化する前のボクより少し高いくらいの背丈だろうか。声の感じからたぶん歳《とし》は近いと思う。

すると彼は何かに気付いたように声を発した。

「あ、そうだ。これで……」

小さいけど幻想的な明かりだった。

眩《まぶ》しくなったことで周囲が照らされるけど、一瞬のことだったので咄嗟《とっさ》に目を閉じてしまい、彼の顔はよく見えなかった。

「………ん？」

しかし、彼は何かに気付いたようだ。

もう一度小声で何かを唱えて、その場に尻《しり》もちをついた。

ああ、ボクの姿を認識できたんだろう。この場合、してしまったという方が正しいのかもしれないけど。

見るからに呼吸が荒い。命の危機なのかと誤解をしているんだろう。

「……別に何もしないよ」

声を発するだけで、声帯が大音量を響かせる。

吐息で風が発生して、周りをビリビリと揺らしていた。

「もう死ぬところなんだ。邪魔しないでほしいな」

どうでもよかった。今更怯えられたって……っていうのは今でもやっぱり嫌だけど、死ぬ前なんだ。

少し静かにしてほしかった。

「………」

「街はあっちだよ」

「………」

だけど、彼は何の反応も示さない。

その場に座ったままで動かない彼を見てボクは違和感を覚えた。

「……こ、腰が……抜け、ました」

えぇ……。

ボクは呆《あき》れて何も言えなかった。

最近の男の人は龍に怯えて動けなくなるほど軟弱なのだろうか。普段目にする機会がないというのは分かるけど……いや、やっぱりボクの姿は化け物なんだろう。

「君さ、そんなんじゃ生きていけないよ?」

答えは返ってこない。

今更になって男の人と話せている自分に違和感を覚えた。

会話と言っていいかは微妙だけど、以前のボクなら顔色を窺《うかが》って碌《ろく》に喋《しゃべ》れなかっただろうし。

「喋ってる……」

「喋っちゃ悪いの？」

　何なんだこいつは。

　苛立ちが感情を昂らせる。

「あ、いえ……あれ、意外といいドラゴンさんなんですか？」

「……いいドラゴン？」

「食べないんですか？」

　……なにそれ。

　どこか間の抜けたようなやり取りにボクは思わず「は？」なんて言ってしまった。

　彼の声は温かくて、不思議といつまでも聞いていたくなるような優しいものだった。

　人としての姿よりもこっちのほうがまだ見られるんだろう。

　人の姿は醜くて、龍になったら怖がられる。ボクにどうしろというのだ。

「ボク、悪いドラゴンじゃないよ」

　人を食べる龍は討伐される対象になる。

　知能の高い龍はそれを理解しているから刃《やいば》を向けられない限りは滅多に人を襲うことはない。

　分かってて襲うような例外は邪龍くらいだろうか。

　すると突然、彼は吹き出した。

　くくくっ、と笑い出した相手にボクは訝《いぶか》しい視線を向ける。

「い、いや、すみません。ふふっ、そのネタ知ってるんですか？」

「？」

「ああ、偶然ですか……いきなりすいません。失礼でしたね」

何のことか分からなかったけど、嫌な笑い方じゃなかった。

馬鹿《ばか》にするようなものでもない、見下すようなものでもない。

ただ優しいだけの……。

「いや、いいけど……それで？　起き上がれそう？」

「何か足腰ぷるぷるしてます」

「……危ないから、もう少しここにいなよ」

この周囲には魔物も出る。

ボクのせいでたぶんほとんどが逃げ出しているかもしれないけど、それも絶対ではない。

「すいません……」

さっきは男の人と平気で話せている自分に驚いたけど、何となく分かった。

死ぬ前だからなのだろう。

どこか他人事だ。現状を俯瞰《ふかん》で見ている気がする。もうどうでもいいと思っているのかもしれない。一種の自暴自棄《じぼうじき》のようなものだと考えると、こうして最期に誰かと話すのも悪くないのかもしれないと思えた。

◇

他愛ないことを話した。

というより、向こうが勝手に喋り出すのをボクが適当な相槌《あいづち》で返しただけだけど。

向こうも慣れてきたのだろう。ボクが攻撃的なことをしないと分かると、彼から最初の警戒心は早くもなくなっていた。

「事実は小説よりも奇なりってよく言いますよね」

「なにそれ」

「あ、こっちにはない言葉なんですかね？」

いい加減どこかへ行ってくれないかな、なんて思ってた時もあった。だけど不思議と今の時間が長く続けばいいなと感じる瞬間があるのも事実だった気がする。その割合が段々と増えていくのを感じた。

「ドラゴンって格好いいですよね」

「格好いい……かな？　普通に怪物だと思うけど」

「確かに大きいと怖いですけど……というか輪郭しか見えないんですけど、ドラゴンさんはどんな色なんですか？」

「白と黒かな。不吉な色だよ」

「へー、パンダみたいな？」

「ぱんだ？」

「白黒の珍獣ですかね。この辺りにはいないんですか？」

もっとこの温かい人と話したいと思ってしまう。でも駄目なんだ。ボクの素顔を見せたら……醜いあの顔は見せられない。

この人も怖がらせてしまうんだろうな。

最初はボクに怯えてたけど、自分の醜い顔を見せたらきっと顔をしかめるんだろう。

見下されるのか、馬鹿にされるのか。

それとも他の人ほどは顔に出さないでいてくれるのか。

「白黒って……変な生き物だね」

ボクもだけどさ。

「でも可愛《かわい》いんですよね」

「……君、趣味悪いって言われない？」

「初めて言われましたね……白黒って格好良くないですか？　シマウマみたいなのとか」

また新しい名前が出てきた。

聞いたことがないな。馬の一種？

「ドラゴンさんって変わった感性してますね」

「君ほどじゃないと思うけど」

軽口を叩き合った。なんだか心地良くてクスクスと笑ってしまった。

……情が移る前に別れるべきだろうか。

「……あの、悩みがあるなら聞きますよ？」

「？」

「いや、なんというか……最初に死ぬとかどうとか」

「ああ」

そういえばそんなことを言ってたな。

こんな化け物にも気を使ってくれるなんてね。優しい……を通り越して平和ボケしているように思う。

「君が気にすることじゃないよ」

「……そうですけど」

気落ちした彼の姿に、ボクはどうしたらいいのか分からなくなった。

なんでそんな声出すのさ……君は無関係じゃないか。

人との交流を碌にしたことがなかったから、何を言えばいいのかもわからない。話を逸らそうと考えを巡らせる。

「……辛いんだ。痛くて痛くて堪《たま》らない」

だけど、気付いた時には口を滑らせていた。思わず零《こぼ》れた言葉だったが、訂正する気は起きなかった。

もしかしたら、誰かに聞いてほしかったのかもしれない。

「怪我《けが》ってことですか？　病気とか？」

「……そうかもしれないね」

多くを語る気にはならなかったけど、言い得て妙な気がした。

こんなに痛い思いをするくらいなら、そう思ってしまったんだ。

皆が僕を見て嫌悪する。蔑んできて、どれだけ頑張っても容姿だけで下に見られる。勿論全員ではないけど、取り繕ってくれた人でさえ腫物《はれもの》に触るみたいに接してきた。

頑張れば頑張るほど辛くなる。

耐えられない。きっとボクは人よりも弱いんだろう。

「………」

彼は黙ってしまった。

それもそうだろう、いきなりこんなことを言われても困るに決まってる。

……死ぬ前に優しくされることでも期待してたのかな。

「ごめんごめん、つまらない話だったね。それよりそろそろ起き上がれるんじゃない？　あっちにグリルっていう人の住む街がある。そっちに行けば」

「治します！」

すると彼は急に声を張り上げた。

「怪我はどこですか？　どこが痛いんですか？」

「え、いや、別に怪我とかは」

「痛い時は痛いって言ってください！　強がらなくてもいいんです！」

これは勘違いさせてしまったのかもしれない。確かにボクの言い方がややこしかった。

この体に外傷はない。

「……いや、ごめん、こっちの言い方が悪かったみたいだね。今のは比喩表現で」

「あ、ここですか？　ちょっとだけ血が出てる気がするんですけど」

彼はボクの言葉を聞かずに触診を始めた。今は……爪先《つまさき》に触れているんだろうか。

彼の身の丈ほどもある爪に彼は怖がることなく触れていて、それはどこか新鮮な光景に思えた。

「そ、そこは爪だから血は出ないね」

気恥ずかしかった。

爪先とはいえ男性と触れ合うなんていつぶりだろう。

「ですよね。あ、こっちはどうですか？　なんか出血してません？」

「適当に言ってない？　ちょ、いいから、け、怪我なんてしてないから」

しつこかった。そして、頑《かたく》なだ。

彼はボクの言葉が聞こえていないかのように怪我を探す。

「いや、結構凄い力持ってるんで治せますよ？　騙されたと思って任せてもらえませんか？」

「だ、大体っ、そんな風に女の子にべたべた触るのはどうかと思うよ？」

「…………」

彼が黙った。ボクは何となくこの先が分かった。「なに？」と不機嫌さが滲《にじ》んだ声で問いかける。

「女性……だったんですか？」

「…………」

「あぁあ、いやいや、ごめんなさい。ほら、種族？　みたいなのが違うとちょっと分かりづらいっていうか」

気持ちは分かるけど、そんなことを言われて内心穏やかじゃなかった。女の人の性別を間違えるのは失礼この上ない。女性として碌な扱いをされたことのないボクだって、一応は女なんだから。

「ハァ、分かった。ならかけてよ。回復魔法が使えるんだよね？」

「いいんですか？」

「気が変わらないうちにね」

「分かりました。凄いの使いますね」

「はいはい……ああ、でも一つだけ約束してほしい」

下の方から「ん？」と彼が意識を向けたのを感じた。

「何やってもいいけどさ、飽きたらボクの存在は誰にも話さずに秘密にして、どこかに行ってくれないか」

せめて死んだ後くらいは落ち着きたい。

死後の姿なんて見られたくない。龍化が制御できなかったなんて里でもいい笑い者になる。母にも迷惑はかけたくなかった。

そういえば皆に関してはどうしよう。この無遠慮に触ってくる彼の気が済んだら伝言でも頼むべきかもしれない。ボクがいなくなったらきっと皆は心配してくれるだろうから。

「……そうですね。やっぱり人に見つかると色々面倒なんですか？」

「いや……ああ、うん。そんなところ」

違う方向に勘違いしてたけど、わざわざ訂正するのも面倒だった。

「じゃあ僕からも一ついいですかね。治ったらでいいんですけどもうちょっとお喋りしませんか？」

「分かった分かった」

「約束ですよ？」

話半分で頷《うなず》いた。残念ながらここで死ぬボクに、そんな機会はやってこない。

やるぞぉ、と彼は意気込み、人影が腕まくりをしているのが見えた。

瞬間、昼間かと見紛《みまが》うほどの光が溢れる。

「え………？」

とんでもない魔力量。A級とも呼ばれるくらいだから、冒険者としての経歴の中で魔法に長《た》けた人だって見たことある。

しかし、その中の誰と比べても全員が彼の足元にさえ及ばないほどの力の奔流。いや、勿論そこもある。だけど、ボクが何よりも驚いたのはそこじゃなかった。

彼の髪の色は黒だった。この闇夜に溶け込むような純黒。

「ちょ……ま、待って！　君は……っ！」

だけど――彼はその場で意識を失った。

言葉をかける前に彼は倒れ込む。

慌てて駆け寄った瞬間、ボクは違和感に気付いた。

体の感覚が元の人の形態になっていて、視点が低い。

顔をぺたぺたと触った。鱗の感覚はない。全部元通りになっていた。

慌てて彼の元へと向かった。

「……黒髪」

頬に触れる。身動きすらしないけど、脈も正常で息もある。

彼は生きていた。

はーっ、と自分の口から息が漏れた。

魔力の使いすぎだろうか。まるで初心者が加減も分からず魔力を使い果たすような気絶の仕方だ。でも、だから分からない。あの自信はなんだったんだろうか。

彼をできるだけ優しく横たえると、僅《わず》かにボクが触れた肩が動いた。

「ッ！」

その場から逃げ出した。彼を中心に、気配を察知されにくくなる隠蔽の魔法をかけると、お礼も言わずに裸でみっともなく立ち去った。

彼は放《ほう》っておいても大丈夫だろうか。ボクがいたから魔物は周囲にはいないだろうけど……。

いや、そもそも黒髪？　どこかの治療師？　それともどこかやんごとない方の血筋だろうか。

無礼な言葉遣いをしてしまったけど……違う、そうでもない。

『あなたは黒髪の男性と将来を共にします』

頭がうまく回らないけど、たった一つの事実だけをボクは考えていた。

嘘じゃなかった。本当だった。母の視た未来は真実だったんだ。

龍化が収まったことも、結局死ぬことができなかったことも、今ばかりは気にならなかった。

地面に張った大木の根に躓《つまず》き転んだ。

動悸《どうき》が収まらない。

彼だ。彼だった。あの人がボクの相手だったんだ。

さっきまでの温かい会話が一言一句違《たが》うことなく頭の中で繰り返される。全身が沸騰《ふっとう》して口の中がカラカラに乾いていく。

万感のような激情が頭の中を駆け巡った。

実在したんだ。ボクの相手はこの世にいた。

生まれて初めて呼吸ができたような感覚。

全身の細胞が歓喜に沸き立つ。

嬉しい、とてもじゃないけど、そんな言葉では言い表せなかった。

◇

誰かにこの気持ちを伝えたくて、母が思い浮かびボクはすぐに里へと向かった。

もうグリルの街は目と鼻の先だったけど、そんなことは関係ない。

隠蔽を知らない若い魔物が通った後のように自分の進んだ跡は分かりやすい。

途中放り投げられた自分の荷物に危うく気づかず通り過ぎそうになったくらい浮かれているのに気付いた。

これはいけないと、荷物の確認がてら気持ちを落ち着けたかったが無理だ。

確認もそこそこに荷物を背負って駆け出す。

自分でも驚くような速さで里までの道を走破して母の元に着くと、驚く母を尻目に経緯を話した。

「お母さん、春がきた」

「分かったから少し落ち着きなさい、リズ」

「落ち着いてるよ。冷静にならないと上手《うま》くいくものもいかないからね」

「この話を聞かされるのは五回目なのだけど……？」

困ったように笑いながらもその顔はどこか嬉しそうだ。

ボクだってそうだ。今が生きてきた中で一番幸せかもしれない。口元が緩むのを抑えられない。

多幸感で胸がぽかぽかして、なんだか空に浮かんでるみたいな気分になった。

「髪が黒くてね、凄く優しいんだ」

「格好良かったのね」

「絶世の美男子だったね」

「そうだったかしら……？」

黒髪以外は平凡に見えたような……？　という母の言葉に呆れてしまう。

「分かってないなぁ、お母さんは。あの人よりもイケメンなんて見たことないよ？」

「ふふっ、そうかもしれないわね」

浮かれっぱなしだ。口数が多いなと自覚する。自分でも分かっているけど、制御できない。というかする気も起きない。

こんなに楽しいのはいつ以来だろう。

皆に自慢話ができちゃうな。

「……リズ、だけど龍眼は確定した未来を視せるものではないのよ？」

「む」

確かに無視できない確率とはいえその未来が外れる可能性もゼロではなかった。

龍眼は訪れる可能性のある未来を予見する能力だ。

母が見たのはどの場面だったんだろう。

「慎重に行動しなさい。落ち着いて動いたらきっと大丈夫だから」

「……うん、そうだね。まだ油断はできないね」

というより、先がある程度分かるならアドバイスとかもらえないかな。龍眼があれば百人力なんだけど……なんて、さすがにそこまで母に無理はさせられない。

とても体力を使う力だというのは理解している。

彼のことも大事だけど、今までボクを愛して育ててくれた母だって大切な人なんだからね。

「……孫の顔もそのうち見れるかもしれないわね」

「お、お母さん!?」

気が早い、そう口にしながらも、決して悪い気はしなかった。

とはいえ先程の母の言うことも分かる。未来は未定で確定するものではない。あくまで高い確率があるというだけのものだ。あの人が別人という可能性だってあるわけだし……。

今まで散々見下されてきた。悪意に晒《さら》され続けてきたこの世の者とも思えない容貌。

本当に彼は受け入れてくれるのだろうか？

「少し調べてみるかな」

◇

自分が死のうと思った時に、颯爽《さっそう》と身も心も救ってくれたあの出会いは素直に喜んだけど、冷静になった今、母に指摘されボクが努力しなければその未来は手繰《たぐ》り寄せられないことを思い出し気を引き締める。

彼がボクの未来だという根拠は、黒髪だけ。

母も純粋な黒だと言ってた特徴は一致するし、時期も同じだ。

グリルの街に帰ると、銀翼の皆への挨拶《あいさつ》もそこそこに冒険者ギルドへと向かった。

恐らくは巨大な怪物を見たとギルドに報告に行っているのではないかと。だけど……彼はあの時のことを誰にも話していなかった。

なぜか、と考えた時に心当たりは一つしかなかった。

誰にも言わないでほしい。あんな口約束を愚直に守っているんだ。危険を報告する義務について知らないということは、冒険者とはあまり関わらないのかもしれない。

それから。彼を見つけるのに時間はかからなかったが調査は続けた。

というか彼に声をかけるのが怖かったから、言い訳をするように調べ続けていたんだ……。

酷く緊張した。いや、緊張なんて生温《なまぬる》いものじゃない。彼の姿を見るだけで喉が渇いて、動悸が止まらなくなる。もしかしたらという希望と、どうせ今度もという卑屈な絶望に挟まれて頭がおかしくなりそうだった。

自分を見てくれるほどの特異性が彼にあるのかという確認行為だなんて、失礼なことをしている自覚はあった。しかし、ここでもう一度拒絶されたら今度こそ自分は終わる。

比喩でも例えでもない。

そんな確信にも近い予感があった。あの時一度は諦《あきら》めた、人に愛される生涯が失われることが本当に恐ろしく感じられた。

だけど、しばらく調べるうちに違和感が出始めた。

彼の素性が分からないのだ。

身元、経歴、故郷、家族構成、その一切が不明。

一応身元の保証人はＡ級冒険者のアランというらしいけど……。

しかし、それだけだ。

探偵も雇ったが何一つ分からずじまい。あれだけの目立つ容姿だというのに何一つとしてここに来るまでのことが分からなかった。何か良からぬ存在なのではないかと疑うのも無理はなかったと思う。

それほどに彼の存在は異質なものだった。

分からない。

それがグリルの街で彼のことを調べた結論だった。

彼の名前はトーワというらしい。

家名もあった。自ら進んで明かしてはいないようだったけど、隠している様子もなかった。ただミヤナギなんて貴族は調べても出てこなかった。

続けて違和感を覚えたのが、識字に関してだ。

彼はこの国の言葉が分かるのに、文字の読み書きができなかった。

この国の識字率は他国と比べてもそれなりに高い。なのに、子供でも知ってるような簡単な読み書きさえもその一切が彼はできなかった。調べれば調べるほど、ちぐはぐな謎が出てくる。

しかし、そんな怪しすぎる経歴とは裏腹に街の人間との関係は良好なものだった。誰にでも優しく笑いかける姿に、何度もドキリとさせられた。

馬鹿みたいだ。もしかしたらボクにも優しくしてくれるのかな、なんて。

それに彼はどんな美人にも心を動かされていないように見えた。

子供が転んだら優しく回復魔法をかける。ボクほどではないけど顔があまり良くない人にも優しい。

街の人たちに朗らかに笑いかける黒髪の男性。

……え、格好良くない？

あの人が本当にボクの将来の旦那《だんな》様なのか。なんだかそう考えると顔が熱くなり、無性に胸が苦しくなった。だけど嫌な感じはしない。

いや、落ち着こう。まだ決まったわけじゃない。

未来は確定したものではない、ただ可能性があるだけだ。

だけど、その可能性が今回は手が届くところにあるかもしれない……その確かな事実が何よりもボクの心を掻《か》き立てた。


そんなある日のことだ。

彼は東に位置する大森林の中に大荷物を背負って一人で入っていった。

冒険者になったばかりの彼には難易度が合っていないんじゃ……。

危なかったので、ボクの方で周囲に威圧を飛ばして魔物を退けておいた。危険な場所だけど、そのことを理解できていないように思える。

そうこうしているうちにも、彼はどんどん奥へと入っていく……。考えたくはないけど、ここまで怪しいと邪教の関係者という可能性もあるかもしれない。

眉唾《まゆつば》だけど、邪神を信仰する人間も確かに存在していた。そういう人間は危険だ。

人を生贄《いけにえ》に捧《ささ》げるような話も聞いたことがある。

表面上は普通を装って、裏では危険思想に基づく儀式をするチャンスを窺っていたり……。

彼もその類の人間なのだろうか。

確かに彼の経歴はおかしいけど……信じたい。

そんな人間じゃないと思いたかったけど、何にせよもう少し調べる必要はありそうだ。

彼は森の中を歩き慣れていない様子で進み、野宿も慣れていない様子だ。自衛手段もないように見える。焚火《たきび》も半分くらい寝ながら番をしていた。おかげでボクは寝ずの番だ。

ボクが見ていなかったら確実に命を落としていただろう。

そのまましばらくついていくとどこか見たことがある気がする場所になってきた。

何か巨大なものが木々をへし折りながら進んだような跡、大穴の空いた沼？　ここは……。

そこにはぬかるんで軟らかい地面に枝か何かで文字が書かれていた。

汚い文字だった。まるでスライムが無理やり這《は》いずって文字を書いたみたいな……。読みづらかったけど、この場で何とか解読を試みた。

「この、この前は？　えっと、ありがとう、ございました……具合？　よく、なりましたか……？」

……ん？

一瞬本気で意味が分からなかった。

だけどそれもすぐのこと。ボクは気付いた。

これはたぶん……。

「ボクのこと……？」

ここは彼と初めて出会った森の中だ。

そういえばこの辺りだったか。よく覚えてたな。

なるほど、ボクを心配して来てくれたってことか。こんな危険なところまで一人で来たのはそれが理由か。

約束を守って、こんな危ないところまで一人で……。

……いやいや。

ツッコミどころが多い。まず野生の龍に文字が読めるとでも思っていたのだろうか？

ボクが龍化した龍族だと知っていたなら話は違うけど、最初の反応を見るにその可能性は低いだろう。

というか字が汚すぎる。まるで文字を覚えたての子供じゃないか。

ボクもボクでよく読めたなって思うよ。

あんなに怯えてたのに、魔物だらけのこんな森の奥に一人で来るとか、あの姿のボクを心配してるとか。

平和ボケだ。最初に抱いた感想をより強く感じた。

無性に顔が熱い。

「ハァ……ははっ」

何だか肩の力が一気に抜けた気がする。

彼は馬鹿なんだろう。

そして、それを疑うボクも馬鹿だった。

あの人は底抜けのお人好しだ。

彼は怪しいけど、そんなことができるほど悪人でもない。そんな立場に立てるほど器用でもない。

ただ優しいだけだったんだろう。

何だか彼を疑ってた自分が馬鹿々々しくて笑えてしまう。可《お》笑《か》しかった。可笑しすぎて涙が出てきた。

◇

彼を時々見守るのがボクの楽しみになった。

冒険者としての活動も無下にはできないけど、時間の許す限り彼を探した。

見つけるのは容易だった。この街であれほどの黒髪は彼くらいしかいない。

ボクが見ていない間に彼は何度かクエストを失敗していた。

そのことを知って正直歯痒《はがゆ》かった。

自分に任せてくれたらどんなことでも手伝うのにと。

「おーう、来たかトーワ。頼まれてた包帯置いてあるぞ」

「ありがとうございます。あ、そっちの見てもいいですか？」

物陰に隠れて彼を見守る。

気配は完璧に消しているし、加えて魔法で音もない。

これなら見つからないだろう。

トーワ君の姿を遠くから見つめる。

夜のような黒髪。優しそうに垂れ気味の瞳《め》。いや、優しそうというか絶対優しい。龍化状態のボクにあんな風に話しかけることができるなんて、どこの聖人だろうか。

加えてどんな相手にも態度を変えない。見た目で人を判断しないところも凄く好印象。

彼は街の人たちに話しかけられて楽しそうに談笑している。その穏やかな姿がボクにはとても眩しい在り方に思えた。

「……格好いい」

ボクの未来の旦那様は今日も最高に格好良かった。

その眩《まばゆ》いばかりの笑顔に、この場でごろごろと転げ回りたくなるくらいだ。勿論そんなみっともない姿は晒さないけど。

ボクはいまだに話しかけることができていない。だって、あの人とは将来的に伴侶になるんだし、何だか照れ臭いじゃないか。

前向きな理由としては焦る必要がないというのもあった。

いつか結ばれるならと楽観できる。これまでのボクにはなかった心の余裕だ。

物陰に隠れて遠隔レンズでトーワ君を見る。

冒険者を目指していたようだったけど、どうやら諦めたらしい。

一度ギルドに行った時に誰かが自慢気に黒髪の冒険者に絡んだとかいう話をしていたのを聞いて、思わず怒ってしまった。

ボクのことならまだいい。でもトーワ君だけは駄目だ。

制御しきれずにちょっとだけ鱗も出てしまった。ボクの旦那様（予定）に何をするんだと怒りを堪《こら》えるのに苦労したよ。

トーワ君はあんな野蛮な人間が傷つけていい人じゃないんだ。

それから心配性になったボクは、彼に見つからない程度に周囲の魔物を片付けたりもした。

目を離した隙《すき》にアプルトレントに囲まれていた時もあったけど、これは颯爽と登場するチャンスなのでは？　なんて考えているうちに他の冒険者に助けられていた。

話しかけられなかったのは残念だけど、彼に怪我がなくて何よりだった。

「でも最初はどうすればいいんだろう。いきなりあの時のドラゴンです、だなんて変なナンパみたいだし……」

母も言っていた通り龍眼の予言は、少なからず外れる可能性もあった。

つまり自分の行動次第では、ボクの危惧する未来がやってくるという危険性も孕《はら》んでいる。

血が凍えるような寒気を感じた。自分が立っているのかも怪しくなるほどの眩暈《めまい》に襲われる。

「……ふーっ」

深く息を吐いて呼吸を整えた。

冷静になったことでまた彼への恋慕の情が胸いっぱいに広がった。

やはり冷静に考えて行動するべきだ。決して彼に話しかけることが照れ臭くて恥ずかしいとかではない。

「ハンカチとか落とさないかな……それを拾って届けた時に、彼が『も、もしかしてあなたはあの時の……』とか、あはは、な、なんてっ！」

ボクは何を言っているんだろう。

最近心が弾みっぱなしだ。

彼のことを考えるだけでまともに思考さえも働かなくなる。

トーワ君のことがよく分からないのは変わらない。

どのタイミングが最良なのか。偶然を装って遠いところで顔を隠してすれ違ってるのに彼が気付く様子は全くない。いや、さすがに顔が分からないなら無理があるかな。

顔を隠した状態で仲良くなるべきだろうか？

でもそれをすると顔を見られた時に一気に嫌われたりとか……また眩暈がした。ここのところ、これの繰り返しだ。

情緒が不安定になっている。

「今日は本か……勉強してるのかな」

最近の行動を見て分かったことだけど、彼は冒険者の道は諦めたみたいだった。

一緒にパーティーを組むのも楽しそうだなと思っていたけど、伴侶となる相手に理解を示すのも良妻の条件だろう。

もしかして治療師を目指してるのかな？　さっきも医療道具を買っていたみたいだし。

治療師か……それならいつか診《み》てもらいたいな。ボクはほとんど怪我なんてしないけど、再会のきっかけとしては丁度いい。

どんな道だろうとボクはトーワ君を応援している。

勉強に励むトーワ君の横顔は眩しかった。思わず涎《よだれ》が出そうになる。

彼は読書家らしく週に何冊も本を読んでいた。というより文字を覚える一環かな？

とんでもない習得速度だ。連日頑張っているようだし、トーワ君の頑張りが報われてほしいと願うばかりだった。

「リズ？　こんなところで何してんだ？」

「ん？　あぁ、アイリじゃないか、どうしたの？」

「こっちの台詞《セリフ》なんだが。怪しさ満点だったぞ……」

アイリからは「本屋に用があるんだが、一緒に行くか？」と誘われたけど、ボクは断った。

今日も一日トーワ君を見守るのに忙しいから。

「ああ、アイリ。待って待って。少し話さないかい？」

このまま行けばアイリとトーワ君がすれ違ってしまう。

勿論何もないとは思うけど、重婚が許された現代でどんなミラクルが起こるか分からない。

もしかしたら彼女が第二夫人になる可能性も否定できなかったし、警戒するに越したことはないだろう。

「いいけど、なんかテンション高いな。いいことでもあったのか？」

「うん、凄くいいことがあったんだ。教えないけどね」

「なんだそりゃ」

とはいえ、そろそろ進展があってもいい気がするな。

トーワ君を知ってからすでにひと月と少し。いい加減お話くらいしたいけど……。

だけど、再会の仕方はとても大切だと思うんだ。人の姿で顔を合わせたことがないから怖いというのが正直なところだけど、彼はボクを見て気付いてくれるだろうか？

「そういうアイリも浮足立っているように見えるけど？」

「……実はな、今晩飲みに誘われてるんだよ」

「？　誰に？」

「依頼者だな。この前リズがいない間にクリアしたクエストがあっただろ？」

小声で耳打ちしてきた。

……呆れた。そんなどこの馬の骨とも知れない男に抱かれることを夢見るなんてね。

というより、以前にも似たようなこと言ってなかったっけ。あの時は泣きながらお酒を飲むシルヴィとアイリに一晩中付き合った覚えがある。

懲りていないのだろうか？　もう二度と男なんて信じないって言ってた気がするけど。

「こ、今度は身元もハッキリしてる商人だ……さすがに大丈夫だろ……」

うーん、どうだろう。結局は同じ価値観を持った人間だしね。

おだてられていい気にさせられるか、騙されるか……なんにせよ結末はそこまで変わらない気がする。

「リズ、お前も――」

「行かない」

即答したボクにアイリは面食らったようだった。前までなら少しは心が揺れていたかもしれない。人の温《ぬく》もりを求めていただろう。

しかし、さっきも言ったようにそれは以前までの話だ。もし知らない相手に心が動くようならボクはこの場で自害でもなんでもするよ。

お前は何様だと自分に怒り狂うだろう。彼以外とだなんて、知らない人とだなんて、とんでもない愚考だ。

トーワ君がいる今となってはあり得ない。

「……まあ、気持ちは分かるけどな」

即座に拒否したボクを見て、アイリが変な方向に勘違いをしていた。

確かに今までのことを考えたらボクが〝怖がっている〟と思うのが自然だろう。

だけど違うんだ。今回だけはそんな理由じゃないんだ。ボクは浮気なんてしないからね。あの人以外に心を許すことなんてしない。

相手がいる優越感から気楽に構えることができていた。

アイリから訝しそうな目を向けられる。

でも、ちょっとくらいは教えてもいいかな？

アイリは友達だし、それに断ったんだから、せめて理由くらいはね。

「アイリ」

「うん？」

腕を組み、ふふん、と笑いボクは告げた。

「ボクにはね、将来の相手がいるんだ！」

これが彼を知る経緯とその顛末《てんまつ》。

そして、ボクの初恋だった。

3章　龍族の里

Chapter 3

グリルの街に帰って来た数日後の昼頃《ごろ》。

リズさんの実家である龍族の里行きの準備を進めつつも、僕は穏やかな日常を謳歌《おうか》していた。

里にいるリズさんのお母さんの容態は心配だけど、準備不足で行くわけにもいかないからね。

何があっても対処できるように薬や、その他《ほか》の道具や消毒液を用意したし、病気に関する本も持っていけるだけ用意した。

慌てず準備を進めるとしよう。皆も落ち着きたいだろうし、僕も道具の整備が必要だった。

六脚馬《ろっきゃくば》に関しては馬車を引く生き物としては人気があるから、借りられるのは更に数日後ってことになるそうだ。

時期的な理由もあって、報告をしたギールの村の魔素溜《だ》まりの件で色んな町の足役の人たちが駆けずり回っているというのもあった。僕も待ってる間に龍族について調べたりとできることはあるから、この時間も無駄にはならない。旅に慣れていない僕としては疲れもあったから丁度良かったかも。

そして、治療院の運営は以前よりは順調だった。どうやら口コミでギールの村のことが伝わったらしい。ネットもない世界だから、人伝《ひとづて》の情報というのは馬鹿《ばか》にできない。

今月の食費分くらいは確保できたかな。この調子で今後の運営も上手《うま》くいけばいいんだけど。

そして、この日はミーナからのお誘いで銀翼《ぎんよく》の皆の拠点にお邪魔させてもらっていた。

僕が昨日「ミーナの料理を楽しみにしてる」と言ったことを彼女は気にしてくれていたらしく、今日はその約束をとのことらしい。

「ど、どう？　トーワ」

ミーナが緊張した様子で感想を求めてきた。

これらの料理はほとんどミーナが作ってくれたものらしい。テイルボアと呼ばれる魔物の尻尾《しっぽ》の部分のお肉を使った料理だそうだ。

シンプルにスパイスを使って焼いた調理法。切り分け方が大雑把《おおざっぱ》に見えたり、焦げてる部位があったりと拙《つたな》い部分はあるものの、味に関して気になることはなく美味《おい》しかった。

「美味しいよ」と伝えると、嬉《うれ》しそうに顔を綻《ほころ》ばせ今度は肉を山のようによそってくれた……食べきれるかな。

シルヴィさん、アイリさん、リズさんからも好評だった。

「最初はあんなに失敗してたのにな、昨日も一晩中悩んでたんだぜ？」

「ア、アイリ。余計なこと言わないで」

ミーナの慌てた様子にアイリさんが「悪い悪い」と謝っていた。

賑《にぎ》やかで平和な食卓だった。けど最近食べさせてもらってばかりだな。

今日は貢がれないなと思ってたけど、昼食がその代わりだったらしい。いや、頻繁に貢がれても困るんだけどさ。

食器も片付け終え、談笑をしていると、ミーナが期待を込めた目で僕を見てきた。穴が開きそうなほど凄《すご》く見つめてきている。

「……どうしたの？」

あまりに見つめてくるから思わず聞いてしまうと、ミーナはもじもじと口を開いた。

「トーワ、その、よかったらご褒美がほしい」

「ご褒美？」

「うん……また、してほしい」

一瞬何のことか分からなかったけど、ミーナの耳がぴくりと動いたのを見て、すぐに耳掃除のことだと思い至る。

そういえば帰りに約束してたっけ。「帰りの約束のこと？」と尋ねると、ミーナはこくんと頷《うなず》いた。

アイリさんとシルヴィさんが固まる。ミーナだけじゃなくて二人にも約束してたな。その場にいなかったリズさんは何のことなのか分かってなさそうだけど。

「やりすぎるとよくないよ？」

耳の中は普段刺激に晒《さら》されることがないから擦《こす》りすぎるとすぐに痛めてしまうと聞いたことがある。

約束した手前強くは言えないけど、頻繁にやるのもどうかと思ったので一応言っておいた。

「ああ、トーワの言う通りだな。そ、それにそういうのは順番ってもんがあるだろ？」

「ですね。その通りですよ」

同調するアイリさん。それに続いて、うんうん、と頷くシルヴィさん。

二人から援護が来ると、その勢いに押されてミーナが不満そうではあったものの納得していた。

シルヴィさんとアイリさんは、なら次を決めるということでジャンケンを始めた。

「やった－！　や、やりました！　勝ちました！」

「くっ……」

勝負に勝ったシルヴィさんが喜んで、アイリさんががっくりと項垂《うなだ》れている。

獣人族の耳ほどではないけど、エルフ族の人の長耳も特殊な形状をしているからちょっと緊張。

というか、お付き合いさせてもらっている女性の耳を掃除するという状況が、僕にはいまだに照れ臭い。

「？　何の勝負？」

なぜか僕に背を向けて下着を確認しているシルヴィさんたちの様子を不思議そうに見ていたリズさんは問いながらグラスを傾ける。

「えへへ、じ、実はですね……」

と、シルヴィさんが僕のほうを見て顔を赤くして、リズさんに耳打ちをした。

こっそり言うことでもないんじゃ……？

「え……」

リズさんの手の中にあったグラスが弾《はじ》けた。砕け散ったガラス片。リズさんの口にしていた水がテーブルの上に広がっていく。

シルヴィさんが「だ、大丈夫ですか？」と、慌てて心配していた。

え、耳掃除ってそんなに驚かれるものなの？

「ご、ごめん。でもそういうのはその……なんと言えばいいのか……」

ごにょごにょと口籠《くちごも》りながらナフキンでテーブルを拭き始めるリズさん。

シルヴィさんがごほんと咳《せき》払いをした。

「なんにせよ私の番ですね……その、トーワさん。や、優しくお願いします……」

「勿論《もちろん》です。痛かったら言ってもらえたら」

「あ、でもその、少しくらい乱暴でも……」

「いやいや、優しくやりますよ」

シルヴィさんは僕の言葉に何かを想像したのか耳まで赤くしている。

ミーナは面白くなさそうだった。


「ミーナは今度ね」

仕方ないなーと、頭を撫《な》でてあげると、ピーンと猫耳が起立した。

そんな話をしているとリズさんが傍らでぶつぶつと何かを言っている。彼女も顔が赤い。

テーブルの片付けを終えたリズさんが、顔を赤くしながら聞いてくる。

「いいのかな……そ、そういうのは、ムード、とか、大事なんじゃないかな」

「ムード？」

耳掃除のムードというのは分からないけど、何か作法みたいなのがあったり？　いやでも、ミーナは普通にやっただけだし。

「……トーワ、アタシの時はちゃんと準備するからな……！」

「あ、はい……」

アイリさんが、鬼気迫る様子で言ってきたので思わず同意してしまう。

僕のやり方ってそんなに不満なんだろうか……。

「ムードって、例えばどういう？」

「そりゃ……やっぱ二人きりの時とかに、ほら、分かるだろ？」

「え？」

本当に分からない。この世界特有のものがあるのかな。

「すみません、こういうのに詳しくないというか……」

「……そうなのか？」

「ですね。なので多少のことは大目に見てほしいです」

「それはそれで嬉しいけどよ……ってことはよ……あれだ、トーワはこういうの、他の奴《やつ》としたことないのか……？」

母さんにされることはあっても、人にしたことはないな。

思えばミーナが初めてだったわけだ。それを伝えるとアイリさんは「ふーん」と、素っ気ないながらも口元に堪《こら》えきれない笑みを浮かべていた。

いつもの癖で照れ臭そうに頭の後ろを掻《か》いている。

「あ、アタシの時は、手とか繋《つな》いでてほしいんだけど……」

「手？」

片手でやってくれってこと？　できればもう片方は頭に添えておきたいんだけど、危ないし。

でもしばらく考えたけどどういう体勢になるのかな？　膝《ひざ》枕と手を繋ぐのってそこそこ面倒な気がするんだけど。

「アイリ、危ないと思う」

「あ、危ない？　え、危険性ってあるのか？」

そこらへんはミーナが説明してくれるかもしれない。

「あ、そうだ。これ持ってきたんですよ」

そういえばと、忘れていたことを思い出した。折角持ってきたので早いうちに渡さないといけない。

いつもご馳走になってばかりも悪いかなと思って、デザートに持ってきた果物をテーブルに置く。布袋に入ったレンジの実だ。

ちょっと固いみかんみたいな果物なんだけど、それを見たシルヴィさんが分かり易く狼狽《うろた》えた。

「ふ、袋……っ!?　なぜ袋を!?」

「袋……?　中身はレンジの実ですけど」

袋の紐《ひも》をほどいて、中身を取り出すと柑橘《かんきつ》系の爽《さわ》やかな匂《にお》いが広がった。

「あ、あぁ……ですか……美味しいですよね。レンジの実」

ふぅー、と胸に手を当て物凄く安心した様子を見せるシルヴィさん。

なんで袋にそんなに反応したのかは謎だった。

「それじゃあ部屋に行きましょうか」

見たところ横になれるところがなかった。となると、シルヴィさんの私室になるだろうか。彼女の部屋には入ったことがないのでちょっと緊張するな。

「は、はいっ」

後ろから何か細い声が聞こえた気がした。

◇

「終わりましたよ」

「っ！　え、もう終わったのか？」

耳掃除を終えた僕たちは、再び皆の待つリビングへと戻った。

ミーナは椅子《いす》に座って行儀よくしている。

「あれ、リズさんは？」

「疲れているみたいで、部屋に戻るって」

なるほど、と頷く。アイリさんはそわそわとこちらを気にしているようだ。落ち着きなく足を揺すっている。

だけど、アイリさんに「もう」と言われたけど、三十分くらい経《た》ってるからそれなりに長かった気はする。

エルフ族の耳は特徴的な形なので慣れるまで怖いが、ある程度進んだらコツが掴《つか》めたように思う。

「なんか早いな、一晩は出てこないと思ってた……って、シルヴィ？　どうした？」

「何か始めてから、やたらと静かだったんですよね」

始まってからは口数も減って、途中からはずっと無言だったし。

するとアイリさんは「あっ」と小さく声を出す。シルヴィさんの肩をぽんぽんと叩《たた》いた。

「……初めてだと上手くいかないこともあるんじゃねーか？」

なぜか慰めるアイリさんに俯《うつむ》いていた顔を見せるとシルヴィさんはぽつりぽつりと口を開いた。

「いえ……えーと、なんと言っていいのか……」

浮かない表情のシルヴィさんを見ていると、何か失敗してしまったのかと不安になってきた。

自分では結構上手くできたと思っていたけど、彼女的には期待外れだったということなんだろうか。

「下手《へた》でしたかね？」

「いえ、上手《じょうず》でしたよ……気持ちよかったです」

ただ……とシルヴィさんは続ける。

「そうですね……色々引っ掻かれましたね。浅いところとか、たまに深いところに届いたり」

「？　そうですね」

「私の耳には入りきらない長さでしたね」

「ですね……？　全部入ったら危ないですよ？」

「………理解しました」

すると、シルヴィさんはアイリさんへと視線を向けた。

いってらっしゃいと手を振る。今度はアイリさんか。

僕と同じ形の耳だから分かりやすいな。今度は失敗もないだろうと僕は意気込んだ。

「いきましょうか」

「お、おう……その、部屋の灯《あか》りはどうする？」

「灯り？　明るい方がいいですかね、見えなくなっちゃうんで」

「け、けどよ……ちょっと恥ずかしいっていうか」

「あー、気持ちは分かる気がします」

そして、耳掃除が始まる。

アイリさんは最初はぎこちなかったけど、途中で「ん？」と頭を捻《ひね》っていた。

終わる頃には無言だった。

不手際はなかったと思うけど、僕って実は耳掃除が下手だったのかな。なんて反省する傍らでミーナが頭をぐりぐりされていた。

「お前、マジでふざけんなよ……」

「ミーナさんの今日の夕食は一品抜きですからね」

「い、痛い……なぜ？　不当な暴力はよくない」

この後、僕の誤解が解けるのにしばらくかかった。

◇

この日、僕はシルヴィさんとミーナの二人に付き添う形で街中をぶらぶらと歩いていた。

デートみたいなものだ。とはいえ目的はちゃんとあって彼女たちの武器の調整が終わる頃なので取りに行くとか。ここにはいないアイリさんの武器は大剣なので、もう少し手間と時間が掛かるのだそうだ。大きいと研ぐのも一苦労だろうしね。

人気《ひとけ》のない方へと進んでいくと『装備工房』とだけ書かれたシンプルすぎるくらいシンプルな木の板がかけられた建物があった。趣があるというかなんというか、ちょっと寂れた感じが良い味を出しているお店だ。

工房の中は入り口付近に武器や防具が並んでいて、その少し奥には見る機会の少ない変わったものが置いてある。

「これ、クナイですかね？」

形はちょっと違うかもしれないけど、バターナイフくらいのサイズの刃物がある。

他にも寸鉄や、円盤のような形をした用途のよく分からない武器も色々と取り扱われていた。

忍者が頭に浮かぶ。

「暗器ですね。ミーナさんもメインの短剣とは別に似たようなものを持っていたはずですよ」

後ろから顔を出したシルヴィさんの言葉にミーナが長袖《そで》の裏側を見せてくれた。

沢山の小さなナイフが収まった鞘《さや》が袖の内側を一周するように縫い付けられていた。

「隠し武器、殺傷能力は低いけど、いざという時に怯《ひる》ませるくらいならこれで十分」

ミーナの普段着はかなり余裕を持った手首を覆う長袖だ。

以前教えてくれた時に、メイン武器が短剣だと袖が長いから使いづらいんでは？　と思ってたんだけど、そういう意図があったらしい。

袖の裏側に隠し持ってるってわけか。隠してるなら相手の油断も誘える。

「でもこれ対人用だよね。魔物相手には使えないんじゃ？」

「そうでもない。このサイズの武器でも急所、例えば目を傷つけられれば大抵の魔物は驚く」

使い方次第ってことか。迷宮に行く予定はないけど勉強になる。

ちなみに他にも隠してるらしい。その上、予備の短剣も持っているとか。

「いつ想定外のことが起きるか分からないなら、準備はいくらしても無駄にはならない」

杞憂《きゆう》なら考えすぎで済ませられるからね。

「シルヴィさんはこういうの隠してたりするんですか？」

「ダガーくらいなら持ってますよ。あと、この胸当ても横の所に針入れてたり」

思っていた以上にシビアな世界だった。皆苦労してきたんだな……だけど普段聞くことのない皆の顔の側面を知れて嬉しい。

僕も皆の戦ってるところとか見てみたい気もするけど……危ないかな？

「トーワが見たいなら、頑張る」

「本当？　嬉しいな」

「でも気を付けて、世の中には色んな魔物がいる。もしかしたら私が対処できない相手も出てくるかもしれない」

言葉にはしないけど、ミーナがそんなに強いのかという疑問があった。

冒険者の彼女に失礼だけど、ミーナは小柄だ。そんなに強そうには見えない。

「無茶はしないでね？」と注意しておく。僕に治せる怪我《けが》ならまだいいんだけど、危ない目にはあってほしくない。

傍らで頷くミーナが「トーワも」と続けた。

「特に淫魔《いんま》には気を付けて、人の精を吸う危ない存在。トーワの黒髪は目立つから目をつけられたら……ちょっと危ない」

「淫魔か……どういう種族なの？」

男としてそういうことに対する興味もあったけど、この世界での淫魔の扱いに好奇心が湧《わ》いてくる。

「見た目は良くない個体が多い。だけど人を惑わす能力に特化している」

何となく察しがついた。

確かにそっち方面に進化してるなら僕にとっては危ないかもしれない。淫魔にとっては良い餌《えさ》にしかならないだろう。

「いや、トーワ。それだけではまだ認識が甘い」

「そうなの？」

「夢の中に出てきたり、幻影を見せたりといった手も使ってくると聞いたことがある」

「なるほど……」

　さすがファンタジーはなんでもありだな。

　そこまでされるとこちらも手が出しづらいってことか。

「他にもさりげなく身体《からだ》を触ってきて浅ましい欲望を満たそうとしてくる」

「ちょっと可愛《かわい》いね」

「可愛くはない。おそらく頭の中は性欲で濁っているはず。スキンシップなんて聞こえの良い言葉で周りを誤魔化した気になっている。とても危険」

　ミーナの言葉にシルヴィさんが「淫魔の話ですよね……？」なんて言ってるのが聞こえてきた。

「そう、淫魔の話。まさかとは思うけど何か心当たりが？」

「……ないですけど」

　シルヴィさんは口をもごもごとさせている。

「真面目《まじめ》に覗《のぞ》きも検討しているはず。それらしいことも一度だけ口にしていた」

　シルヴィさんの方から「ちょぉっ⁉」と聞こえてきた。

　何か慌てているようだ。並んでいた商品を見るのもそこそこにミーナの肩に手を乗せて無理やり自分の方を向けさせる。

「そ……その淫魔さんにも理由があると思いますよ？　ほら、えーと、盗人が現れたら危ない、とか……？」

「それは一理ある。防犯対策は必要。しかし、だからと言って水浴びを盗み見する行為に正当性はない」

「ちっ、違うんですよ。あれは偶然見えただけなんです。見たんじゃなくて見えたんです。そこに他意はありませんでした。信じてください！」

「だから危険。それ以来歯止めが利かなくなっているように思う」

「……何か理由があるはずです。その淫魔さんにしか分からない崇高な理由が」

「どんな理由であれトーワに害があるなら許さない。シルヴィ、次はない」

「ご、誤解ですよ！　話せば分かり合えるはずです！」

……淫魔の話だよね？　シルヴィさんの話になってない？

というか最後名前言っちゃってるし、シルヴィさんもそこ否定しないと駄目ですよ。

「そういえばリズさんの武器って何なんですか？」

聞いた話によれば、シルヴィさんが弓、アイリさんが大剣、ミーナが短剣らしい。

本にも色々と出てきたけど、リズさんは万能で何でもできるイメージがあるんだよね。その場で拾った石を投擲《とうてき》して相手を気絶させる場面もあったな。だからよく分かっていない。メイン武器となると何を使うんだろう？

「リズさんは基本的に手甲《てっこう》ですね」

「手甲？」

「力が強いので龍族のリズさんと相性がいいらしいんですよ」

「相手がリーチのある武器とかだと危ないのでは？」

「いやぁ……私たちと会う前から徒手空拳《としゅくうけん》でしたし、手甲をつけだしたのもダンジョンだと毒や酸の塊のようなモンスターもいるからで、素手で触れると危険な相手用にもなりますし」

へー、凄い。そういえば大きい怪我をしてる描写はほとんどなかったな。そういう理由があったのか。

「準備できたわよー。どう？」

工房の奥から出てきたのは背の低いドワーフの……女性？　だった。

アランさんよりもいくらか小柄だ。直前まで鍛冶《かじ》でもしていたのか、年季の入った作業用エプロンをつけていて頬《ほお》や厚手の手袋が煤《すす》けている。

「短剣は研ぎ終わってるわ。弓の方も弦《つる》を張り直しといたから確認してちょうだい」

ミーナとシルヴィさんがそれぞれ武器を受け取る。ミーナは試しにと軽く短剣を握って感覚を確かめていた。シルヴィさんも自分の命を預ける武器だから怖いくらい真剣だ。

僕が口を出せることでもないのでその様子を見ていると、不意にドワーフの彼女から背中を叩かれた。

「で？　どっちが本妻なの？」

ぴくりとミーナが耳を揺らした。シルヴィさんもチラチラとこっちを見てきてるけど、そっちに集中してほしい。

「どっちもですよ」

「ん？　そうなの？　あんた、優男《やさおとこ》の癖に意外とやるんだね……。見た目はあれかもしれないけど、いい子たちだってのは分かるよ。手放すんじゃないよ？」

それは褒めてるのだろうか……だけど後半部分は同意だ。みんな本当にいい子たちだからね。

「僕には勿体《もったい》ないくらいですよ」

「ははは っ、なるほどね！」

ぱんぱんと背中を叩かれる。力が強くて咽《むせ》てしまう。

「魔道具も取り扱ってるんだけどどう？　といっても私が作ったのは周りの装飾くらいだけど……あっちの道具もあるわよ？」

「……遠慮しときます」

あっちの道具ってそういうことだよね。視界の隅に蛍光色のカーテンで覆われた置き場があった。初めては道具無しがいいかなぁ、とはいえちょっとだけ想像してしまったのは男の性《さが》なんだろう。

その後、ドワーフの店主の話題を躱《かわ》すのに苦労した。下《しも》の方に話題を持っていこうとする性格はさておき、悪い人ではなさそうだった。

それからは別のお店でシルヴィさんの胸当ても調整をすることになった。ここは違う場所で、女性の店員さんにお願いすることに。

さすがに胸当ては僕がいたら駄目な気がするので、一時的に別行動をした。

「出立は明日？」

外でシルヴィさんを待っている間、ミーナと話す。

「うん、トーワは準備できてる？」

「できてるよ。リズさんの実家、楽しみだね」

龍族の里……どんなところなんだろう。

◇

龍族の里への出立を控えたこの日、僕は色々と準備をする。注文した薬を受け取って、道具も必要なものを調整していた。旅の食糧や消耗品はシルヴィさんが用意してくれるようで旅にまだ慣れない僕はありがたくその力に頼ることにした。

というより、護衛としてついてきてくれる銀翼の皆には本当に頭が上がらない。

この辺りは大通りから外れていることもあり人も少ない。天候も薄っすらと曇《くも》りがかっているから、それも関係しているのかもしれないな。龍族の里に向かう僕としては、晴れて天候が安定しているほうがいいんだけど。

そして、準備をしつつ近くを通ったので折角ということで寄った更に人気の少ない本屋にて僕は病気に関する本をいくつか購入してから立ち読みをしていた。

『獣人族にとって耳を触られる行為はよほどの信頼がない限りは嫌がられる場合がほとんどだ。特に耳の中を掃除するといったことは致命的な個所を晒すため警戒心が無いことを示す親愛の行為、また相手によっては性行為に準ずる行為ともされていて、近親者、または生涯の相手でもないなら他人に任せるのはあり得ないとされている。獣人にとってその身体的特徴である耳や尻尾は聖獣が宿る部位とされている』

「あー」

『獣人族の生態調査』という本を読んでいた。興味本位で見てみたけど、種族間マナーなどについても言及されていて、思わぬ掘り出し物だった。

ついでに、耳や尻尾なんかの獣人族の身体的特徴についての項目も立ち読みさせてもらっている。

しかしどうしようか。これはちょっと意図していなかった。それなら急に縮まったミーナとの距離感も理解できる。

誇張して言うなら僕は付き合ったばかりのミーナと順序を無視してそういう行為を致してし

まったことになるわけだ。

なるほどなるほど……。

「やらかした……のかな？」

よく分からない。だけど、少しばかり顔を合わせづらい気がするのだった。やってしまったものは仕方ない。いつかそういう行為はすると思っていたし、今後は軽率に口にしないようにしよう。

いや、でも耳掃除だしなぁ……。

「トーワ君。何か面白い本はあったかな？」

本屋の前の通りで出会ったリズさん。

彼女は龍族の里に出立する前に軽く必要なものを買い込んでいたらしい。食料が少し心もとなかったと言っていた。購入したと思わしき荷物を背負っている。

彼女の問いかけに言葉を返す。

「いえ……獣人の人にとって耳掃除がそういう行為だって知らなくて」

「あー、あはは」

そっか、と照れ臭そうにリズさんが笑う。どうやら彼女は意味を理解しているらしかった。

この本は購入しておこう。今後何かと必要にもなってくるかもしれない。できれば、前々から気になっていた彼女が貢いでくる理由も知りたいところだ。載ってるかな？

他の種族についても説明がある本があったのでそれも何冊か買っていた。

「ところで、一つどうだい？」

そう言ってリズさんは容器に入ったホットドッグのような料理を勧めてくれた。

「いいんですか？　ありがとうございます」

この街では道端に屋台が多く並んでいて、様々な料理を提供してくれる人々が客寄せの声を出している。

ファストフードは久々だな。

ありがたく受け取ってかぶりついた。少し時間が経って冷めているようだったけど、ぴりりとしたスパイスが利いていてとても美味しい。ケチャップもないしホットドッグというより、味はテリヤキハンバーガーに近いかも。甘辛いタレで味付けがされている。

だけど、一つで結構量があるし、意外と食べる人なのだろうか。

「すいません、リズさんの分一個もらっちゃって」

僕と出会う前に手にあったから、僕に話しかける前に買ったたっていうことだよね。

リズさんは気まずそうに目を逸《そ》らした。意味が分からずにいると、「い、いや。何でもない。構わないとも」と、そのまま誤魔化すように話題を戻される。

「でも……意外だな。てっきりもう皆に手を出してると思ってたのに」

「いやいや、僕そんなに手が早く見えます？」

リズさんは何とも言えない表情で曖昧《あいまい》に笑った。

「否定してくださいよ……」

「ごめんごめん」

くすくすと、手を当てて可笑《おか》しそうに笑う。

大切な人だと思えばこそだと思う。そんな軽はずみに手は出せない。

「キ、キスとかもまだなのかな……？」

「……ちゃんとしたのはまだですね」

そう言うとリズさんは顔を伏せた。何となく優しい表情に見える。そこに込められた感情は分からないけど、その光景に一瞬だけ意識を奪われた。内容がセクハラなのはさておき。

「そ、そういえばトーワ君。ボクが出てくる本を読んでくれたみたいだけど」

再び話が変わる。リズさんを主役として書かれた本は二冊。僕はどちらも読ませてもらっていた。

「ですね。どっちも面白かったですよ」

「それはよかった」

そう言ってリズさんはもう一度微笑《ほほえ》んだ。

「ボクも取材を受けた甲斐《かい》があったよ」

ああ、やっぱりそういうのあったんだ。だけどそれもそうか。本人の話も許可もない状態だったら、何も書けないだろうしね。

「でも変わった構成でしたね。性別に関する記述とかほとんど出てきてなかったですし、見た目についてもなんかふわふわしてたというか」

普通は登場人物の容姿って真っ先に記述するべき描写だと思うんだけど、著者の人の腕がよかったのかそこらへんは気にせず没入できた。

「ああ、それはそうだろう。一応Ａ級ともなる冒険者の冒険譚《たん》だからね」

「うん？」

ちょっとよく分からなかったので、どういうことだろうかと尋ねる。

だけど彼女の表情はどこか浮かないものだった。

「容姿が描かれてたら人気なんて出るわけないじゃないか」

……地雷だったようだ。少し考えたら分かることだったのに、酷《ひど》いことを言ってしまった。

「えっと、ごめんなさい」

だけど、リズさんは「ああ、ごめんごめん」と、慌てていた。

「いいんだ。だってトーワ君は僕のファンなんだろう？」

「？　そうですね」

意味も分からず頷いた僕を一瞥《いちべつ》するリズさん。

「なら、いいのかなって……」

それだけで十分だ。そう言ってリズさんは歩きながら視線を前に向けた。

迷いのないその姿を僕は、素直に格好いいと思った。本と同じ優しい人で、物語の中では強すぎて怪物のようだと、恐ろしいと書かれた姿は彼女のほんの一面に過ぎない。隣で笑うリズさんは、とても魅力的な女の子なのだと感じてしまい、彼女を意識し始めている自分に気付いた。

「あ、と、ところでっ」とリズさんが少し早い口調で僕を見てくる。

「イメージと違ったりは……しなかった？　ほ、ほら、こんな見た目だからさ……幻滅、とか」

「そんなわけないじゃないですか」

「そ、そっか」

安堵《あんど》するリズさん。むしろイメージ以上に美人で驚いた、とは言わない。今抱いてる気持ちは不純だと思ったし、失礼だと思う。

「……でも羨《うらや》ましいな。皆はこんな素敵な人と付き合えてるんだからね」

「相手ならリズさんにもいるんじゃ？」

「それが上手くいってないんだ……少しくらいは意識してほしいけど……」

　うーん、と悩んだ後でリズさんは話題を変えた。

「参考までに聞きたいんだけど、トーワ君なら嫁いできた相手の家柄がいいところだったらどう思う？」

「ん？　いいところって、たとえばどういう？」

「ボクの実家は巫女《みこ》の血筋でね。後継者問題が出てるんだ。そういうのって面倒だったりするのかなって」

　血を重視するのはこの世界でもあることなのか。僕がいた世界でも、王様の血脈を途絶えさせないために近親相姦《きんしんそうかん》を繰り返していたというのは有名な話だしね。

　もしかして、将来の相手ってそれ関連の人なのかな。

「どうなん……ですかね？　相手の家の事情は無関係じゃないんで大事にしたいですけど、政《まつりごと》っていうんですかね、そういうのはよく分からなくて」

　ふんふん、とリズさんは頷く。

「リズさんが跡を継ぐんですか？」

「それは今更かな、確かに巫女の血は引いているけど、母はボクにそういうことを話したことはないから、別の人が継ぐんじゃないかな。こっちとしても皆と一緒に冒険者をするのは楽しいから、それに……ボ、ボクにはもう心に決めた人がいるから、その人の生活を縛りたくはないかな」

　ってことは後継者問題とは関係ないのか。リズさんが恥ずかしそうに顔を赤らめている。彼女にここまで想われるってどんな人なんだろう。教えてくれないから聞きあぐねていたけど、この際だから聞いてみることにした。

「どんな人なんですか？」

「……いい人だよ。本当に」

ふふっ、とリズさんは優しい笑みを浮かべた。

思い出し笑いをしているようで、その顔はとても楽しそうだ。

「大好きなんですね」

「あぁ……そうだね。大好きだよ、本当に心の底から」

照れ臭そうにリズさんは続ける。

「好きなんて言葉だけじゃとても言い表せないよ。恩人なんだ。ボクの全《すべ》てを掬《すく》い上げてくれた人だ。彼がいてくれるなら、それだけでボクは……」

その言葉や表情が本当に幸せそうで、彼女にとってその人が大切な人なのだということが伝わってきた。

ただそこまで惚気《のろけ》られると思っていなかった僕は反応に困った。関係ないことなのにこっちまで照れ臭くなってくる。

そんな僕に気付いたのか、リズさんは誤魔化すように咳払いをして続けた。

「だ、だけど、とにかくこっちの好意に全く気付いてくれない……この話も聞いてもらったんだけど、嫉妬《しっと》もしてくれないからボクには興味がないのかもしれないね」

そこには隠しきれないほどの不満があった。

やれやれ、とリズさんが大きくため息をついている。

「それはなんというか……」

その時、何気なしに視線を向けると、リズさんの首筋を鱗《うろこ》が覆い始めていた。

初めて見る光景。突然のことに驚き足が止まる。

「あ、あぁ、すまない」

リズさんが「ごめんよ」と集中した様子を見せるとすぐに見えなくなった。

「……今のってもしかして龍化ですか？」

確か龍としての特徴が体に現れるんだっけ。理屈とかみたいなのは知らないけど、物語の中では空を飛ぶ描写もあった。

頷きを返すリズさん。

「凄いですね……」

「気持ちが高まると、勝手に出ちゃう時があるんだ」

未熟だ、と申し訳なさそうに言うが、僕としては珍しいものが見れて嬉しかった。

「でも……正直皆が羨ましいよ。ボクは上手くいってないのに、皆だけ先にって……なんで君たちは隙《すき》あらばイチャつくんだい？　ボクを困らせて、そんなに楽しいの？」

もう、と拗《す》ねたように足元の小石を蹴っている。

別に困らせたいとは思ってないんですけどね。

とはいえリズさんの気持ちが分からないでもない。そりゃ一人だけ蚊帳《かや》の外だと疎外感とか色々あるだろうし……気を付けていくとしよう。リズさん思ってたより溜《た》まってたのかな。今更だけど悪い気がしてきた。

だけど僕にも言い分はあった。リズさんには何かしらの関係がある相手がいる。交際なのか、婚約者なのか、まだ友達というだけで好意があるだけなのかは分からないけど。

――半年くらい前からだったかな。いきなり〝将来の相手がいる〟とかって……。

ギールの村でアイリさんが言っていた言葉を思い出す。

皆に散々自慢したらしいし、今になって皆のことを咎《とが》めるのもどうなのかな、って。言い訳がましく僕が口を開こうとして――。

「……？」

ふと、思った。

「リズさんの龍化ってどういうものなんですか？」

「……どうとは？」

何か引っかかった感じがした。

だけど、それを口にするよりも先にリズさんが視線を前へと向ける。

「それより、そろそろボクたちの拠点だよ」

「あ、皆も待ってるみたいですね」

視線の先ではシルヴィさんとアイリさんとミーナの三人が立っていた。

傍らには馬車と、それを引く役割の六脚馬？　であろう魔物がいる。初めて見たけど、普通の馬よりも二回りほど大きい。強そうだ……。

皆も気付いたのか、シルヴィさんとアイリさんが手を振ってくれる。ミーナはこっちに駆け寄ってきた。

「ほら、トーワ君。愛《いと》しの彼女たちがお待ちだよ」

すっかり揶揄《からか》われてしまった。参ったな……そう思いながらも僕はミーナを抱き止めた。ミーナのこれもすっかり習慣化していた。嬉しそうにすりすりと胸板に頬ずりされている。
だけど匂いを嗅《か》ぐのはいまだにどうかと思う。懐かれてるってことだし嫌じゃないけど、やっぱり恥ずかしい。

「トーワ、皆準備終わってる」

「そうみたいだね。もう出るのかな？」

「いつでも出れる。トーワの準備は？」

僕はいつでも大丈夫かな？

ミーナに手を引かれる。ちょ、強い強い。意外とミーナって力あるよね。さすが冒険者と言うべきか。

リズさんに一言入れて皆の元へ駆けて行く。

その時、そういえば……と疑問を感じた。何となく、本当に何となくだけど——。

僕がこの世界に来たのも半年くらい前だったな、なんて……そんなことを不意に思うのだった。

◇

……ずるくない？

ボクだけ完全に蚊帳の外なんだけど。

まずシルヴィ。前々から思ってたけど、君って実はムッツリだよね。

さりげなくボディタッチしてるの分かってるからね？

たぶんトーワ君も気付いてるんじゃないかな。

次にアイリ。

発情した女みたいな顔してるけど君の顔だと怖いだけだからね。トーワ君と話す時に顔赤くして幸せそうだけど、羨まし……じゃない、あざといからやめてほしい。

あとミーナ。

君は単純にくっつきすぎ。絶対鬱陶《うっとう》しいよそれ。見てて暑苦しいんだよね。代わってほしい。

……いや、落ち着こう。こういうのは良くない。皆に悪気はないんだ。それは分かってる。

これはボクの見苦しい嫉妬だ。

皆の幸せを邪魔する権利なんてボクにはない。

彼女たちだってボクと同じ苦しみを背負ってきたんだ。幸せになってほしいとは本心から思う。

だけど……ボクの立場は？

というかなんでボクの前であんなにイチャつけるの？

ボクのこの居《い》た堪《たま》れなさを少しでも分かち合いたい。トーワ君と気まずくなってほしい。

最初は上手くいくと思っていた。

だけど実際はどうだろう。告白するタイミングがない。

周りから好かれているトーワ君の周りにはいつも誰《だれ》かがいる。

怖いのもあった。コンプレックスを煮詰めたみたいな顔と身体。

二人きりになれても緊張して肝心なことは何も喋《しゃべ》れなくなってしまう。

ボクは一体いつになったら伝えることができるのか。

うぅ……なんでこんなことに……。

◇

龍族の里へ出立した翌日。

僕は馬を御することができない。可能なら教わりたかったけど、いきなり六脚馬は危ないと皆から反対された。落馬したら本気で命に関わるらしい。そういうことならと、大人《おとな》しくしていることにした。馬は段階を経て徐々に慣れていくしかないだろう。

という理由から銀翼の皆が交代で御者をしてくれているんだけど、さすがに悪い気がしてくる。

今はアイリさんの順番で、向かい合う対面式の馬車の中では僕の隣にミーナ。その反対にシルヴィさんとリズさんが座っていた。

僕は何か少しでもできることはないだろうかと頭を悩ませる。

「トーワ、どうしたの？」

「何か僕って何もしてないなーって思ってさ」

いよいよ本格的にヒモになっている気がする。前から思ってたんだけど、治療以外の方法で商売はできないのだろうか。

以前アイリさんとシルヴィさんに振る舞ったようかんは好評だったし、知識チートみたいなこととかもいいかもしれないな。患者さんには帰る際に特典としてお菓子がつくとか。

……僕は馬鹿なのかな？　何だよ特典って。

こんな思考に陥るのも、ある意味では焦りからの現実逃避なんだろう。現状が置物よりも役に立っていない僕だから、まだまだ頑張らないとなって思う。

「そんなことはない」

ミーナは僕の先ほどの発言に対して首を振って気を使ってくれるけど、実際問題僕っておんぶに抱っこ状態というか。

「トーワはこうして傍にいてくれる。私にとっての、神様」

神様ときたか。

さすがに大袈裟《おおげさ》すぎるけど、ここまで言ってくれる彼女の想いが妙にむず痒《がゆ》くもあるのだった。

対面でシルヴィさんも深く頷いている。

いやいや……。

内心で言いすぎだと思っていると、シルヴィさんが僕の腕に抱きつくミーナを見ていることに気付いた。

「ミーナさん、くっつきすぎでは？」

「そう？」

「そうですよ。そろそろ代わってくださいよ」

「やだ」

「席替えをするために戦闘行為も辞さない覚悟ですよ、私は」

「そこは辞してください……」

最後のは僕。二人のやり取りに思わずツッコミを入れた。席くらいで喧嘩《けんか》はしてほしくないな。

だけど、それでもミーナは引き下がらなかった。

僕の腕に込められた力が更に強くなるのを感じる。

「トーワと初めてしたのは私。つまり第一夫人。第三夫人は少し遠慮するべきだと思う」

「耳掃除ですよね⁉　なんかさらっと私が三番目になってますし！　せめて耳掃除の順番通りに二番目じゃないですかね⁉」

シルヴィさんが「ぐぬぬ」って言ってる。まるで威嚇《いかく》してるみたいだ。彼女のこういうアピールは最近では珍しいな。

それだけ寂しい思いをさせてしまったということなんだろう。

交際させてもらっている身としては、そこは反省だな。

「……皆、ボクがいるのを忘れてないかい？」

リズさんが居心地悪そうに頬を掻いた。その顔には苦々しい笑いが浮かんでいる。さすがに肩身が狭かったんだろう。彼女を見てシルヴィさんも口を噤《つぐ》んだ。

僕は話題を逸らし、ついでに気になってたことも聞いてみた。

「そういえば龍族の里ってどんなところなんですか？」

対面で同じく馬車に揺られているリズさんに尋ねると、「うーん」と、頭を捻った。

「岩壁に囲まれた山奥にあるんだけど、あまり大きくはないんだ。いくつかの部族が小規模で集まってて、ようやく村ってくらいじゃないかな」

リズさんは「自然が多いくらいで、そこまで特色はないかな。ほとんど田舎《いなか》だよ」とも付け加えた。

「あとは里のまとめ役として長老会っていうのがあってね」

「偉い人の集まりですかね」

「うん、そんな感じだね。最近何かと忙しいみたいでよく集まって話してるんだけど、母も里長たちの話は長いって愚痴ってたよ」

こうしてリズさんと話せるようになったことに僕はいまだに感慨深くなる。二つ名を持ったA級冒険者の彼女がいることには慣れても、どこか他人事《ひとごと》というか。

凄い人なんだよね。でもそれを言ったら皆もA級の冒険者パーティーだし、僕だけが何だか大したことのない奴みたいな……また卑屈になってきたな。皆と付き合えてる反動からか、将来が不安に思えちゃうんだよね。

不意に「トーワ」と名前を呼ばれた。

目を向けるとミーナが僕の袖を引いていた。

「老後はそういうところで暮らしたい。トーワは、どう？」

年中ずっと自然豊かで人の少ない落ち着いたところってことかな。

……いいかも。

「そうだね。いつか皆で一緒に田舎暮らしするのもいいかも」

皆に冒険者みたいな危ないことはやめてもらって、貯金と僕の治療師としての収入だけで生活していくのも悪くない。

勿論現実はそんなに甘くない。簡単にいかないとは思うし、問題は色々あるだろうけど夢に見るだけはタダだ。

危険もなく好きな人たちと一緒の平穏な暮らしには憧《あこが》れる。

「こ、子供は何人くらいがいい？」

「うん、子供は……子供？」

早すぎない？　冗談かとも思ったけど、ミーナの目は至って真剣そのものだ。

華奢《きゃしゃ》な肢体を猫のように丸めて体重を預けてくる。

「そ、そう……子供。トーワが沢山ほしいなら……頑張る」

思わずミーナの小柄な体を見る。

しなやかな手足に、健康的な白い肌。

ミーナも恥ずかしくないわけではないようで、整った小顔が朱色に染まっていた。それどころか首筋までもが赤くなっている。

可愛らしい上目遣いで見てくるその表情は、僕に媚《こ》びるように潤んでいた。

不覚にも変な気持ちになってきた。そんな僕に畳みかけるようにミーナは控えめな乳房を擦りつけてくる。柔らかい膨らみ。程よく弾力があってその先端に何か硬い突起の感触が……。

いや、待て。胸はまずい。

「こほんっ！」

「五人でも十人でも……トーワの子猫、好きなだけ産むよ？」

「げふんげふん！　ごほんごほん！」

「トーワが望むことなら、なんでもする。どんなことでもできる。それこそトーワが」

「げーっほごっほ!!　ごほ！　ごほんごほん！」

「……シルヴィ、うるさい」

シルヴィさんの今にも吐血しそうなほどの咳払いでミーナの求愛が止まった。

不機嫌な彼女には悪いけど、今回ばかりは助かった。

ごめんミーナ。折角勇気を出してくれてたとは思うんだけど、僕はまだ童貞なんだ……心の準備ができてないんだよ。この場にはリズさんもいるしね。

悪い気はしたけど、僕はもう一度話を戻した。

「距離的には遠いんでしたっけ？」

「……遠いというより、道が険しいところが多いのかな」

「馬車で行けますかね？」

道なりに進んでいるから整備されていて揺れも少ないけど、道がないところとかだったら大変な気がする。

「そういえばリザード便の魔物も龍なんですかね？」

確か〝砂岩竜《さがんりゅう》〟って呼ばれてるんだっけ。

鱗とか尻尾みたいな特徴も似ているし、あの魔物も龍なのだろうか。

「ああ、それは竜だね。龍じゃないよ」

リズさんが宙に文字を書くように指を動かした。

「何か違うんですか？」

「色々違いはあるけど、一番の特徴としては体内に魔核があるかどうかだね」

「ああ、魔物と動物を区別するやつでしたっけ」

魔力を自力で上手く制御しきれずに、それが累積したもの、だったかな。

魔核と呼ばれる石のような器官を体内に持つようになったのが魔物なんだっけ。

「グランドリザードには魔核があるから魔物でね。龍の体内には魔核がないんだ」

そういえば聞いたことがある話だ。

それに関しては魔栓という病気もあったことを思い出す。

簡単に説明するなら血栓が近い。人の体内に小さい魔核ができて身体に異常が出る病気。

リズさんのお母さんの容態も、ファンタジー世界特有の症状のことだって考えられるし、里に着いて診断するまでに持ってきた本で復習しておこうかな。

「あ、でもグランドリザードと龍族はあまり一緒にして比べない方がいい」

「というと？」

「龍族に対して蜥蜴《とかげ》はタブーだからね。言ったらたぶん本気で怒られると思う」

ああ、蔑称みたいなものだったのかな。あれを蜥蜴とはとても思えないけど、言い方を間違えたら不快な思いをさせてしまうかもしれない。

リズさんに怒られたくはないな……気を付けるとしよう。

いや、それともさっきのは癪《しゃく》に障ったから、これから気を付けてくれという警告だったのだろうか。

「気を付けます」

それに付け加えて謝ったら、リズさんは慌てて訂正してきた。

「ごめんごめん、勘違いさせちゃったね。ボクは気にしてないよ。あくまで他の人にとってはっていうことだね」

「？　リズさんは言われても気にしないんですか？」

「うーん、気にはするけど、そこまで怒ることかなぁ、って。それにさ、ほら……ボ、ボクがトーワ君に怒るわけないじゃないか」

リズさんが言う。少しだけ声が上擦っていた。

本で見たイメージもあるからか、僕から見た彼女は穏やかな人という印象だ。

「初めて会った時から思ってたんですけど、リズさんって優しいイメージありますよね。怒ったところが想像できないですし」

その場面が思い浮かばない。

怒ると怖かったりするのかな。

「そ、そうかな？」

照れ臭そうにリズさんは頬を掻いた。

そんな僕たちのやり取りを見ていたシルヴィさんが僕の名前を呼んできたので会話を中断する。

「私も優しいですよ」

「それを自分で言うのは違う」

冷静なミーナの言葉を聞いて「そうですけど……」と拗ねたような様子のシルヴィさん。

やっぱり最近寂しかったのかな。

「いえ、ですが言わせてください。私は優しいですよ。何をされても怒りませんので……ほら、色々と、ど、どんなことにもお応《こた》えしますよ」

「シルヴィ、少しは慎みを持つべき……第三夫人として」

「それ、もう確定なんですか……？」

シルヴィさんの控えめなアピールは最近少しずつ増えてきてる……いや、控えめではないな。

だけど決して軽視するべき問題ではないだろうし、龍族の里に到着したらまたデートのお誘いでもしようかな。

彼女さえよかったら今度は手を繋いだりして、もしかしたらその先だって——。

「っと」

突然馬車が止まった。

アイリさんが取り付けられている小窓から顔を出す。

「今日はここら辺で野営しようと思うんだが」

見れば外は日が沈み始めていた。

近くには人の気配はなく、茂みの奥に少し拓《ひら》けた場所があるのが分かった。

他の人が野営をした跡なのか、炭化した薪の残りもある。

皆から反対意見が出ることもなく、僕たちはそこでテントの準備を始めた。

ちなみに魔物にほとんど遭遇しなかったのは、低級の生物はリズさんの気配を感じさせていると怯《おび》えて近づいてこないらしい。今は魔力を拡散させているのだとか。

そのおかげもあって、リズさんの故郷への道は何の問題もなく過ぎていくのであった。

◇

「リズ、相談にのってほしい」

「うん？」

火の番をしていた時のことだ。夜も更けてきて辺りには虫の鳴く音だけが聞こえてきて、時折ぱちっと焚火《たきび》の中の薪が弾けていた。

今はボクとミーナが起きている。トーワ君とシルヴィとアイリはテントで眠っていた。

もうすぐ交代を控えたそんな時に、ミーナが俯き気味に口を開く。

「私は……トーワにとって魅力がないのだろうか」

……何を言っているんだろう。馬車の中であれだけイチャついていたじゃないか。

「そんなことはないと思うけど……」

実際、トーワ君も嬉しそうだったように思う。ミーナのアプローチが過激な時は躱されていたけど、それでも彼の照れた顔に嫌悪は見られなかった。

シルヴィみたいにハッキリと見分けることはできないけど、他でもないトーワ君の表情だったからボクには分かった。

「なんでそう思ったの？」

「……耳掃除をしてもらった」

ああ、ギールの村のことだよね。それが原因で一悶着《いちもんちゃく》あったけど……それがどうしたんだろう。

「だけどトーワの態度が変わっていない気がする。それにこっちから誘っても……なんとなく避けられているような」

「………」

「もしかしたら耳掃除をしてもらった時に私に何か不手際が……だから進展がないのかもしれない」

ミーナの口からトーワ君の名前が出てくる。「トーワ……」と呟《つぶや》きながらしゅんとしていた。

普段は表情が変わらない彼女が、ここまで分かりやすく落ち込むのは珍しいことなのかもしれない。

けど、どこから説明したらいいんだろう。これはきっとミーナの中で誤解がある。

「ミーナ、獣人族には耳掃除は神聖なものだけど、人族にそういう考えはないんだ」

「……？」

顔をあげたミーナ。

その表情はいまいち理解できていないように見えた。

「えーと、なんて言えばいいのかな。耳掃除は確かに信頼関係がないとしないかもしれないけど、それ以上だとはトーワ君は思ってないんだと思う」

「なる、ほど……？」

ミーナにとっては常識なのかもしれないけど、人族にとってはただの耳掃除だ。それ以上でもそれ以下でもない。

実際グリルの街を出る時にもトーワ君は本で調べて、知らなかったと言っている。あまり広まっていない知識だからお互いに勘違いしたんだろう。

ミーナはゆっくりとその事実を自分の中で噛《か》み砕いて理解していく。

「……待ってほしい。それならあの夜は、トーワにとっては何でもないことだったということ？」

「そうなるね」

付け加えるなら、トーワ君の中で誰が一番とかは決めてないんだと思う。彼の態度から見ても分かる。彼が皆に序列をつけている様子はなかったし。

「け、けどっ、私がトーワに一番貢いでるし、一番頭を撫でられてる」

〝一番〟という部分を強調してくる。

この前可愛いと褒めてくれたし、作ったご飯を全部食べてくれた。と、どんどん主張が可愛らしくなっていく。微笑ましいけど、同時に妬《ねた》ましくも思った。そんな自分の心に蓋をする。

「……ミーナが一番可愛がられてるよ」

「子供扱いしないでほしい……」

むすっとするミーナだった。

事実ミーナが一番距離が近いと思う。それはもう物理的にもだ。見てるこっちが胸焼けしそうになるくらいラブラブだった。トーワ君も嫌がってるわけじゃなくて、どうしたらいいのか分かってないんだろう。

彼も誰かと付き合うのは初めてだと言っていたのを思い出す。

トーワ君のこともだけど、焦るミーナの気持ちだって理解できる。

ボクだっていつも考えていた。トーワ君の裸、あの優しい男の人の腕に抱かれるところを想像して全身が身震いを起こす。

さすがにこんなところではやらないけど、実はトーワ君を想って自慰行為をしたことは何度もある。

冒険で疲れ切り火照《ほて》った身体を、彼が優しく撫でまわす。

身体に溜まったムラムラしたものを解消してほしかった。彼の欲望をボクが潰《つぶ》れるまでぶつけてほしかった。

愛してほしい、好きなように使い潰してほしい。

脳裏には服を纏《まと》わないボクとトーワ君がベッドの上で絡み合う姿が映し出されていた。舌まで突き出して悶《もだ》えるボクをトーワ君が、意地悪く愛撫《あいぶ》する。

鼓膜を刺激し脳を揺さぶる彼の言葉にボクは翻弄されっぱなしだ。ボクの尊厳を貶《おとし》めるような言葉責め。それすらも快感。トーワ君が望むなら蜥蜴と見下されることにすら喜悦を覚える。

何度も妄想した。絶頂が近くなって思い浮かべるのは決まってトドメの言葉だった。先程までボクを追い詰めていたトーワ君だけど、最後には優しく耳元で囁《ささや》いてくれるんだ。

――愛してるよ、リズ。

悦《よろこ》びのあまり、ぞわりと肌が粟立《あわだ》つ。頭の頂から足の爪先《つまさき》までを悦びが駆け巡る。全身が鳥肌を立てて背筋が僅《わず》かに仰《の》け反《ぞ》った。

思い返すだけで幻影の一言が劣情を掻き立て心を炙《あぶ》る。自慰の時は想像だけでも乱れに乱れたというのに、実際にされたらボクはどうなってしまうんだろう。

渇望し続けたその言葉を聞くだけで果てるんじゃないか、というのは些《いささ》か大袈裟すぎるだろうか。そんな下卑た想像をする自分に軽く嫌悪を覚える。こんなことを考えてるなんて知られたら失望されるだろうなと自嘲《じちょう》した。

ボクにとっては夢みたいな出来事だけど、ミーナにとってはそうじゃない。

アイリもシルヴィも手に入れている。

ボクの手にはない……違う。ボクだけが持っていない。

彼の一番だと自惚《うぬぼ》れていたボクにとってそれは耐え難いことだった。もっと早く接触して告白するべきだったけど、後悔は今更だ。

でも、大丈夫。

……まだ大丈夫。まだ巻き返せる。

この苛立《いらだ》ちは身勝手な我儘《わがまま》だ。

だけど、自分をそう誤魔化しながらもボクは羨ましいという嫉妬心を抑えきれなかった。

「リズ？」

意識が鮮明になり、ボクは我に返った。

「……ごめんごめん。でもミーナ、そんなに心配なら」

――もう少し踏み出して聞いてみたらどうかな？

そう言おうと思ったけど、そこから先がどうしても出なかった。

二人は上手くいくのかな。

握りしめた手がぴきりと異音を立てた。

それはミーナ次第だろうけど、トーワ君が拒否しなければ二人の関係はさらに進むだろう。そうなったら、トーワ君とミーナは身体を重ねるのか。そう思ってしまった時、思わず口から出たのは全く違う言葉だった。

「少し距離を置いたらどうかな」

ミーナが一瞬黙った。

「それは……」と、続けて再び間を空ける。

「トーワ君も一人になりたい時だってあるかもしれないよ？」

しばらく迷っていたように思う。だけど、彼女の中で何かしらの結論が出たのだろう。

ミーナは急にその場から立ち上がった。

「……分かった」

交代の時間だ。

後ろ暗い感情が心を支配する。

……最低だ。

「ごめん」

喉《のど》から絞り出された虫の鳴くような弱々しい謝罪。あまりにも小さい声だったからこの場を離れるミーナには聞こえなかったらしい。気付いた様子のない彼女にボクは心の中で何度も謝った。

ごめん、ミーナ。

シルヴィにも、アイリにもだ。

謝らないといけない。

本当にごめん、ボクは……。


――君たちが憎くて仕方ない。

◇

龍族の里への道は岩が剥《む》き出しになった道とも言えないような悪路が続いた。高低差が激しい地形が多く、時には揺れの激しい馬車に気持ち悪くなったり。

皆が平気そうなのはさすがだった。僕はきつかったので自分の力で回復させてもらった。

川が道を塞《ふさ》いでいたので、流れの途切れているところまで遠回りしたりと、とにかく険しいルートを通った。

「山の中に？」

「うん、もう少しだよ」

馬ってこんな高所も平気なのだろうか。

いくら僕が知ってるような馬よりも強い六脚馬とはいえ、これはさすがに……。落ちたら死ぬだろうってくらいの断崖絶壁を見た時は背筋が寒くなった。

さすがに馬車は通れないんではと思ったけど、リズさん曰《いわ》く抜け道があるらしい。この辺りはもう地元と言えるそうで、龍族の里はもう目と鼻の先なのだとか。

　そうして進むこと数時間。

　岩場の多い道を進んでいくと、徐々に白い外壁に覆われた巨大な門が見えていた。

　壮大さに驚いていると、白い外壁の正体が見えてくる。

「……頭骨ですかね、これ」

　それは魔物の頭蓋骨らしきもので、よく見ると装飾が施されている。

　大きさは比べ物にならないくらい大きいけど、形は爬虫類《はちゅうるい》の骨によく似ていた。

「儀式や供物に、魔物を使うんだ。古いものは川に流して丁重に送り返している」

　リズさんの言葉に「はー」とため息が零《こぼ》れる。

　どこかの歴史か何かで聞いたことがある話だな。

　確か食べた動物の骨に装飾を施して送り返すことによって再び訪れてもらう、だったかな？

　その頭骨の牙は僕の背丈よりも大きく、一目見ただけで圧倒される。このサイズの魔物を討伐できるって、やっぱり龍族の人って凄いんだな。

　他の種族よりも比較的長寿で生命力に溢《あふ》れていて、老化による肉体の衰えは少ないらしい。力も強いから種族としての人口は少なくても、他の種族からは一目置かれている存在なのだとか。

「着いたね。ここが龍族の里だよ」

　もう一度周囲を見渡した。

　イメージとしては、僕の世界にあった世界遺産のマチュピチュが近いだろうか。自然の地形を生かした天然の要塞にも思える。

　門をくぐり、しばらく進むと広場に出た。そこには子供たちが遊んでいるのが目に入る。

僕たちに気付くと、遊ぶのをやめて興味深そうにこちらを見てきたけど声はかけられなかった。あとは焚火をする老人が数人いたくらいだ。子供以外に若い人は今のところほとんど見ていない。

「人は少ないんですね」

そんな僕の疑問にリズさんが答える。

「若い人は狩りに行ってるのかもしれない。この時期なら門に飾るための魔物を狩猟したりとか」

リズさんの話を聞きながら歩みを進める。

空き家になっているところもあって、住居は岩をくり抜いたようなものが多かった。

商人も地形的に頻繁に来れないだろうし、他の文化との交流が少ないのだろうか。

それとも何か他の理由があったり？

「変わってるというか、低い家が多いな」

「ボクは初めて里以外の家を見た時の方が奇妙に見えたけど……閉鎖的なところで人が少ないから縦に伸びる必要がなかったんだったかな」

全体的に建物は背の低いものがほとんどで、高さのあるものは岩を積み重ねて作られた櫓《やぐら》のようなものだけだった。

「隙間《すきま》風は粘土で塞いでるから、意外と中は暖かいし快適だよ」

「なるほど……」

隣でミーナが深く頷いている。

「何か分かったの？」と、僕が声をかけたら、ミーナは小さく頷いた。

「こういうのは参考になる。そして家族が増えるならある程度の広さは必要だと感じた」

ま、またそっちの話か。

だけど将来的に三人も奥さんがいるなら、今から考えるべきことだろうか。

「……そろそろだよ」

リズさんの声に前を向く。彼女が指を差しているのは他と変わらない背の低い住居。

清掃はされているようで入り口周りの落ち葉が少ない。

「そういや、リズの母さんって巫女してるんだっけ？」

そういえば里に来る前に聞いたな。

確か、龍神様、とかいう神様の巫女なんだっけ。

それがリズさんの言っていたお母さんのお仕事なんだろうか。

「ああ、母は少しばかり目が特別でね……詳しいことは会ってから話そうか」

リズさんが「ただいま」と一言告げる。

仕切りがあり、それが退けられると、そこには二人の人物が座っていた。

リリーラ・ドラグニル。

それが道中で聞いていたリズさんのお母さんの名前だ。

灰色がかった肩までかかる髪、少し垂れ気味なまなじりをしている。美人でリズさんとよく似ていて、姉と言われても信じられるほど若々しい。

その対面にはやや吊《つ》り上がった目をこちらに向ける初老の男性がいた。

「シグルドさん？　すみません、母とお話し中でしたか？」

「いや、むしろ丁度良かった。リズにも関係することだ」

シグルドという人物の声は力強く、一目見ただけで僕よりも大きいと分かる巨体だった。

取り込み中ということは察したけど、彼が言うには丁度いいとのことらしい。僕たちはいてもいいんだろうか？　なんて考えていたところでシグルドさんから目を向けられる。

「君たちは？」

その視線を受けてシルヴィさんが前に出る。

この辺りは経験があるのか、シルヴィさんは堂に入った動きで一礼した。

「申し遅れました。冒険者パーティー〝銀翼〟のリーダーを務めているシルヴィです。リズさんとは一緒に冒険者として活動をさせていただいています」

「なるほど、これはご丁寧にありがとう。そうか、そういえば冒険者をしてるんだったな。君たちはリズの友人ということか」

何度か頷いたシグルドさんは再びリズさんに視線を戻した。

だけど、向かい側のリリーラさんが声をあげた。

「……待ってください。私はまだ納得していません」

「リリーラさん、あなたがどう思っていようとこれは長老会の決定だ。里の人間としてこれには従ってもらわないと困るんだ」

「で、ですが」

二人で言い合っていて、僕たちには何のことなのか見当もつかない。

問題が起きているというのは分かるけど……。

「なんにしてもリズの意思を聞かないことには……」

「まあ、そうだな」

そして、シグルドさんの意識がリズさんへと向けられる。

リズさんの名前を呼んだ。

「リズ、長老会の会合場所に来てほしい。大事な話がある」

◇

トーワ君たちを母のところに残して、ボクはシグルドさんの後ろを歩いていた。

気が重い。

長老会というのはこの里の今後の方針や問題の対策といった重要な物事の判断をする話し合いの場だ。里の重役についている人物以外は、まず立ち入れない。

ボクは一度も出たことがないからどんな場所かは知らないけど、巫女をしている母は未来の災害などを予見した際は出席していた。

そんな場所にボクが呼ばれたということに嫌な予感がしている。

「そろそろだ、心して聞くように」

シグルドさんは父方の親戚にあたる人物だ。

最近長老会に出席できるようになったとか、この前帰った時に聞いたがそれでもまだ緊張しているようだ。襟を正している。

ボクも見習って乱れがないか確認する。実家に帰ってすぐだったから汚れが否めないが仕方がない。

「神聖な会合所だが、そこまで緊張することはないぞ」

ボクを見てシグルドさんが軽く笑いかけてくれる。

分かりました、と返事をしたが自分でもぎこちなさを感じた。幼少の頃から言い聞かされていた神聖な場所への立ち入りに自分でも思っていた以上に緊張していたらしい。

そしてこの里で唯一の木造建築の入り口まで来た。

「ニグルが息子シグルドです！　巫女リリーラの娘リズと共に参りました！　龍神様の御前である神聖なる会合所への入場の許可を！」

と、シグルドさんが恭《うやうや》しく頭を下げるのを見て、ボクもそれに倣う。

少しの間があり、入れとしゃがれた低いがよく通る声が返ってきた。

ボクたちは、失礼しますと言ってから建物の中へ入った。

奥行きが二十メートルほどの長方形の空間で、長老と呼ばれる里の重要な役職の人達がボクを迎えた。

みんなシグルドさんよりも歳が上の人物ばかりの中、特に一人だけ目立つ人物がいる。

長く伸び整えられた白いヒゲと髪、どう見ても老人にしか見えないのにその眼光だけがやたらと鋭かった。

上座は空けられていて、その最も近い席に、その人物は座っていた。里で最も長寿の龍族である里長のアグニラ様だ。最長老とも呼ばれていてこの場で最も発言力のある人物だ。

最奥の席の後ろは巨大な一つの壁画が刻まれている。女神様の従属神である龍神様が神託を受けている神話の伝承をなぞった絵だ。

上座の席は龍神様のものなのかもしれない。こんな時じゃなかったらよく見ていただろう。

「巫女殿は？」

「やはりお身体が弱ってきています。無理にここまでお連れするわけにもいかなかったので、自宅で休んでもらっているところです」

最長老の言葉にシグルドさんが答える。

今はトーワ君に診てもらっている頃だろう。

下座に移動するが、そこには椅子がない。

シグルドさんも立ったままだったが、長老会はそのまま始まった。

「ふむ、巫女殿は今回の一件についてなんと？」

「反対だと。とはいえ長老会の決定だから無下にするわけにもいかず……といった感じでしたね」

それを聞いて長老の何人かが口を開いた。

「ふん、一人娘はどんな容姿でも可愛く見えるということか」

「おい、口を慎め」

「そもそも巫女殿は今回の件を軽んじているのではないか？」

「責務を果たしてくれるならば何も問題はない。今回のこともきっと分かって下さるだろう」

「しかし、そうなると今年の収穫祭はどうする？」

「備蓄がある今より、来年以降じゃないかい？」

「そもそも――」

何の話か分からないまま口々に言いたいことだけを言い合う長老たちだったけど、結局ボクは何のために呼ばれたのか分からない。せめて説明してくれないとボクは置いてけぼりだ……。

話はいったりきたりを繰り返し、今年の天候の話、魔物の話、祭事の取り決めと続いていた。

しばらく話を聞いていたが、ボクが呼ばれた理由が分からなくてたまらず「あの……」と、手を挙げた。

最長老が話をいったん止め、こちらの発言を促す。

「あの……結局ボク……自分はなぜ呼ばれたのでしょうか？」

すると最長老が答えてくれる。

「……率直に言おう。巫女殿の衰弱が予想以上に早い」

え……？　と自分の口から間の抜けたような言葉が聞こえた。

「ま、待ってください！　それは、母が」

そこから先の言葉はボクから出なかった。

シグルドさんが落ち着けとボクを宥《なだ》めてくれたのもあったけど、それ以上に続きを言えばそれが本当になってしまうような気がして。

元々兆候はあった。年々弱っていく母のことが心配でここ最近は里帰りの頻度を増やしていたから。

長老の一人から「龍眼の予見がなくなる弊害はどうするか……」と、母を気遣わない身勝手な言葉が聞こえてきたことに苛立ちを覚えた。

巫女は短命の者が多い。龍眼を使う際にも非常に消耗する。

実際母も祭事で未来を予見する度に寝込んでいた。

巫女の短命を寿命として認識してしまった里ではどうしようもないから、ボクが冒険者になったのもそれが理由で、治療法を探す、そして治療費が必要になった時のためにお金を貯めるためだ。

「しかし、リズは遠出をしていたのではなかったか？　また帰ってきたのか？」

「丁度その時に私がその場にいたので、巫女殿の代わりに来てもらいました。今回は彼女が中心なので」

「道理だね。予定とは違うけど」

周囲の言葉を理解できないでいると、すぐ傍からため息の音が聞こえた。

「お前が後継の候補にあがっている」

「は？」

ボクの疑問を知ってか知らずか、最長老が続ける。

龍眼を持って生まれるのが巫女の血族からというのは聞いたことがあった。

だからと言って、後を継ぐ人物については一度も聞かされていない。

「確かにお前に龍神様の御力は宿っていない。そのことで巫女殿も別の人間を推薦するつもりだったようだがな」

母はボクを後継にするつもりはなかったのかもしれない。

だからボクに話さなかったのは心配させないため……というのは考えすぎではないのだろう。

「龍眼を持って生まれた血族から選出したいというのは理解できるだろう？」

ボクは頷く。

そういえば聞き覚えのある話だ。

「しかし、巫女殿に再び子を生《な》す体力は残っていない」

母を道具としてしか思っていないような発言にピシリと理性にヒビが入るのが分かった。

彼らにとって母は龍眼の付属品か何かなのか？

……僅かながら龍化の兆候も服の内側で感じたことで、自分の動揺を客観視できたせいか感情の爆発を飲み込むことができた。

「つまり一番近しいお前が適任なのだ。龍眼を持った子が生まれるかは分からないが、里のことを考えるなら巫女の血筋は濃い方がいい」

「無論、相手はこちらで用意する。お前にとってもありがたい話なのではないか？」

あんまりな言葉だが、確かに以前のボクなら特に感慨もなく頷いていたかもしれない、トーワ君のことを知らないならそう思われても仕方ないか。

「不服か？」

「いえ……あの、相手に関してなのですが、どのような選出をされるんですか？」

ああ、と最長老が答える。

「生まれてくる子のことも考えると、少なくとも弱い人物では務まらないだろうな」

動揺を隠し頷きながらボクは小さく汗をかいた。

となると、トーワ君は……ちょっと何とも言えない気がする。

「……待ってください」

声をあげた。予想以上に大きくなってしまったけど、それを気にする余裕は今のボクにはなかった。

「ボクにはすでに決まった相手がいます！」

瞬間、場が静まり返る。

余程意外な答えだったからだろう、長老たちはお互いに顔を見合わせていた。

浮いた話なんてなかった。一度だって異性と関係を持ったことなんてない。

失礼極まりない態度だったけど、今更そのことを言及するつもりはなかった。自分の容姿が人よりも劣っているなんて分かり切っていることだ。それよりも自分が先程口にした言葉の意味を理解して、やってしまったという後悔の感情が心を支配した。

だが吐いた唾は呑《の》めない。

「お前に相手がいるなど聞いたこともないが……」

すると最長老は「いや、それよりも」と頭を振った。

「その相手というのはこちらで見繕った男よりも強いのか？」

ここでも嘘《うそ》をつくことも考えたけど、すぐにバレるなら意味はないだろう。自分がここから起こすべき行動を考えて慎重に言葉を選んでいく。

「……戦闘能力という意味では、そこまで強くありません」

「他に突出した能力でもあるのか？」

「治療師としての腕は確かです……それに人格的にも問題ないかと！」

これは身勝手な考えだ。思わず弱音が出そうになるけど、色んな言い訳で自分を誤魔化した。

「それでは駄目だ。他種族でも強靭《きょうじん》な人物ならよかったが……とにかくこれは長老会の決定だ。いいな？　勝手な行動はするんじゃないぞ」

こうして長老会での話は終わり、ボクは絞り出すような声で頷くことしかできなかった。

くそ……っ、なんでこう上手くいかないんだ。

退出を促される。会議の内容はすでに別なものへと移り変わっている。

ボクは自分の行動の遅さと運の無さを呪いながらこの場を後にした。

◇

リズさんが大事な話があると、シグルドさんと共にこの場を後にしてからのこと。

「リズさん、何の話でしょう？」

アイリさんが「なんだろうな」と曖昧に答える。この場で話してても分からないことかな。

って、そうだ。

「あの、はじめまして。トーワと申します、治療師です」

リズさんのお母さんのリリーラさん。女手一つでリズさんのことを育ててきたという話を事前に聞かせてもらっていた。

リズさんのことも気になるけど、僕は僕でできることをしておかないと。

元々リリーラさんの容態を心配してこの里に来たわけだからね。

リリーラさんはこちらに意識を向けると先ほどまでの難しそうな顔ではなく柔和そうな表情で微笑んだ。

しかし、僕を見た瞬間僅かに目を見開いたように思えた。

疑問を感じる間に彼女も名乗った。

「失礼しました。はじめまして、リリーラ・ドラグニルと申します。トーワさん、銀翼の皆さんも……とはいえ、リズからいつも聞いていたので初対面という気はしませんね」

「リズさんが？」

「ええ、皆さんのことはよく話題に出していましたよ」

僕以外のということかな。

皆との冒険はきっといい話のお土産になったのだろう。

「この里に何かご用件が？」

「はい。実はリズさんからリリーラさんの体調のことを相談してもらいまして……よければ容態を診せていただけたらなと」

「……お気を使わせてしまったようですね」

後ろに控えていたシルヴィさんが「先に宿をとってきますね」と言ってくる。

おそらくは邪魔にならないようにと気を回してくれたのだろう。ありがたくお願いしておいた。

だけどそれを呼び止めたのはリリーラさんだった。

「龍族の里に泊まれる場所はありませんよ？」

「え、そうなんですか？」

「家も狭いので全員泊めるわけにも……おもてなしができなくて申し訳ないのですが……」

「いえ、突然押し掛けたのはこちらですし、お気になさらず。近くに開けてる場所があったので使わせてもらってもいいでしょうか？」

「それは構いませんが……」

尚《なお》も申し訳なさそうなリリーラさんの許可をもらったところで、シルヴィさんが外に出ていく。それにアイリさんたちがついていき、去り際に「トーワ、頑張って」とミーナの応援が聞こえてきた。それを聞いて気を引き締めた。

皆を見送ってから、リリーラさんに向き直った。

袖口から少し覗く腕を見ても、肉がついていない。

元々細身だったのかもしれないけど、不健康なやせ方で骨が浮いているようだ。

「それじゃあさっそくなんですけど、いくつかお聞きしてもいいでしょうか」

まずは問診からだ。

「体力が落ちて寝込むことが多くなったと聞いていますが、今の状態について心当たりはありますか？」

「そうですね……その前にお願いしてもいいでしょうか？」

「なんでしょう」

緩慢な動作でリリーラさんが僕を見た。

「娘には伝えないでいただきたいのです」

「何をですか？」

「原因について心当たりがあるんです……私たちは龍族の祖である龍神様を信仰させていただいております。長年にわたってその御力の一端である〝龍眼〞を酷使しすぎたのだと思います」

そういえばリズさんは、目がどうとか言ってたな。それのことだろうか。

「龍眼とは……？」

危険なものなのか聞こうとしたけど、信仰上のものなら迂闊《うかつ》なことは言わないほうがいいだろうと思い止まった。

しかし、これが原因で不健康になっているならあまりいいものとも思えない。

「外の方はあまりご存じないですよね……順序立てて話します。少し横道に逸れてしまいますが、私の身の上話を聞いていていただけないでしょうか？」

ボクが理解できないでいたから説明してくれるらしい。

「お待ちくださいね」と言ったのでしばらく待つとリリーラさんが息を深く吐いた。

「私は龍族の里で龍神様に仕える巫女として、今まで生きていました。その理由は、龍族に伝わる〝龍眼〞と呼ばれる眼を持って生まれたからです」

彼女がそう言って、瞼《まぶた》を開け僕と目を合わせる。

その眼は深く覗き込まれるような神秘的なものを感じさせる。だが瞳《ひとみ》の中は白く濁り切っていた。

グッと喉の奥から絞り出すような声を出し、リリーラさんは目を押さえ体中から汗をかいていた。先程の比でないほど息は荒い。

僕も気づけば汗をかいていた。あれが〝龍眼〟。とてつもない力の塊に覗き込まれた実感に体が硬くなっている。

しかし、どうこう言っていられない。リリーラさんの背中をさする。

それがようやく落ち着き、彼女と目が合う。その眼は優し気な紫色の瞳で、先程のような強烈な何かを感じることはなかった。

「……これが〝龍眼〟と呼ばれるもの……龍神様の持つ力の一端、未来予知の行使を可能にする瞳です」

途方もない話だが、先程の眼を見て納得がいった。リリーラさんは「しかし我々には身に余る力、不確定で遠い未来ほど外れてしまいます」と告げる。

思ったほど使い勝手はよくないらしい。消耗も尋常じゃなさそうだ。

「その力を使いすぎたということですか？」

「そうですね。リズも心配してくれているようなのですが、里の重要な祭事などは出席しないわけにもいかず……」

それはどうなんだろう。

体調が悪いなら欠席を勧めたいけど、この里特有の法みたいなものがあるんだろうか。

「トーワさん、私の命はもう長くありません」

「……そうなんですか？　でも」

僕の言葉はリリーラさんの咳払いで中断された。

大きく咳をする。謝るリリーラさんの背中を慌ててさすった。

「……失礼しました。私の命が長くないという話ですが……」

彼女は居住まいを直し「巫女は短命の者が多いんです」と続ける。

「病気ではないんです。この力は生命力を糧として使用するんです。治る治らないじゃないんです。欠けた命は戻りません」

……代償が大きいのか。消耗が激しいのは体力を使うだけじゃなかったんだ。

リリーラさんは深く頭を下げて額を床につけた。

「お願いします……どうかあの子の傍にいてあげてほしいんです。それが叶《かな》うなら龍眼を使い、身命を賭して吉兆を予見させてもらいます」

どうか……どうか……と、蒼白《そうはく》な顔で必死に頭を下げるリリーラさん。

慌てて頭を上げてもらった。

「傍にと言っても……僕にもリズさんにもそれぞれ決まった相手がいるんですけど」

「え」

彼女はぴたりと動きを止めた。

そして、心の底から不思議そうに「え？」と、再び疑問を発する。

不可解な反応に僕は首を傾《かし》げた。

「そ、それは……ッ、ッ！」

再び咳き込むリリーラさん。

慌てて背中を撫でるが、今度はなかなか落ち着かない。

しばらくして、ようやく落ち着いたリリーラさんは、涙を拭《ぬぐ》いながら「……お、おかしいですね。そんなはずはないのですが」と、呟くように言う。

「なにがですか？」

「あ、いえ……こちらの話です。すみませんでした……それでその、リズの相手というのは？」

「いや、僕も詳しくは聞いてなくて……」

リリーラさんは固まってしまった。混乱しているのがよく分かる。理由は分からないけど……。

とはいえまずはこっちが優先だろう。

龍眼の使いすぎで体力が落ちてる状態。

いや、この場合は寿命みたいなものと思った方が分かりやすいかな。

「リリーラさん、話を戻してもいいですか？」

「え？　あ、はい」

とりあえず終わってから考えよう。

心当たりがあった。無責任なことはまだ口にできないから断言はできない、けど——僕なら〝治せる〟はずだ。

それを説明すると、リリーラさんは疑問を口にする。

「いえ、申し出はありがたいのですが……」

「やってみないことには分かりません。ただ可能性はあるかと、僕の回復魔法は少し変わってるので」

「龍眼による消耗を回復できると……？」

「はい、多分ですけど」

リリーラさんが固まる。

目を丸くした状態で口を開け閉めしていた。

「……信じられない、ことですね。そのような魔法は聞いたことも見たこともありません」

あの、とリリーラさんが続ける。

「トーワさんは……その、創造神様と何か縁のある御方なのですか？」

「へ？　いや全然ですよ」

突然の問いに驚いてしまった。

あ、でも創造神様の方は知らないけど、女神様とは出会ったことあるな。

「そう……なのですか」

「えぇ、違いますよ」

「では、なぜ……いえ、今はいいです」

「……？　あ、でも」

いつかこの世界に来る前のことを思い出す。

法衣《ほうえ》に身を包んだ神々しい姿をした女性の姿を。

「女神様とは少しだけ関わりがあります」

「!?　そ、その話は本当ですか？」

「え、えぇまぁ」

リリーラさんが身を乗り出して迫ってきた。

なんだか怖い。

「あ、貴方《あなた》は、いえっ、御身は使徒様なのですか!?」

……？　なんのことだろう？　使徒？　ってなんだ？

「も、申し訳ありません。　確かめさせてください……私のことを治せると言っていましたが……」

「できますよ？　少し待っててくださいね」

　これをするのは結構しんどいんだけど、この際四の五の言っていられないだろう。

「失礼します」と、リリーラさんの胸元に触れる。目を瞑《つむ》り集中をして一気に魔力を練り上げた。

「……ッ!?」

　手の先から光が溢れ、触れた個所から魔力が彼女の身体を慰撫《いぶ》していく。

　少しだけ血色は良くなっただろうか？　一気に治すと身体がついてこないかと心配だったので、かなり力は抑えたけどやはりこちらの消耗も激しい。

「まさか……いえ、これは……間違いない……ようですね」

「ふーっ、す、すみません。少し疲れました」

「っ!?　し、使徒様！　大丈夫ですか!?」

　さっきからその呼び方はなんなんだろう？

　僕が困惑してると、リリーラさんは慌てた様子で座り込んだ僕の前で膝をついて頭《こうべ》を垂れる。まるで神への祈りのような姿だ。

　僕はその姿に驚き、慌てて頭を上げるように促す。

　リリーラさんがゆっくりと顔を上げた。その瞳は何かを決心するように強い光を放っている。

　彼女は口を開いた。

「トーワ様」

……様？

恭しく彼女は頭を下げた。こちらの言葉を待っているように頭を上げる様子がない。

「非才なる身ではありますが、里の巫女としてこの命尽きるまで仕えさせていただきたく思います」

え、何事？

◇

リズの実家から少し離れたところにテントを設営中。

高い草を刈り取って馬車から支柱とロープを下ろした。

とりあえずは一段落だな。

「んー……」

腕組みをしてアタシが考え込んでいると後ろから「どうしました？」と、聞こえてきた。

シルヴィだった。慌てた様子で走ってきたけど、やけに戻ってくるのが早いな。

「水汲《く》みは終わったのか？」

「入れ物を忘れてたんですよ。それより考え事してたみたいですけど、どうかしましたか？」

水汲みで入れ物忘れたって……何か最近ぼーっとしてるしこいつも考え事とかしてたのか？

まあ、シルヴィにも悩みくらいあるだろう。アタシは前々から考えていたことを口にする。いざ言葉にするのも恥ずかしいけど……。

「なんかトーワと進展がほしいなって思ってよ……」

シルヴィが「分かります」と深く頷いた。眉間《みけん》にシワを寄せて唸《うな》っている。

「……私なんて、このままだと勢いで第三夫人にされそうですし」

「そうなのか？」

そういえばミーナが何か言ってたな。となるとアタシは二番目か……嫌だな。

だけどもしもミーナにそれを言ったら絶対むくれるよなぁ……どうしたもんか。

「まあ悲観はしてませんけどね、何番目でも好きって言ってもらえるだけで嬉しいですし」

いや……それは嘘だろ。

だってトーワと付き合ってから酔うと毎回どうすれば一番にとか、どうにかしてセックスを、だの言ってるしな。いつかトーワにバレるんじゃないかと気が気じゃない。

水瓶《みずがめ》を持ち上げるシルヴィに向かって思っていたことを口にした。

「お前って言葉面《づら》はいいよな」

「アイリさんはたまに失礼ですよね……」

軽口を叩くとシルヴィが拗ねたように唇を尖《とが》らせてしまう。

悪かったよ、とこれまた軽く笑って謝った。

「実際はどうなんだ？」

「実際？」

「そうは言ったってお前も願望くらいあるだろ？　こうなりたいとかねーのか？」

シルヴィは「そうですね……」と顎《あご》に手を当てて考え込む様子を見せてから、スラスラと話し始めた。

「子供は三人くらいほしいですね。ペットに可愛い魔物とか……部屋は同じ一室を使って、一人の時間も大事にするんですけど寝る時は一緒に……みたいな」

「……思ってたより普通だな」

アタシたちみたいな醜女《しこめ》には最高の幸せだけど、シルヴィはムッツリなところもあるし、もっとえぐいこと考えてるかと思ってた。

「そうですかね？　これ以上は贅沢《ぜいたく》では」

ってことはまだ上があるってことか。

「まあ……そうですね。もし願いが全部叶うならですけど」

アタシは耳を傾けながらテントの支柱を立てた。

ロープで固定しながら言葉を待つ。少しの静寂。髪の毛が風になびく中、シルヴィが恥ずかしそうに頬を染めた。

「たまになら私がペットに、とか？」

「…………」

不細工な小顔が気色悪く歪《ゆが》む。なんつー顔してんだこいつは……いや、待て待て本当に怖いぞ。

「お前……それはさすがに引くんだが」

アタシは一歩後ろに下がったが心理的にはだいぶ遠くに行った。

それに気づいたシルヴィが猛烈な勢いで追走してくる。

「いやいや、アイリさんだって分かるでしょう？　愛しの殿方に束縛してもらえるんですよ？」

前々から思ってたけどこいつＭだよな。

こっちの薄い反応にシルヴィは不服そうだ。

だけど、ちょっとだけ考え込む。

そうだな……トーワとそういうことするのか……。首輪つけられたりとか、ご主人様って呼んだりとかか……？

　官能小説でそういうのを何度か見たことがあった。

「ご主人様か……」

　思い浮かべたその光景になぜか胸がどきどきしてしまう。な、なんでだ。アタシはノーマルだと思ってたけど。

　シルヴィが「ご主人様？」ってアタシの呟きに反応した。

「そ、そうだな。ちょっといいかもな」

　言った後で恥ずかしくなった。思わず口を出た本音。アタシは何を言ってるんだ。

　シルヴィが我が意を得たりと踏《ふ》ん反《ぞ》り返った。

「そうですよ！　今度トーワさんに」

「僕がどうかしました？」

　シルヴィは心底驚いたようで「わああああ!?」と飛び上がった。アタシもびっくりした。話題を出した張本人のシルヴィの動揺は計り知れないだろう。

「す、すみません、そんなに驚かれるとは」

　あ、あぶねぇ。

　トーワに聞かれてなかったのは幸いだった。

　アタシも胸を撫でおろす。というか今になって思ったけど、アタシたちは人の家の近くで何を話してたんだ。話に夢中で気配に気付かないとか平和ボケしすぎだったな。

「何の話してたんですか？」

　トーワの疑問にシルヴィはワタワタと乱れた髪を整えて挙動不審に答え出した。

「ぺ、ペットが可愛いなって話ですよ。ほら！　飼えたら癒《いや》されそうだなって思いましてね！　いや、もちろんやましいことなんてありませんよ？　私としましては純粋に家族が多い方が賑やかだな～って思って……ストレスの軽減とか、トーワさんの運営する治療院でも患者さんを落ち着かせるみたいな効果が期待できるんじゃないかなって。確か野良猫がいっぱいいましたよね。将来的にちゃんと飼ってみるとかどうかなーっていう、トーワさんもそう思いませんか？」

……お前は動揺しすぎだろ。

◇

「し、失礼します！　水汲みに行ってこないと！」

「あ、いってらっしゃい」

妙に慌てた様子で水汲みへと戻っていったシルヴィさん。

その後ろ姿に気を付けてくださいねと声を投げかけると、元気よく返事をしてくれたが、勢いは変わらなかった。少し心配でその姿が見えなくなるまで見送ってしまう。

「トーワの方はもういいのか？」

「あ、はい」

作業の続きを手伝うとなると僕もテントの設営だろうか？

「すみません。任せっきりにしちゃってて」

「気にすんな。分担は大事だろ？」

茂っていた草がなくなっていた。高い草が邪魔になるだろうからまとめて抜いておいてくれたのだろう。少し離れたところでは、アイリさんがペグハンマーでテントの杭《くい》を打っている。

「やっぱり手慣れてますね」

「ああ、クエスト中は野営なんてしょっちゅうだからな。これくらいなら慣れればトーワでもできるさ」

「へぇー……」

やっぱりベテランの冒険者は違うんだな。

「リズの母さんは大丈夫そうだったか？」

「経過を見ないことには……でも、大丈夫です」

アイリさんの手が少し止まって心配そうな声色で聞いてきたことを、少し自信なさげに答えてしまった。

それでも、アイリさんは「そうか」と安心したような表情で作業を再開した。

大丈夫なはず……女神様がくれたとはいえ、自分で身に付けたものではないことを完全にあてにしたことが、正直心残りではある。

しかし、これ以上あれこれ考えても仕方がないだろうと、僕も目の前のテントに集中した。

僕がいた世界で歴史の教科書にも載っていた形に近い円錐形。一本の支柱を中心にしたワンポールテントとも呼ばれるものだ。畳みやすく組み立てやすいのが特徴らしい。

アウトドアの経験は正直ない、多分昔いた世界ほど効率的に設置するのは難しいので慣れていないと時間が掛かってしまう。アイリさんにやり方を教わりながら組み立てていき、それでも一つのテントを設置することはできたので多少は役立てたと思いたいところだ。

最後にテントの紐を結んで固定する。これで終わりだそうだ。

あれだけ大きなテントなのにあっという間に完成した。

本当に早い。

そして、休む間も置かずアイリさんはもう一つのテントを張り始めた。

「そういえばアイリさん」

「ん？」

周囲を何度か見渡した。

ミーナがいないことを何度も念入りに確認してからアイリさんに悩みを告げる。

「ミーナが里についてから、距離を取られてる気がするんですけど、気のせいですかね？」

正確には里に着く少し前あたりからだった。

ミーナのお誘いを断っていながら、いざ向こうから避けられると寂しいと感じてしまうのは我儘なんだろうけど……。

「……いや、もう言っちまうけどよ。ミーナのやつ結構気にしてるみたいだったぞ」

「気にしてる？」

「あいつ、結構ぐいぐいいくだろ？　あいつなりの愛情表現なんだよ」

「ああ……やっぱりですか」

アイリさんに言われて、これまでのことを思い返す。

常日頃からミーナから積極的にアピールされてきた。里への道中なんて特に分かりやすかったし。確かに、照れ臭いからとか色々理由をつけてミーナからの誘惑を撥《は》ねのけっぱなしだった。

据え膳食わぬはなんとやらだ。勇気を出してくれたであろう彼女に失礼だった。

「もしかして怒らせちゃいましたかね……」

「そこまでは分からないけどな」

とはいえ僕も分からないものは分からない。うーん、どうしようか。

そもそも嫌われている訳じゃないなら謝れば許してくれるかな？

「……あの、情けないかもしれないんですけど、こういうの全然分からなくて……」

失望されるだろうか、と思っているとアイリさんが笑みを零す。

理由が分からずにいると「悪い悪い」と尚も笑いながら謝られた。

「似たようなことでアタシたちも話してたことがあったからよ。トーワも同じなんだなって思うと、なんかな～」

「え」

「まあ経験ないですからね……ファーストキスとか……は、終わらせましたけど」

アイリさんが手元を滑らせ、自分の手に打ち付けた。

痛そうな音が鳴った。

「痛っ！」

「ちょっ、大丈夫ですか⁉」

アイリさんに駆け寄ってその手を取る。指先が少し赤くなっていた。軽度の怪我だけど、ヒールをかける。

「わ、悪い」

彼女は未だにショックを受けたように固まっていた。

目に涙を溜めるアイリさんを見て僕は慌てる。回復魔法で怪我を治しながら誤解がないように伝えた。

「いやいや、シルヴィさんですよ？」

「はあ!?　あいつ……そんなことしてたのか？」

あれ、これレイプ未遂の時の詳細は知られてない感じ？　確か出会い頭に唇を奪われたんだよね。

シルヴィさんも恥ずかしかったんだろうか。

「な、なんかアタシだけ置いていかれてないか……？」

「そうですかね……？　僕からはなんとも言いづらいんですけど」

というより変な方向に話が向いてきたな。

杭を打ち終わり、馬車の荷台から荷物を下ろす。子供たちが六脚馬を物珍しそうに見ていたけど、僕が傍に寄ると警戒されているのか逃げられてしまった。

「な、なあ、トーワ……」

「？」

不意に袖が何かに引っ掛かる。

後ろを振り向くと、アイリさんは距離を詰めて僕の服の袖を指先で摘《つま》んでいた。

するとアイリさんは顔を赤らめてこちらを見る。少し潤んだ瞳が可愛らしく映った。

そのまましばらく沈黙が続いたが、意を決したアイリさんは口を開く。

「えっと……」

その顔は瞳の色と同じく真っ赤に染まり、口からは何かを言おうとしているのが分かる。

だけど、言葉は喉元までで、そこから先が出ることはなかった。

「悪い、何でもねぇ……」

ぶっきらぼうにそう言うと、ガシガシと頭の後ろを掻いて僕に背を向ける。

最近になって知ったんだけどこれをやる時は照れ隠しか、何かを誤魔化そうとしている場合が大抵だ。

心なしか肩を落としたアイリさんの手を、僕は咄嗟に掴んだ。

「っ!?　えっ？」

振り向いたアイリさん。

けど、僕は僕で頭が真っ白になっていた。思考が止まって、何をしているのかも不明瞭な状態。

さっきのはたぶん、自信がなかったんだと思う。

勝手な想像だけど、僕の心からの言葉を告げた。

「アイリさんは魅力的ですよ！」

「そう……なのか？　けどよ……ミーナみたいに積極的でもないしよ、シルヴィみたいに愛嬌《あいきょう》もないだろ……？」

自信なさげに瞳が揺れている。

こんな時には、何を言っても響かない気がした。行動で示すべきだと、僕はアイリさんを真っ直《す》ぐに見据える。

「…………」

「…………」

沈黙が下りる。

どのくらい経ったのだろう、お互いに見つめ合っていた。

「こんな顔だけど……いいのか？」

「凄い好みですよ。あー、キスとか……どうでしょう？」

わ、我ながらムードないなぁ……。

そんなことを考えていると彼女は顔から耳を染め、首筋までもが赤らんでいた。潤んだ瞳のまま、静かに彼女は頷いてくれる。

それが嬉しくて僕は彼女の手を取った。

「こういうの、初めてなんだが……」

「僕も自分からはやったことないですね……」

「そ、そうか！　じゃあ……その、よ、よろしく……」

なんか、こうなるとドキドキしてきた。

荷台に連れ込みアイリさんの肩に手を触れ、そっと寄せた。

唇を軽く触れ合わせるだけの拙いキスをすると、彼女は僕の腕の中で弱々しく身体を痙攣《けいれん》させる。

喉が震えていた。

けど――。

「――――」

ふと、物音が聞こえた気がした。

思わず体が跳ねて唇を離す。周囲を見るけど、何かあった様子はない。気のせいか？

「っ！　わ、悪い、なんか駄目だったか？」

「ああ、いや」

アイリさんが泣きそうな顔を浮かべたのを見て、僕は慌てた。なんでもないです、と僕は再び顔を寄せる。

彼女が悶えるような喘《あえ》ぎ声を上げようとするも、僕が口を押さえているのでそれは言葉にはなっていない。

柔らかい感触と温かさを感じているうちに、僕の理性は溶けていった。

◇

シルヴィさんとミーナが戻ってきた。

二人とも、両手いっぱいに水瓶を持って背中には薪を背負っていた。冒険者をしているだけあって凄い力だな、と感心する。

そして、アイリさんはというと顔色を変えずにテントの設営に精を出していた。気恥ずかしくて、先程のキスのことは内緒にしようということになったんだけど……。僕はずっと意識しっぱなしだ。アイリさんの艶《つや》やかな唇の感触を思い返し、いやいやと煩悩《ぼんのう》を払うように頭を振った。

「ふぅ」

額の汗を拭う彼女に動揺の色は見られない。これが年上の余裕ってやつか。

少しだけど、アイリさんの方が年上なんだよね。大人っぽいし、内心で動揺をようやく隠せてる僕とは大違いだな。

「アイリさん、水分とらないと危ないですよ」

「おう、わりぃな」

熱中症対策に水筒を渡した。

喉を鳴らして水を流し込むアイリさんが、なんだか艶っぽく見えてドギマギする。……なんか僕だけ意識してるみたいで恥ずかしいんだけど。

煩悩を振り払うと不意にミーナが「ん？」と鼻を鳴らした。

「トーワ？　なにかあった？」

「うん？」

「いや……なんというか、アイリから物凄い発情臭が」

アイリさんが勢いよく水を吹き出した。

「ごほっ、ごほっ！　な、おまっ、なななっ、ふざっ、ふっ、はあっ⁉」

……アイリさん、動揺しすぎです。

さっきまでの冷静さはどこに？

もう顔なんてトマトかってくらい真っ赤だし、呂律《ろれつ》もまともに回っていない。というか、よく見たら口の端が凄く吊り上がっていた。

ニヤニヤしてるのが丸わかりだ。それを無理やり戻そうとしてるから顔が強張《こわば》りまくっている。

しかし、アイリさんから臭うなら僕からも臭うのだろうか……腕を鼻のところに寄せて嗅いでみるけど全く分からない。

「……何をしたの？」

隠すべきか悩んだけど、こちらに向かってアイリさんが赤くなったままぶんぶんと勢いよく顔を振るものだから恥ずかしがっているのだと分かった。

スッとミーナの目が細められたが僕からはノーコメントを貫いた。

「な、なんでもねーよ」

「それだけ興奮しておいて、何もないは嘘。なにがあったの？」

動揺するあまり、目を回したアイリさんが「ち、ちょっと興奮しただけだっ！」と、なんの弁明にもなってない言葉を口走る。

それ、むしろ駄目なのでは？

◇

長老会での話し合いが終わると、ボクは自宅へと向かった。

母のこともだし、心配事は多い。勿論、後継の選定が大切だというのは理解できた。

この近辺は強い魔物が発生しやすい傾向がある。

その脅威を予見する力は、これまでに様々な困難を避けてきた。

里の広場を通って物陰でズキズキと痛む頭を押さえる。長老たちには反対されるし、トーワ君とは上手くいかないし、告白は勇気出ないし……。

告白……か。

ふと立ち止まり、自分の頬を撫でる。

一切の引っかかるものはなく、すっと撫で落ちた。

少しでも引っかかりがあれば、とか、もっと健康的に脂っぽかったらとか色々と考えてしまう。

自分のこの顔が嫌いだった。

いや、嫌いなんてものではない。いくら引き裂いても足りないいくらい嫌悪している。

しかし、トーワ君からするとボクは彼好みの顔のはずだ。

自分の顔を誰かの好みだと表現することに違和感はあった。

いや、でもボク的にあの三人とあまり変わらないと思ってるだけでトーワ君的に何か明確な差があるのかな……。

トーワ君の好みの全容を完全に理解しているわけではないボクには、どんどんと上手くいかない想像をしてしまう。

それでも彼ならボクの容姿を理由に突き放すはずがない。……はず。

いや、きっとそうだ。

一つ思い出す。

彼にサインを頼まれた時の光景を思い出して、思わず笑みが零れる。

それだけで、現金なもので足取りは軽くなった。

そうだ、お母さんの治療に里の蔵書が役立つかもしれないし、トーワ君に持って行ってあげよう。

岩山のような蔵書庫にたどり着く。入り口は大岩を加工した扉で塞がれていて、この岩は成人した龍人なら一人で何とか動かせる重さらしい。

小さい子供が勝手に蔵書庫に入らないようにするためのようだが、ボクは小さい頃から動かせた。

いくつか里の歴史やこの辺りで流行《はや》ることの多い病や怪我などの医学書を持ち出す。

母の体調に何かしらの進展を期待して……それと少し邪《よこしま》な思惑も入るんだけど、アイリみたいにトーワ君と本のことで会話が広がればというのも期待していた。

そういう話題に関して道中はずっとアイリにその役割を譲ってきたけど、里のことならボクも答えられる。

トーワ君と話せる光景を想像して口元がにやけてしまった。

「っと」

蔵書庫の奥にはさらに厳重に保管された物が置いてある。歴史的な価値のある書物だったり、龍族の祖である使徒様に関連するものとして、その記述を記した物などが保管してあるそうだ。

保管してある物に関してはさすがに見ていないけど、大切なものらしい。壊したら怖いのでボクもそれに関しては触れていない。

さすがに長老の許可もなくそこまで入るわけにはいかないとボクは、その場から立ち去った。

蔵書庫を出て真っ直ぐに自宅へと向かうと、遠目に大きなテントが見えた。

「荷台にでも置いておくかな」

よく見ると、テントを張っている途中らしい。

トーワ君たちはどこだろう。休憩かな？

「……？」

不意に妙な気配を感じた。人の気配が馬車の荷台の中から感じられる。銀翼の誰か？　それとも子供たちが物珍しい六脚馬の馬車に悪戯《いたずら》でもしているんだろうか？

音を殺してゆっくりと近付いた。

だけど――。

ようやく戻ってきた場所の近くで息を吐いて呼吸を整えた。ボクは風の魔法を使う。

何重にも音が漏れないように、声が聞こえないように。

「え……」

アイリとトーワ君がキスをしていた。

ボクは慌てて隣の馬車の死角に隠れる。念のため警戒して近付いたけど、それ以上のものを見せられた結果だった。

二人は行為に夢中で気付いていない。

（ちょま！　え、ええぇ!?　なんで……なんでなんでなんで!?）

いや……え？　なんでそんなことしてるの!?

違う、なんでも何もない。二人は恋人同士だ。

付き合ってるんだから接吻《せっぷん》は当たり前だけど、いざ目の当たりにすると衝撃で脳内がパニックだ。混乱状態の頭がふらふらと思考を乱した。

お互いがお互いを求め合う行為。

見てるだけで激しい怒りが湧き上がってくる。

嫉妬だ。

（あああ、ちょっ、そ、そんなに……長い！　長いよ！）

吐き気にも似た感情の塊。それが吐き出せずに、ドロドロとした醜い何かがボクの中へと溜まっていくのを感じた。

ああ、駄目だ。血が沸騰する。メシリ……と手のひらから骨の軋《きし》む音が聞こえた。

なんでアイリにはあんなに……。

（うああ……っ、い、いいな……いいなぁ……）

羨ましい。妬ましい。

嫉妬ばかりしてる自分はなんて面倒で嫌な女だ……と、自己嫌悪した。地団太を踏みかけて思い止まると、ボクは膝を抱えた。

近くからは二人の喘ぎにも似た吐息が聞こえてくる。

（ボクだってしてほしいのに……）

パーティーの中で一番不細工なのはこのボクだぞ。

全く自慢できることじゃないけど、トーワ君がその方が良いというなら満更でもない。というより嬉しい。彼に認めてもらえるのは本当に嬉しかった。それこそ有象無象《うぞうむぞう》の評価なんて気にならなくなるほどに。

ボクの容姿が彼の好みだという事実で、これまでの気が狂うような苦しみが嘘のように報われた気がする。

なのに……！

腕を振り上げる。だけど、結局それは中空を彷徨《さまよ》い、行き場を失った。

（草陰から誰か出てこないかな……可能なら中断したり……。で、できることならそれがきっかけで気まずくなったり……）

視界が滲《にじ》んで、溢れたものが目の端から伝った。

仲間たちをこんな風に思うなんて。彼女たちだって大切な友達なのに。

とにかくなんでもいいから八つ当たりしたくなった。

ボクはフラッとして樹に寄りかかる、苦しいのに二人から目を離せない。ここから立ち去りたい気持ちがある。でも、今動いたら、絶対に二人にバレるようにしか動けない。

結局、ボクの中で行先のない嫉妬の感情が渦巻いていく。

二人が愛を囁き合うような幻聴すら聞こえてくるようだ、いや言ってる、言ってない？　どうなの？

聞こえないけど、こっそり愛を囁き合ってたりするんだろうか……。

（愛してるとか言ってるのかな……ボクだって言われたことないのに……。いや別に付き合ってはないんだけどさ……）

苛立ちながら感情を無理やり抑え込んでいるとふと、見た時に行為はさらに先へと進んでいた。ついばむような優しく軽い口付けは、やがて舌を絡めるものへと変わった。

（え……あれ、舌入ってない……？　待って待って、嘘でしょ⁉　し、舌まで入れるの⁉　え、なんか場慣れしてない……？　は、初めてじゃない、とか？）

そう思った時、ガラスを踏んだような音が聞こえた。ピキリピキリと、バキリバキリと無遠慮に踏み砕かれていく。

鳴り響いているのは龍化の音。

ボクが妄想の中でしか聞いていない言葉。それをアイリは当たり前のように——。それ以上の行為になるんじゃないかと気が気じゃなかった。

「………」

彼がいない未来。それが叶わないと知った時、きっと自分で頭を砕いて死にたくなるほどの衝動に駆られるに違いない。

だから、トーワ君以外のことは、もしかしたらどうでもいいのかもしれない。ボクは膝を抱えて頭を埋める。

「アイリのアホ……」

ぼそりと呟き、頭を抱えた。

4章　暴発

Chapter 4

先程の衝撃的な光景からしばらく経った。

時間の感覚が麻痺《まひ》するくらい呆然《ぼうぜん》としていたボクは、いつの間にか自宅の傍にいた。

仕切りに使っていたカーテンの奥から出てきたトーワ君。

少し複雑だ。あと皆と顔を合わせるのが気まずい。

さっきのはアイリとだけだよね……？　シルヴィとミーナはまだだよね？

何度か呼吸を繰り返してようやく自分の感情を落ち着けることのできたボクは、少し小走り気味に彼に駆け寄った。

「ん？　ああ、リズさん、お帰りなさい」

もしかしてあの後、母の容態を診《み》てくれていたのかな。

「母は？」

「リリーラさんなら、今は寝てますよ」

「寝てるって、なにかあったの……？」

慌てた様子のないトーワ君を見ながらも、どうしても不安になってしまった。

「心配しないでください、大丈夫ですよ。容態はちょっと様子見ですかね。一応結果はもう少し待ってください」

ホッと胸を撫《な》でおろす。

トーワ君の言葉に気になることはあったけど、彼が言うならとボクはそれ以上は聞かなかった。

母は診察で疲れが出ちゃったのかな。

どれくらい寝ているのかと聞くと、トーワ君はもう何度か母の様子を見てくれていたらしい。

「何から何まで……ありがとう。あ、そうだ！　これ持ってきたんだ。よかったら役立ててほしいな」

「これは？」

「里の蔵書庫から持ってきたんだよ。この辺りで流行《はや》ってた病とかも載ってるから、何かきっかけになればと思って」

「……ありがとうございます」

「いやいや、それはこっちの台詞《セリフ》だよ」

わざわざ里にまでついてきてくれたシルヴィたちにも感謝しないと、かな。

トーワ君が外に目を向ける。その先を追うと皆が野営の準備をしているのが分かった。水はわざわざ里の外に出なくても井戸があるんだけどね。少し行ったところに水源があって、そこから水を引いてきている。

トーワ君にもう一度感謝を伝えて、自分はシルヴィたちの手伝いをしてくるとその場を離れた。

皆の元に着くと、野営の準備はもう終わっていたようだ。

「皆、野営の準備を任せちゃってごめん。何かやることはあるかな」

「あ、リズさんお帰りなさい。そうですね……ちょっと早いですけど、夕食の準備をしましょうか。暗くなる前に終わらせましょう」

「おう」

そう言ってシルヴィとアイリは少し離れた場所に野菜を持って行ったようだけど、ミーナはそれについていかず「私はトーワを手伝う」なんて言い出した。

トーワ君は少しでも力になりたいと医学の本を読んでいる。手伝うとミーナは言うけど、彼が調べている治療関連のことでボクたちにできることは少ないだろう。

それでも、ミーナへの対抗心が少し出てきた。

「トーワ君のことならボクに任せてよ」

「……？　なぜリズが？」

「蔵書庫から本を持ってきたんだ。この里のことや龍族のことならボクの方が詳しいと思うよ？」

むぅ、と唇を尖《とが》らせるミーナだったけど、たまにはトーワ君の隣は譲ってほしいな。ボクだって彼と話したいことが沢山あるんだ。

「リズ」

「ん？」

「何だかトーワに最近気があるみたいな……いや、考えすぎかもしれないけど、気のせい？」

咄嗟《とっさ》に言葉が出なかった。無理やり否定の言葉を紡ごうとするけど、それすら思い浮かばない。それを見てミーナの目が「え、まさか本当に？」みたいな疑心へと変化した。それでもボクは何も言えず、黙りこくる。

ミーナが腕を組み、ボクを睨《にら》みながら喋《しゃべ》り出した。

「二股《ふたまた》はよくない。リズの相手が悲しむ。トーワは確かに魅力的だけど……」

「ち、違うよ！　トーワ君なんて全然好きじゃ……な、ないこともないけど、異性としては、ほ、ほら」

ようやく出てきた言葉は真っ赤な嘘《うそ》で、その罪悪感にズンと胸が重くなる。

自分で言った言葉に自分が酷《ひど》く傷ついている。言葉は尻窄《しりすぼ》みになっていき、自分の心と真逆の言葉を口にしているストレスは思った以上に辛《つら》く、吐き気がした。

次の言葉がなかなか出てこなかった。これ以上嘘を重ねたくない、トーワ君を否定するようなことも、皆にそれを言うことも。

言葉に詰まっていると、ミーナが「本当？」とまだ訝《いぶか》しそうな目を向けてくる。

もっともらしい嘘を言えば、ミーナはきっと信用してくれる。

そんな言葉いくらでもあるはずなのに、吐き気とは裏腹に喉《のど》は痙攣《けいれん》して何も出してこない。

無意味に口を開閉して、結局ボクは頷《うなず》くことで、ミーナの言葉を肯定する嘘をつくしかなかった。

「分かった……気のせいならいい。だけど、リズも誤解されるような行動は慎むべき」

ミーナの追及が終わった。

そう思うと、喉は動き出していた。

「う、うん。そうだね。ごめん」

僅《わず》かに上擦った声が惨《みじ》めだった。

……ボクが悪い。そう悔しさに歯噛《が》みした。

「それよりさっ、ミーナ。皆のこと手伝わないといけないんじゃない？」

「リズが手伝えばいい」

「皆で協力しようよ」

「私はトーワを手伝う」

「それはボクがやるからさ」

「……何か隠してる？」

「うっ……」

こ、これを言われるとボクは何も言えなくなってしまう。

すると遠くからアイリの声が聞こえてきた。

「おーい、ミーナ」

「むっ」

どうやらツキはボクの味方になってくれたらしく、アイリに呼ばれたミーナの動きが止まる。

「呼ばれてるよ？」

彼女の葛藤を感じ取り、ボクは促した。

一人きりだったら気付かなかったということにして、トーワ君のもとへ行っていたかもしれないが、ここにはボクもいる。

最後まで納得はできてないみたいだったけど、彼女は渋々といった様子で下がってくれた。

◇

アタシが声をかけてからずっとムスッとした様子のミーナ。

作業中もトーワたちの方にチラチラと視線を向けているようだった。

「見てないと手切るぞ？」

「ん」

話しかけてもぼーっとしてるし、生返事だ。

何かあったのか？

だけど、途中から何かに納得したように頷いてからこっちに集中するようになってきた。

夕飯の準備を続けながら、隣で食材をカットするミーナに話しかけると、今度はちゃんとした返事が返ってきて安心する。

そして、会話を続けているとアタシたちの話は自然とトーワの話題になってきた。

「そういえばミーナは里に来てからトーワにくっつかなくなったな。どうしたんだ？」

ミーナが芋の皮を剥《む》きながら、フッと鼻で笑った。

「アイリは何も分かっていない。こういうのは押し続けても駄目。時には引いてトーワの気をこちらに向けることも必要」

「ほー？」

いつも押しに押してたミーナにしちゃ随分と計画的だった。

案外有効かもな。トーワも押されっぱなしで戸惑ってたみたいだったし、本でそういうのを読んだこともあった。

「リズに教えてもらった。少し距離を置いてみたらどうかって」

「ああ、あいつの入れ知恵か」

なるほど、と納得しているとミーナが「アイリはどうなの？」とこちらを探ってくる。

「アタシよりシルヴィはどうなんだ？　お前も最近大人《おとな》しいけど、似たようなこと考えてんのか？」

矛先を逸《そ》らした。

なんか今日はやけに静かなんだよな。やることだけはちゃんとやっているが、どことなく難しい顔をしている。

「……シルヴィ？」

やっぱり上の空だな。

アタシが声をかけるとようやくこっちに反応を返してきた。

「あっ、ごめんなさい」

「いいけどよ、何か悩み事か？」

少し悩んだ様子のシルヴィは水を注いだ両手鍋を地面に置いて「……ちょっといいですか？」と前置きしてきた。

何だ改まって。

だけど、シルヴィはもごもごとしている。しばらく待つけど話す様子がなかった。いつもより暗い表情でしばらく黙り、意を決したように顔を上げた。

「あの、ずっと考えてたんですけど、やっぱりそうじゃないかなと……二人は気付きませんでしたか……？」

「？」

「なにがだ？」

アタシは首を傾《かし》げた。ミーナも同じように傾げている。

アタシたちにはシルヴィの言葉に心当たりがなかった。というか今回は向こうの言葉が足りない気もするな。

何を伝えたいのか全然分からない。

「よく分かんねーけど、なにかあったのか？」

「あったような……いえ、結果的にはなかったんですけど……」

言ってもいいものか……なんて、ぶつぶつ言ってる。

要領を得ない言葉だった。

「分かりました。言います。言いますけど……」

シルヴィが小さい声で「リズさんが……」と、始めるのかと思ったら、そこでまた黙ってしまう。アタシたちが名前を呼んで声をかけるとしばらく悩んだ様子を見せた後、手招きをしてきたので後についていった。

リズとトーワのいる方を気にしてる。なんだ？　あいつらには聞かせられない話か？

それからもキョロキョロと周囲を見渡している。

「いえ……リズさんがなぜだか怒ってたんですけど……」

「あん？　誰《だれ》に？」

シルヴィが自分を指さした。

「シルヴィ、何やったんだよ」

ミーナと顔を見合わせる。これはアタシたちが仲を取り持つ流れか？

しかし、それはすぐに否定される。

「あ、いえ、私だけじゃなくてですね……私たちに、です……」

「は？　なんでだ？」

何かしたっけか。

ミーナも意味が分からないと眉根《まゆね》を寄せている。

「たぶんなんですけど、リズさんの言ってた好きな相手ってトーワさんじゃないかなって……」

「は？」

「あれは異性への好意だと思います。あくまで推測にはなりますが……」

確信を持ってるけど、信じられないという様子だ。

「いや、しかし……シルヴィの言葉は想像の域を出ない」

「……いや、そこまでシルヴィが言うなら考えたほうがいい」

シルヴィの言葉にも根拠がある。表情の細かい動きで相手の感情が分かるやつだ。アタシたちが気付かないような小さい物や早すぎて捉えられなかった敵を射止めたり、目に関しては疑いようもない。

そして、いつもシルヴィが顔を伏せて人と目を合わせようとしない理由でもあった。

「道中でもリズさんがトーワさんに何度か好意的な目を向けてたんですよ……最初は私も気のせいかな？　とか、トーワさんの優しい対応に好意的なのかなーとか思ってましたけど」

アタシがシルヴィの言葉を引き継いだ。

「それが本気だったんじゃないかと？」

シルヴィが頷いた。言われてみれば心当たりはあった。

確かにトーワに対する態度はどこか違和感があったように思う。

「具体的にはどこから怒ってたんだ？」

「拠点でトーワさんと食事会をした辺りから」

「……それ、最初じゃね？」

拠点で食事会ってリズとトーワとアタシたちとで馴《な》れ初《そ》めやらを話し合った時だよな。

「最初……まあ、最初とも言いますね。具体的な定義はちょっと議論されるところかもしれませんが」とかなんかごにょごにょし始めた。これはシルヴィが気まずい時にやるやつだ。無駄に長く喋って言葉尻が小さくなっていく。

「もっと早く言えよ……」

「うぐ……っ、すみません。でも、私だってまだ信じられなくて」

シルヴィは「何度もリズさんを怒らせるようなこと言っちゃいましたし……」と、続けた。

それを言うならアタシだってそうだ。あいつの気も知らないでトーワと話したり……。

「そういえば……思い当たる節はある」

「……そうだな」

言葉を零《こぼ》すミーナに相槌《あいづち》を打つ。

ミーナが難しい顔をして考え込むように唸《うな》った。

「だけど正直……面白くない。またライバルが増えるというのは……」

ミーナが正直な気持ちを告げた。それを咎《とが》めることはできなかった。

アタシだって、トーワを狙《ねら》うライバルが一人増えたってだけで内心穏やかじゃないんだから。

「けどあいつだけ仲間外れってのは……」

ミーナは言葉を返さなかった。

アタシの口にした言葉を認めたくなかったのかもしれない。いつの間にかアタシたちの間には沈黙が降りてきていた。

重苦しい現状にシルヴィが活《かつ》を入れるように声を上げる。

「な、なんにせよ、話さないことには分かりませんよね！」

「……そうだな。それにシルヴィの予想が外れてるかもしれねーし」

ミーナがうんと頷いた。

声を落として、アタシたちはあれこれと三人で話し合った。話し合いの方向としては、どうやって聞くかと、その結果どうするか、だな。

「誰かが確認するべきだと思います……もしかしたらリズさんに怒られるかもですけど」

「そういやシルヴィ」

「はい？」

アタシはふと少し前のことを思い出した。

「リズに関しては何かあったらフォローは自分に任せろって言ってたよな」

「……言ってましたね」

シルヴィの奴《やつ》も覚えてたらしい。言葉に詰まってる。

「別にお前だけに任せるとは言わねーよ。だけど目が良いお前が適任だとも思うんだが」

「確かに」

ミーナが頷く。シルヴィも腕を組みながら「うーん……」と、考え込んでる。何か踏ん切りがついてないみたいだった。懸念がある……いや、というより単純に怖いのかもしれないな。

「いえ、いいんですけど……大丈夫ですかね？　私って口下手《くちべた》なところがあるというか」

確かに肝心なところでやらかすイメージは強かった。

「気を付けて。リズの逆鱗《げきりん》に触れたら本当に洒落《しゃれ》にならない気がする」

ミーナの一言にシルヴィの口が引き攣《つ》る。

「な、なぜここでプレッシャーを与えてくるんですか……」

「お前な……まあ、嫉妬《しっと》から刃傷沙汰《にんじょうざた》ってのは聞いたことあるが」

ミーナの無神経な言葉を気にしつつ、大体の方針が決まって気が抜けて軽口が出てきた。まさか、うちのパーティーが恋愛沙汰のごたごたがあるとはなぁ。

深くため息をついた。それから思わず苦笑する。

「龍化もしてない時にシェルサウルスの首引き千切ってたよな」

「リズは馬鹿力《ばかぢから》」

あの時は凄《すご》い光景だったな。首から血が噴水みたいに散ってた。

首を伸ばして噛みついてくる攻撃を躱《かわ》して、頭を抱え引き千切った光景が浮かぶ。鮮血の光景の中でリズが何の感慨もないように小さく息を吐いていた。

シェルサウルスは四足で突進してくる巨大な亀みたいな魔物なんだが……それの首を力任せにとか、さすがに怖かった。いやまあ確かに、シェルサウルスの甲羅は硬いし首が弱点と言えば弱点だが……。

アタシにはできない倒し方だな。正面から抑えるのはまだしも、素手で首は引き千切れない。

前衛のアタシが抑えきれずにリズの方に向かわせたのは悪かったが、首を引き千切られたシェルサウルスにはさすがに同情した。

「おふ……」

シルヴィが変な声を出した。

「誰か代わってくれません……?」

口元がピクピクと震えていた。シェルサウルスを自分と重ね合わせたのか首を押さえてる。

ビビらせちまったようで、アタシは慌てて補足した。

「だ、大丈夫だろ。何かあったらトーワが治してくれるだろうしな」

「いやいやいや、何かあってるじゃないですか」

悪い悪い、とシルヴィを宥《なだ》める。本気で怖がってるみたいだった。

怖がるシルヴィを二人で宥めていると、観念したようにため息をついた。

「わかりました……とりあえず私がどうにかします……」

リズもトーワに好意的だし、悪いことにはならないだろうとは思っている。

話の口火は、その場の流れはあるし、たらればの話をしても仕方ない部分だしな。

「じゃあ……それなら、なにか……ほしいですね」

ふとシルヴィが呟《つぶや》いた。

「なにか？」

なんのことかと聞き返すと、シルヴィはニヤリと邪悪そうな笑みを浮かべていた。

「トーワさんとの一夜を共にする権利……とか」

「却下」

ミーナは反対らしい。即座に否定していた。

顔もムッとさせてる。

「待ってください。これはそちらにも利点が」

「駄目」

「私たちって今の」

「無理」

取り付く島もないな……とはいえ、アタシだってこれで一夜の権利を譲るのは嫌だ。

シルヴィが引き下がってるが、ミーナの意思も頑《かたく》なだった。

「こういうのは女は黙って待っているもの。トーワの意思を尊重するべき」

そういうもんなのか……？

ミーナの意見の正しさは、自分に経験がないこともあってよく分からねぇな。

「でもこのままだとずっと進展が……」

それをシルヴィが言うと、ミーナは面白くなさそうに口を開く。

「……トーワに不満があるということ？」

こいつもトーワに懐いてるからな。それだけ大切というか、気持ちを持て余していて悪気はないんだろうな。

けど色々と物を渡して自分の忠誠を示したいようだが、肝心のトーワがあんまり喜んでなさそうというか……。

しかしミーナは妙に忠誠心高いよな。猫の獣人だけどトーワに対してだけは従順な犬みたいな奴だ。父親と兄に苛《いじ》められてたことを考えたら、ようやく会えた頼れる異性のトーワに対して好かれたいって思うのは仕方ないのかもしれない。

アタシとしてはそれがいい方向への変化なら問題ないだろうと思う。とはいえ、シルヴィの気持ちも分からないでもなかった。

アタシも一理はあるかもなとフォローした。無理やりは良くないけどな、とも付け加える。

シルヴィだってリーダーとして頑張ってくれるなら、その機会があってもいいんじゃないかとは思う。

隣で「ですよね！」とシルヴィが勢いよく頷いた。

仕方なく、といった様子のミーナが大きく息を吐いた。

「ハァ、分かった。それなら上手くできたらトーワに……」

「……トーワさんに？」

一瞬止まったミーナに、シルヴィが身を乗り出して期待するような表情を向けた。

まさかトーワに懐きまくってるミーナ公認のあれこれができるのかと目が輝いていた。

ミーナはしばらく考え込んでから提案する。

「近付いてもいい」

「え、今までその権利なかったんですか？」

なんか話が脱線してきたな……声をかけて二人の気をこちらに向けた。

「なんにせよリズとトーワのことだな。アタシたちもフォローはするが、リズの逆鱗には触れないようにな」

不安はあるけど、どうにかするしかないだろう。

最悪のケースを考えたらパーティーに亀裂が入って解散もあり得る。

……いや、マジであり得そうだし、ふざけてる場合じゃないよな。というかアタシとトーワのあれ……ひょっとしてバレてるとか……ない、よな？

◇

すでに辺りは薄暗い。

僕はリズさんの隣で焚火《たきび》の灯《あか》りで文字を追っている。少し読みづらいけど、多少は仕方ないことだろう。

他《ほか》の三人は遠くで作業してたんだけど、今はどこかに行っているみたいで姿が見えない。

ぼんやりとした灯りで文字を追っていると不意に薄暗くなったのを感じた。火の勢いが弱くなっていた。リズさんが指先に魔力を集め、明るい火の玉を形成する。

「リズさんって本当になんでもできますよね」

僕の発言に驚いたのか、小さい火の玉が揺らめく。一瞬で薪に着火させるために小さい見た目以上の熱量を持つ火の玉。一度服にでもついたら大変そうだ。

リズさんの指先の小さな火の玉を物珍しそうに眺めた。

「なんでもできる、か」

ふとリズさんが呟いた。

「昔から多才な方だった。物覚えもよかったように思う。でも、ないものねだりというのか、自分の持つ才能よりもほしいものはいくらでもあったよ」

「へぇ」

リズさんがジッとこちらを見てきているのを感じた。

それっきり会話が止まる。

彼女は指先の火の玉を放《ほう》り込み、薪が一瞬で燃え上がるのを見た。

「……よかったら今度教えようか？」

リズさんは「もしかしたら素質あるかもよ？」と言ってくれる。

本当かな、本当にそうなら嬉しいけど。

やっぱり異世界ファンタジーと言えば魔法は外せないよね。

「魔法ってどうやって覚えるんですか？」

「最初だけは感覚的なものだからね……魔力は感じ取れるよね？　それができるならあとは早いんだけど」

「こ、こうですかね？」

とりあえず手をかざしてみた。

いまいちよく分からないけど……。

「変ですかね……？」

「いや、無意味とは言えないよ。人によってルーティーンは異なるからね」

だけど色々試しているうちによく分からなくなってきて、腕を交差したりとよく分からない格好をしてしまう。

するとリズさんが可笑《おか》しいとばかりに笑顔になった。

「あははっ、何そのポーズ」

それからも他愛ないことを話した。

やっぱりこの人と話すと落ち着く……しかし、同時に言いようのない奇妙な感覚も覚える。

僕は本当にこの人とは初対面なんだろうか？

リズさんを見ると、彼女もこちらを見ていたのか視線が交わった。

「っ、それより夕飯楽しみだね」

「今日は石焼シチューなんでしたっけ？」

「う、うん、母の好物なんだ」

彼女との交流は楽しかった。

相性がいいのかもしれない。まるでぬるま湯に浸《つ》かったような幸せを感じる。

「夕飯できましたよ」

シルヴィさんたちが両手鍋を持って戻ってきた。

中からはシチューが焼けるいい香りが漂ってきている。

「ありがとうございます」

「ありがとう、それじゃあいただこうかな」

暗い中で何となくリズさんが不満そうにシルヴィさんたちを睨んでいるのが見えた気がした。

「？　どうしました？」

「い、いや、なんでもないよ」

◇

「リズさん、ちょっと話があるんですが」

「？　なに？」

シチューを食べてから、私はリズさんに声をかけました。

ここはリーダーとして私が頑張る場面ですからね。

真意を確認するためにも頑張らないといけません。

リズさんの意思を確認するために遠回しな言葉を投げかけます。

「何か、言いたいことはないですか？」

「言いたいこと？」

「ですね。何か……ほら、ありますよね？」

小首を傾げて不思議そうにしています。

ちょっと遠回しすぎましたかね。アイコンタクトでアイリさんに「もっと攻めろ」と言われます。

するとその時でした。

リズさんがジッとこちらを見てきています……え、なんですかね？

「シルヴィ、首のとこ……ちょっとジッとしてて」

リズさんがこっちに腕を伸ばします。

ん？　と私は困惑しました。

妙に威圧的に見えます。自分の喉元から、ひゅっ、と乾いた呼吸の音が聞こえてきた。

怖すぎて目が離せません。リズさんの手はそのまま私の首元へと伸びて――。

「糸ついてたよ」

「え、あ、あぁ、そう、ですか……あ、あり、ありがとう、ございます……」

指先に摘まれたローブの糸屑《いとくず》を目の前にして、にっこりと笑われます。

ローブの下の服が肌に張り付いています。冷や汗をかいていたようでした。

自分の顔が引き攣る感覚が嫌というほど自覚できて、私はアイリさんとミーナさんの方へと視線を向けます。

（無理無理無理無理！　無理ですってこれ！　本当に怖いんですけど！）

ミーナさんがやれやれとため息をついています。

こ、こっちの立場的には、今首が引き千切られる幻影が見えましたよ……ミーナさんもやってみれば分かると思うんですけど。

アイリさんの傍に寄って耳打ちした。

(今のは完全に『貴様も糸屑にしてやろうか?』って言ってましたよ!)

(言ってねーよ。大丈夫だって。ていうかそれ誰だよ)

(糸見せて『ついてたよ』ですよ!? リズさんが摘んでたあの糸屑は私を暗示して……あああ、完全にホラーじゃないですか!)

アイリさんの頬《ほお》に手を伸ばします。

人肌の温かみが私の心を癒《いや》してくれました。

(お、おう。落ち着けって……触んな触んな。おい、マジでやめろ! 温《ぬく》もり求めんな!)

呆《あき》れるアイリさん。ミーナさんも視線でGOサインを出してきますけど、私のリーダーとしての頑張るぞという気概は、ブレブレに揺らいでいました。

リズさんとトーワさんは不思議そうな顔をしている。どうしたものか……。

しかしそこでハッと思いつきました。

「リズさんにお願いがあるんですけど」

「うん? なんだい?」

「竜酒《りゅうしゅ》に興味がありまして」

ちらっと目配せをしました。

お酒の力で聞き出そうという私の思惑を察してくれたようで、アイリさんが話題に乗ってくれます。

「そういやここって酒造ってるところあるんだよな」

「ああ、シルヴィも飲みたいのかい？」

確かお酒を製造してる場所には酒蔵もあるんですよね。

丁度良かったです。私も流れに続きました。

「後で味見だけでもさせてもらえたら嬉しいなーと」

上手く話が進んでいますけど、リズさんが酔っぱらうかが心配ですね。

彼女はお酒に強い方なのであんまり酔っぱらったところを見たことがないというか。

勝負は夜。その時にどうにかしてリズさんを酔わせることができれば真意を聞き出せるかもしれないです。

「でもシルヴィって普段はあまり飲まないよね？　度数高いけど大丈夫？」

「ちょっと味見するくらいなので大丈夫ですよ」

◇

「トーワしゃん、聞いてまふかぁ？」

「……シルヴィさん、飲みすぎじゃないですか？　もうその辺にしといたほうが」

「うへへ～、私を心配しくれて嬉しいです～でもぜーんぜん平気なんですよ～」

隣からアイリさんの「なんでお前が潰《つぶ》れてんだよ……」という声が聞こえてきました。

ミーナさんとリズさんからも言わんこっちゃない、みたいな顔をされてしまいます。

潰れる？　なんのことでしょうか。

私は素面《しらふ》ですよ。酔っぱらってるって言う方が酔っぱらってるんですよ。

竜酒……何杯目でしたか……をもう一杯飲む、おいしい！

幸せな気分で、トーワさんを眺める。

トーワさんとの思い出が泡のように思い出しては弾《はじ》けていく。

……あー、そうだ！

「トーワしゃん……私は怒っているんれすよ？」

「えっと、といいますと？」

「デートもしてくりぇましたよにぇ？　なんれ手とか繋《つな》いでくれないんれふか!?」

待ってたにょに！

「手、バタバタさせるな、ガキか！」とアイリさんが何か言っている。

心配性なアイリさんに何度かお酒を取り上げられそうになりましたが必死に抵抗します。

「……なんだか照れ臭くて」

トーワさんが恥ずかしがって頬を染めます。

そ、そんな顔しても駄目ですからね？　可愛《かわい》いですけど、私は誤魔化されませんよ。

ゆっくりと関係を進めるのが恋人ですよねーとか言って強がりましたけど、本当は悔しかったんです。

私はトーワさんの腕にしがみついておんおんと泣きました。

「シルヴィは酒癖が悪い……」

「あ、あはは」

「うぅぅ、ミーナしゃんにはあんにゃに何度も棒を挿入したくしぇにぃぃ!!」

「めっちゃ人聞き悪いですね……」

困り顔の恋人が愛《いと》おしいあまり腕に身体《からだ》を押し付けました。

「あー、よしよし」

トーワさんが頭を撫でてくれて「うへへ」と自分でも気持ち悪いような笑みが零れます。

アイリさんとミーナさんが熱心に、私を見ている……。

羨ましいのかもしれないですね。

「完全に飲まれてる」

仲間たちの声が遠くに聞こえます。

暗くなっていく意識の中で――。

「ごめん、任せるよ。先に寝てるね」

そんなリズさんの声が聞こえた気がしました。

◇

周囲に人の気配はない。

皆との夕食を切り上げたボクはテントを抜け出して、気付けば昔から独《ひと》りで隠れて泣くのに使っていた場所にやってきていた。

足がもつれて転んだ。

あんまりにも惨めで立つ気力も湧かない。

しばらくそうしていると、胸の奥からムカムカと気持ちの悪い嫉妬の感情が湧き上がってきた。

足を何度かばたつかせて気を落ち着けようとした……あんまり効果はなかった。

それどころか次から次へと苛立《いらだ》つことが脳裏を過《よぎ》る。拠点や道中では逆鱗の上で踊らされているようなものだったのを思い出す。

「うぅうー……！」

くぐもったような呻《うめ》き声が出た。

煮え滾《たぎ》るような嫉妬が奥からせり上がる。胸を掻《か》き毟《むし》って抉《えぐ》り出せたらどれほど楽だったか。

その感情が、喉を焼き焦がしながら口の端から漏れてしまう。

「……るぃ……っ」

これまで溜まっていた鬱憤《うっぷん》が爆発した。

「ずるい！　あああああ!!　もう！　もうもうもうもう!!　ふざけるな！」

後悔やら嫉妬やらをごちゃ混ぜにした薄暗い負の感情に頭を抱えた。

ズルい！　不公平だ横暴だ！

なんなの？　君はトーワ君のなんなんだ？　いや、彼女だというのは知ってるけどさ……！

シルヴィの性根がそんなに淫《みだ》らだったなんて知らなかったっ！

い、いや……落ち着こう。仲間の悪口は良くない。

身体を起こして大きく深呼吸をする、だけど——。

脳裏に浮かんだシルヴィの姿はトーワ君に見せていただらしのない表情だった。

「くぅう……っ！」

想像のシルヴィに拳《こぶし》を振り下ろす。

勿論《もちろん》当たることはなく地面に拳は突き刺さった。

悔しすぎて目が回る。心が千々に乱れていた。

「なんで！」

仲間たちの幻影へと拳を振り下ろす。

「なんでッ!!」

振り下ろす。

「なんでだ、よッツ！！！！」

何度も拳を叩《たた》きつける。

振り下ろした手は想像の彼女たちに当たることはなく地面に拳は突き刺さった。

衝撃で岩壁の近くからパラパラと小石が落ちてくる。

しばらく叫んでいた気がする。自分の荒い息が耳を打った。

「皆でいいなら……ボクだっていいはずじゃないか……」

不意に数日前の光景が脳裏を過る。ミーナがトーワ君の腕に胸を擦りつけている姿。

その浅ましさを軽蔑した。不快にさえ感じたけど、本当は羨ましかった。ボクも彼に甘えたかった。この気持ちの悪い乳房を彼に慰撫《いぶ》してほしかった。

同年代の人たちよりも大きく膨らんだ胸の脂肪。淫らな膨らみは白く重力に逆らい垂れるでもなく不気味な形を保っていた。

こんな胸でも……彼は好んでくれるんだろうか。

服の上から先端を軽く擦ると電気みたいな衝撃が駆け抜ける。

最近は碌《ろく》に発散できていなかったせいでとても敏感になっていた。

「………」

そういえば色々あったからな。一度火がつくとあとは転がり落ちるようにすぐだった。

熱い。全身が熱を持ってお腹《なか》のところがムズムズする。

トーワ君とずっと一緒だったのに、慰める暇がなかったせいで、身体がこれまでにないくらい過敏になっているのが分かった。

軽く乳首を擦る。連続で触れると、まるで快楽神経に直接触ったかのような快感が走る。

声を抑えようと唇を噛むけど、隙間《すきま》からくぐもったみたいな喘《あえ》ぎ声が零れ出た。

服をはだけさせると、先端はすでに痛々しく尖り勃《た》っていた。

「う……いいな」

次に感じたのは羨ましいという気持ち。

皆のように彼の体に抱きつけたらいいのに。

この気持ちの悪い胸を彼ならどう慰めてくれるんだろうか。

幾度も夢に見たトーワ君との行為。下卑た妄想にボクの興奮が高まっていく。

だけど、時折心の中の自分が核心を突く。彼の相手は、ボクじゃない、と。

「ぁ……っ」

指先が乳首をこりっと引っ掻き、ヒク、と身体が反応を返した。

大好きな彼の妄想で自慰行為に耽《ふけ》る淫らな自分に激しい自己嫌悪を覚えた。

ぐるぐるする。もう訳が分からない。自分の中で負の感情が現実逃避のためのそれへと切り替わっていく。

まだ皆とはしていないはずだ。だけどそれは今の話で、いつかは皆と身体を重ねるんだ。

「ずるい……ボクだって……」

ボクだってトーワ君に甘えたい。隣で手を繋いでほしい。

会いたい、顔が見たい、話したい。

悔しくて堪《たま》らない。快感でそれを無理やり誤魔化す。

いつか必ず訪れるトーワ君たちの未来の光景に酷く劣等感を刺激された。

思考があっちこっちを行き来する。考えがまとまらなかった。

「うぅ……っ！　ズルいズルいズルい！　なんで！　ボクだって不細工なのに……ずっと苦しかったのに……ッ！」

トーワ君の手に見立てて身体を愛撫《あいぶ》した。

ベルトを緩めて下着の中に手を入れた。少しでもオシャレをしたくて買った薄いピンク色のショーツの股の部分は自分の愛液でぐっしょりと濡《ぬ》れそぼっていた。

トーワ君とするセックスを想像してお腹の奥が熱くなる。

だけど脳裏にちらつくのはトーワ君の隣にいる皆の姿だった。その中にボクの姿はない。

気持ちいい。気持ちいいのに……苦しい。

切なくて、痛くて、もう何も分からない。

劣等感と興奮が感情を炙る。

膣《ちつ》に指を挿し込むと愛液がこぽっ、と溢れ出てきた。

それは白く濁っていて言い訳のしようもないほどにボクが本気で興奮しているという証《あかし》だった。

ボクだけを見てほしい。

なんで皆とイチャイチャするの？　ボクにだけ構ってよ！

独占したい。他の人なんて見ないでほしい！

嫉妬の感情が次から次へと溢れ出てくる。

あんな醜い奴らなんて放ってボクだけを好きになってほしいのに……。

だけど、なによりも――。

こんな醜悪なことを考えてる自分が一番大嫌いだ。

その思考に至った瞬間、それを誤魔化すように思いっきりクリトリスを捩《ね》じり潰した。

「ツッ、ぅ、ッゔう！！？」

鋭い激痛に腰が跳ね上がった。十の絶望を百の快感で無理やり誤魔化すような、被虐的なオナニー。

生硬く凝った陰核を皮の上から弄《もてあそ》ぶ。剥いたり被せたりを繰り返し時折思い出したようにくにくにと芯のような部分を責め嬲《なぶ》る。

「あっ、あっ、あぅ！」

情けない喘ぎ声が勝手に喉を震わせた。

もしも、という最悪の想像を思い浮かべる。

悪い方へ悪い方へと思考が巡る。

気持ちの悪い身体だった。淫らな乳房も、弱々しいくびれも、張りのある大きいだけのお尻も、何もかもが見るに堪《た》えない。

触りたくないのは嫌というほど理解できる。

だけど、じゃあ何で皆だけいいんだ。ボクと皆とで何が違うんだ。

これまでのコンプレックスやトラウマが走馬灯のように脳裏を駆け巡った。

悪循環だ。それが分かっていてもやめられない。

慌てて慰める手の力を強める。

「はぁ!?　んはぁっ!」

乳首をごりごりと扱《しご》き上げ、濁った愛液で濡れた手のひらで股座《またぐら》を擦《さす》る。

淫らな乳房はその脂肪の塊全《すべ》てが性感帯になっているかのように敏感だった。

軽く揺するとじんわりとした熱が広がり、先端を擦るだけで「あぁん!?」と、はしたない声が出てしまう。

逃避だった。

恐怖を誤魔化すように快楽へと走る。

皆が四人で混じり合う中でボクはそれを見ているだけ。

思わず伸ばした手は空を切った。

「ボクにも……触ってよ……っ」

いつも彼を想って自分を慰めていた。

冒険で火照《ほて》った気持ちの悪い身体に触れてもらうんだ。

トーワ君に発散してもらいたい。ボクの身体を使ってほしい。

強烈な熱量は手で触れた個所から子宮を経て全身へと広がっていった。

「ひ、ぅぅう、お願いします、お願いします……っ」

懇願する。慈悲を乞う。彼の幻にお情けをもらえるように全力で媚《こ》びを売った。

こんなことしても無意味なのに、醜い嫉妬と劣等感に心を焼かれたボクは気付かない。

全身が沸騰《ふっとう》する。

「ずっと、好きだったのに……なんで……」

少しでも快感を得たくて、トーワ君を思い浮かべる。

思い浮かべた幻影に、愛してる、と告げられる。

仄暗《ほのぐら》い闇の中で彼が触れてくれているのは今度こそボクだった。

彼の手がボクの体に優しく触れる。

この体は人に触られたことなんて碌にない。だから、とても敏感だ。

へこへことだらしなく淫らな空腰を振ってしまう。

そんな体を彼は少しずつ解《ほぐ》してくれる。舌を突き出して悶《もだ》えるボクを見て彼は薄く笑った。

「ゔぅぅっ……！」

服を強く噛んで声を必死に抑えた。

突起という突起を弄び、穴という穴をほじくる。

自身の手で自分を弄び、その手をトーワ君に見立てることで鼻息が荒く家畜のような鳴き声が出る。

意地悪く焦《じ》らされる体。

畳みかけるような快感。大好きな人からの責めに限界が近い。

息を吹きかけられれば到達してしまう。そんな確信にも近い予感だった。身体が、弾け飛んでしまう。そして、ボクの性感が高まり切ったところで、彼はボクの耳元に顔を近づけて囁《ささや》いた。


愛してるよ、〝シルヴィ〟。

彼が口にしたのは、違う名前だった。達した。

罪悪感、情けなさ、申し訳なさ、悔しさ、妬《ねた》み、それらがブレンドされた負の感情が快楽神経を駆け巡る。

絶頂に至ったというのに胸は針金で締め付けたように痛い。

羨望と嫉妬で煮え滾った体が燃えるように熱く、その熱が膣穴からちょろちょろと情けなく溢れ出て地面を濡らしていった。

「ひ、っぐ、ぅ、ぅぅう……」

トーワ君が望むなら何をしてもいいのに。

シルヴィなんてエルフだ……それなのに。

ミーナなんていつもくっついてきて鬱陶《うっとう》しいはずだ。トーワ君にあんなことを……ああ、駄目だ腹立たしい。

アイリとは読書の話をよくしていて……あざとい。トーワ君に媚びを売ってるようにしか思えない。

悪口なんて駄目なのに、止まらなかった。

顔だけじゃない。

ボクは……最低だ。

妬ましい。

憎い。ズルい。

あいつらの代わりならボクがするのに。

お金がほしいなら稼いでくる。ほしいものはボクが何をしてでも手に入れる。それこそ世界中を敵に回してもいい。ボクが全部叶《かな》える。

こんな顔じゃダメなのかな……君が望むなら削《そ》ぎ落してきてもいい。焼いてきてもいい。好きなように切り刻んでくれてもいい。

あの三人の何がいいんだよ。あいつらがすること全部ボクがしてあげるのに。あいつらの想いなんてボクの足元にも及ばないのに。

想い人を脳裏に浮かべた。

トーワ君、ねぇ……

「ボクは……？」

もう駄目だ。

伝えよう。全部、この想いの丈を全て。

彼は受け入れてくれるんだろうか……

背筋が震える。

怖い、本当に怖かった。

けど、どうしてもほしい。

彼を手に入れるためにボクは何を捨てることができるだろうか？

◇

体感、いつもは起きている時間だけど、僕はテントの中であくびを一つした。

照明の道具で本を読むにはやや億劫《おっくう》な暗さだ。

ぼーっとテントの天井を見ている、眠気はあるのだが何やら寝付けない。

里の中だから危険もないだろうとのことで火は消しているし、皆もそれぞれのテントで眠っている。

しかし、シルヴィさんの悪酔いには驚いたな。

竜酒は僕も少し舐《な》めさせてもらったけど、度数が高すぎるというのだろうか、お酒を飲む習慣のなかった僕には美味《おい》しいとは思えなかった。

……いい加減、逃避するのはやめておこう。

横になりながら考える。

彼女たちにはずっと待ってもらっていた。

そろそろ僕も覚悟を決めるべきなんだろうか……夜這《よば》いとか。

不安もあるし、想像しただけで何だかソワソワするんだけど、拒絶されることはない気がする。

いいのかな？　いや、そりゃあね、したいかしたくないかって言われたら勿論したいけども。

だけど、勢いのままにっていうのは……いや、勢いがないと一生しない気もするな。

なんてこんなこと考えてるのもシルヴィさんに抱きつかれた時の感覚が残っているからなんだろうか。

柔らかかったな……触られた感触は滑らかで、まだ彼女の熱の残滓《ざんし》がほんのりと残っているような気がした。

それに加えて昼間のアイリさんとのあれこれもある。

何となく気恥ずかしくなった。

「トーワ君」

一瞬、欲望のあまり女性の声を想像してしまったんじゃないかと思ったけど、その声はテントの外から聞こえた。

顔を出すとそこには月明かりを背にしたリズさんの姿があった。

月の光をまとったリズさんは幻想的で妖しい雰囲気をまとっている。

思わず息をのみ、ジッと見つめてしまった。

「……どうしたの？」

「あ、いえ……それよりもリズさんはどうかしましたか？」

まさか見惚《みと》れていましたとは言えるはずもなく、言葉を濁す。

「遅くにごめんね。ちょっと話がしたいんだ。いいかな？」

ある意味ありがたかったかもしれない。

シルヴィさんのこともあり、思考が変な方に向いて悶々《もんもん》としてたから、少し頭を冷やすとしよう。

テントから出て、照明を片手にリズさんの後をついていった。

虫の鳴き声が聞こえてくる。

空気は乾いていて夜風が気持ち良かった。

「どこに行くんですか？」

「特に決めてないよ。駄目だったかな？」

というと本当に雑談したかっただけなのかな。

別にいいけど、リズさんの空気がいつもと違う感じがした。

里の中を散策していると、ふいにリズさんが口を開く。

「トーワ君はこの里をどう思う？」

「いいところだと思いますよ。平和な感じがして……自然が多いところとか好きなんですよね」

リズさんはただ一言だけ、ありがとう、と呟いた。

だけどその表情には陰りが見える。

「……なにかありました？」

「んー、あったと言えばあったけど……分かりやすかったかな？」

「何か普段と違ったんで」

リズさんが僕を呼び出したことに意味がある気がした。

話を聞いてほしかったんじゃないかな。

なら僕はその話を聞いてあげたい。彼女が少しでも楽になるならと続きを促した。

「実は長老たちに急《せ》かされちゃったんだ」

「昼間の話ですか？」

「うん、お前が後継者だって」

彼女の表情は無理やり笑顔を浮かべているが苦々しいものだった。

役職が決まってめでたい……って話ではないようだ。

「断れないんですか？」

「うーん、長老たちは少しばかり頑固だからね」

その話の続きを聞きながら僕はリズさんの後をついていった。

「その昔に里で災害があったと聞いてる。巫女《みこ》の力に関してなんだけど……龍眼って知ってる？」

ああ、リリーラさんに聞いたな。

未来を予見する力だったか。

頷きを返す。

「巫女の体調を考慮して祭事をやめた日に大勢が死んだんだ。最長老のご両親もその時亡くなったって聞いてる」

リズさんは「ままならないよね」と言って続ける。

「だから長老たちは祭事を重要視してる人が多いんだけど……って、ごめんごめん、面白くない話だったね」

「いえ……リズさんのことならもっと聞かせてください」

「そ、そう？　ありがとう、嬉しいな」

会話が途切れて僕たちの間に静けさが降りる。

鬱蒼《うっそう》とした道を進む。

坂道を上り、道を抜けると彼女は足を止めた。

「あれは会合所だよ、夜になると誰も来なくなるからね。中には入れないけども……」

リズさんが指差す先にはこの里で初めて見る木造の建物があった。

ログハウスのように木が積まれている感じの建物だが、その木が大きい、一抱え以上ある大木ばかりが使われていて、ここが何か重要な場所だと察することができた。

「子供の頃《ころ》は母の仕事に憧《あこが》れもあったから、入れてくれって頼んだこともあったな」

リズさんが懐古するような、そんな表情を浮かべる。

過去を想起する彼女の嬉しそうな顔。月明かりのせいもあるのかもしれない。彼女の表情が照らされた光景にほんの一瞬だけど目を奪われた。

綺麗《きれい》だ、と素直にそう思ったけど、頭を振って思考を払う。

リズさんがそんな僕を見て不思議そうにしている。

「この里では色んなことがあった」

でも……と、一転して苦しそうに顔を歪《ゆが》め、僕に背を向けた。

「トーワ君はこの里が平和だって言ってくれたね……でも、ボクにはろくでもないことが多かった」

「……それは」

「別にトーワ君にさっきの言葉を撤回してほしいわけじゃないんだ。ボクだって里には愛着がある。里の外でも結局変わらなかったしね……」

リズさんの声は平淡さを装ったものだったけど、彼女の悲しさが伝わってきた。

「その度にボクは泣いてた。たぶん母や皆がいなかったら今ここにボクはいなかったと思う」

辛かった、と彼女は口にした。

その感情を僕は推測することしかできない。

結局何を言ったところでそれは僕の同情に過ぎないからだ。

でも……と、リズさんは続ける。

「今は皆がいない方がよかったなって思ってる」

「？　何でですか……？」

「皆がボクの好きな人を奪ったんだ」

「……うん？」

リズさんは黙り込む。

ゆっくりと振り向く彼女はいつもの微笑《ほほえ》みを湛《たた》えていた。

そこでようやく僕は異常に気付く。

凪《な》いだように木々の騒《ざわ》めきすらも聞こえない。

原因は、きっと彼女だ。

「ズルいと思った。許せないと思った。だって、ボクが最初に好きになったのに……あいつらはトーワ君を奪ったんだ。そりゃボクが勇気を出せなかったのが原因かもしれないけどさ……正直、妬ましいよ」

「ん？　ち、ちょっと待ってください……え？」

「待たない。もう、待てないよ……何が駄目なの？　不細工がいいんでしょ？　ボクが一番不細工じゃないか。何が不満なの？　それとも……やっぱりこの顔は駄目なのかな」

力のない笑みで彼女は言葉を続ける。

だけどその瞳《ひとみ》はどこかうつろでどこを見ているのかも曖昧《あいまい》なものだった。

明らかに彼女の言動はおかしい。

何があってこういうことになっているんだ？

さっきの言葉。あれは告白なのか？　僕のことが好きってこと？

パニックになりよく分からなくなってきた……

状況が分からない。

「気付いてよ！　僕たちはずっと前に会ってたんだよ!?」

叫ぶようなリズさんの告白。

一瞬頭が真っ白になった。記憶を辿《たど》るけど彼女と出会ったことはない、はず。

な、なんでだ？　リズさん好きな人いたんじゃないの？

いや、なんとなく僕だったらしいというのは分かるけど、接点はどこにあっただろうか。

僕から見たリズさんはどうだろうかと改めて考えてみる。

気は合うと思っている。最初に出会った時からずっと可愛らしい人だなと思ってたし、話せば話すほど僕のリズさんへの好感度は上がっていくばかりだ。

感情的に言えば決して嫌じゃない。むしろこんな美少女にそんなことを言われてすごく嬉しい。

状況を考えなければだけども……

逡巡するボクを見て何を思ったのかリズさんは何の迷いもなく頭を下げた。

「お願いします……ボクにお情けをください。付き合ってください……」

深く頭を下げるリズさんを見ながら僕は混乱する。

訳が分からないけど、とりあえず……な、何事？

「えーと、ちょっと待ってくださいね……告白は嬉しいです。嬉しいんですが……ひとまず頭上げてもらってもいいですか」

リズさんに顔を上げるように促した。

とはいえこれは皆にも相談しないといけないだろう。

話はそれからだ。ここで断るのも受け入れるのも簡単だけど、皆のパーティーのことを考えたら全員での話し合いは必要だと思う。

だけど僕の煮え切らない態度をどう受け取ったのかリズさんが震える声で言った。

「あ、上げない……嫌だ。トーワ君が、いいって言ってくれるまで……」

「いや……困ります……」

困る、と僕が口にした瞬間ビクッとリズさんの全身が震えた。

リズさんは慌てて頭を上げると、機嫌を損ねないようにするような、卑屈な泣き顔でこちらに縋《すが》りついてきた。

「な、なんで……？　駄目、どど、どこが駄目だったかな？　な、直すから！　どんなところでも直すからっ！」

◇

彼の声色に困惑が混じるのを感じてボクは慌てて顔を上げた。

トーワ君を不審がらせるつもりはない。

ただ少しでも覚悟を知っていてほしかった。

彼に不都合があるならボクは何を捨てることだってできるんだって。

初めて出会った時から、ずっと好きだった。

彼が不細工好きだと聞いて全身が喜びに打ち震えたのを覚えている。

シルヴィみたいな肌で、アイリみたいな肉付きで、ミーナみたいな顔立ちが彼の好みらしい。

ボクのことじゃないか。

あいつらじゃない。ボクであるべきだ。

だって、ボクが一番トーワ君を想っているんだから。

本来は逆の立場であるべきなんだ。

なのに……なんで？

「な、なんでそんな顔してるの……？」

君がそんな悲しそうな顔をしてるとボクも悲しくなってしまう。

口を開こうとする彼を遮った。

「もしかして、駄目、なの……？」

「いえ、ちょっと状況が分かってなくて……待ってください。えーと」

整理したい、そう考え込むように顎《あご》に手を当ててるトーワ君。それだけでよくない方へと考えてしまい覚束《おぼつか》ないボクの足は彼へと近付いた。

それを見て彼は後ろへと下がる。

まるでボクを怖がるような動作。心臓が抉られるような喪失感。

全身に悪寒が走り抜け、心を鷲掴《わしづか》みにされたような絶望が支配した。

服の裏側から硬質な音が聞こえる。

その音と重なって彼の声が聞き取りづらい。

いつもの龍化とは違う感じがした。

感情の昂《たかぶ》りも普段より大きい。

自分の顔が青ざめるのを感じた。

断られるかもしれない。

その瞬間、血の気が引く感覚がハッキリと理解できた。

心の奥底から湧き上がる負の感情を抑え込むように胸元に手を当てて目を瞑《つむ》り呼吸を整える。

息が苦しく、圧迫感を感じる。

彼の言葉が気になって仕方ないはずなのに、それを聞くのが恐ろしく怖かった。

「なんで、そんなこと言うの……？　駄目、ってこと？」

後ろに下がる彼を慌てて追い、袖《そで》を掴んだ。

袖を持つ力の籠《こも》らない手から彼の困惑が伝わってくる。

それが今この瞬間は紛れもない現実なのだと理解させた。

根拠はない。ただ悪い方にしか考えられない思考が最悪のイメージをボクに伝えてきた。

拒絶される。そう思ってしまった。

「えっ、いやいや、そうじゃなく――」

「あ……あああ……っ！　ま、待って！　待って待って待って……ボクで、いいじゃないか。駄目なの……？　お願い……お願いだよ……何、番目、でも我慢〝するから〟……」

懇願をする。

ただ、少しでも彼の気を引きたくて、媚びるように、必死に頭を下げた。

もしかしたら同情してもらえるかもしれない。

そんな最低な打算を込めた。

「言うことっ、言うことなんでも聞くから……っ！」

トーワ君が何か言ってる。

ペキペキとガラスを踏んだような音が繰り返される。

キィンと耳鳴りが聞こえて顔をしかめ、龍化を無理やりに抑え込み彼に願う。

お願いだから、どうか受け入れてほしい。

それだけがボクの望みだ。これ以上は、これ以外は何も望まない。

しかし、そんな願いも虚《むな》しく答えが返ってくることはなかった。

「そっ、そうだ！　魔法で君に嘘をつけなくすることもできる！　大きな街でお金を払えばもっと強力な魔法で縛ってもらうこともできる！　な、なんだったらさ、ほらっ、隷属もするし、何でもっ、どんな命令でも聞くから！　どんなこともする！　絶対に逆らわない！　だ、だから」

そうすれば一緒にいられる。彼に使ってもらえる。

涙が溢れ出て顔がぐしゃぐしゃになる。今ボクはどんな顔をしているんだろうか。

たぶん情けない顔をしているんだろう。そのまま彼に縋りついた。

何番目でもいい。婚姻……いや、彼に少しでも愛情を分けてもらえるなら奴隷にだって成り下がる。

「と、トーワ、くん……？」

だけど、そんな惨めったらしい言葉にも彼が答える様子はない。

「ね、ねぇ、なんで？　なんで答えてくれないの……？」

ボクはトーワ君の足元に縋りついて泣き喚《わめ》いた。

子供のように。

ただ彼に捨てられたくないという思考だけが頭の中を巡っていた。

「い、やだ、やだよっ！　お嫁さんなんて、もう、贅沢《ぜいたく》なこど、か、考えないから……っ！」

もしそれで少しでも彼の気が引けるならボクの尊厳なんて安いものだと思った。

だけど、トーワ君は困ったような表情を浮かべる。

それを見たボクの内心を真っ黒な感情が覆っていく。

「なんでボクには……あぁあぁ、ずるい。ボクだって、君のことが大好きなのに……ッ！」

どうして、答えてくれないの？　ボクを見てよ。

ボクが一番最初に君を見つけたのに。

そんな想いばかりが胸の中を渦巻く。

「あ、あんなやつらより……ボクを選んでよッ!!」

その言葉を口にした瞬間、自分の中の大切な何かが壊れた音がした。

ビシッ——。

「あ？」

極度のストレスによって始まる龍化の兆候。

硬質な音の連なり。

「あ、レ……？」

慌てて制御しようとするけど、意味はなかった。

今度はもう、どうにもならない。

駄目だ。そんな確信にも近い予感がする。

限界まで耐えてきた反動だろうか……不愉快な鱗の感触が全身に急激に纏《まと》わりついていく。

（あ……そうだ）

何を今まで我慢してきたんだろう。

ボクはトーワ君が大好きだ。

だからこそ——。

トーワ君にこびりつくあいつらから彼を奪うことに何の躊躇《ためら》いがあるだろうか？

それはボクの全てを侵食するように身体全体を覆っていった。

5章　よろしく

Chapter 5

「リズさん……？」

矢継ぎ早に喋《しゃべ》ってから急に黙りこくってしまった彼女は、まるで僕の言葉が聞こえていないかのように反応をなくしてしまった。

顔の辺りまでを鱗《うろこ》のようなものが覆っていく。


――とぉわくん。


彼女の声がいつもとは違って聞こえた。

肌が粟立《あわだ》ち身体《からだ》が強張《こわば》る。

「ど、どうかしたんですか……？」

強烈な違和感、そもそも鱗が見えていて普通とは思えない。

思わず落ち着いてもらいたい意思を伝えるように両手を突き出していた。

しかし彼女はそんな僕を意に介さない。

「もう……我慢しなくてもいいんだよねぇ？」

ゆっくりと近付いてくるリズさんに突き出した僕の手と彼女の手をそっと合わせると除《の》けられ、

あっという間に僕と彼女の間には何もなくなってしまった。

それでも彼女は近付いてくる、体温すら感じるような距離、これ以上は何が……？

と思うと、首筋を撫《な》でる柔らかな粘液の感触。

それがリズさんの舌だと気付いたのは数瞬後のことだった。

突然の出来事に思考が追いつかない。何が起こったのか理解できずにいるうちに、リズさんの顔が離れていく。

リズさんの頬《ほお》を紅潮させたその表情はとても愛らしくて——だけど、どこか妖艶さを感じさせるものだった。

心臓が激しく脈打っている。

「————ッ!?」

明確に考えていたわけではないが、何か言おうと口を開く。そこから続けようとした言葉を止めたのは彼女だった。

リズさんが僕の耳元で囁《ささや》いた。

「好き」

それは今まで聞いたことのないような甘い声音《こわね》だ。魔的な響きを持った言葉が鼓膜を刺激する。

そして、数歩下がると突然、彼女は自身の服を首元から裾《すそ》まで引き裂いた。

いきなりのことに僕は目を逸《そ》らすこともできずに、残りを脱ぎ捨てた彼女の綺麗《きれい》な裸体を見ていた。すると、僕の視線に気付いたのか、リズさんが嬉《うれ》しそうに口元を歪《ゆが》めて顔を赤らめる。その仕草は妙に艶《あで》やかで……しかし、僕には行動の意味が全く理解ができなかった。

「あの……何で服を、ッ!?」

次の瞬間には視界がひっくり返っていた。

リズさんに押し倒されたのだと気付いたのは、夜空をバックにした彼女の姿が視界に広がっていたからだった。だけど、それ以上に驚いたのは、僕に跨《またが》った彼女の身体のあちこちを覆う斑《まだら》な鱗だ。

太ももや腕を覆っていたり、お腹《なか》に鱗の塊が溶接したようにくっついていたりと、とにかく歪《いびつ》な変質だった。しかも、その姿を見ている間にも、鱗は生き物みたいに蠢《うごめ》き生えたり消えたりを繰り返している。

すると、異質な容貌《ようぼう》をした彼女が耳元へと顔を寄せてきて、ゆっくりと囁いてきた。

——愛してる。

脳が蕩《とろ》けそうな言葉だ。

リズさんは体を引き、僕と目を合わせる。

このままじゃ、ダメだ、何かないかと僕は必死に目を動かす。すると彼女の首元にかけられた皆の仲間たちの証《あかし》であるエンブレムが目に映った。

そのことに気付いたのか、リズさんは不満げに再びずいと体を寄せてくる。

僕と関係を持ってくれている皆のことが過《よぎ》り、僕は咄嗟《とっさ》にリズさんの肩を掴《つか》んで引き離そうとした。だが、岩でも押してるのかってくらいビクともしない。

「リズさん！　待った待った！　よくないですって！」

抵抗し抗議しても、リズさんはその言葉が聞こえてないかのように反応を示さない。

彼女は力任せに僕の衣服を破いた。更に興奮した様子のリズさんが小さく笑みを零《こぼ》した。その口元は別人にも思えるほど歪んでいる。

顔がゆっくりと近付いてくると、そのまま唇を合わせ舌を絡めてきた。

「んんっ――！　リズさ、んぐっ！」

僕も男なので別に興味がないわけじゃないけど……今はそういう場合じゃなかった。

このままだと本当にマズい気がする。

付き合っている彼女たちに罪悪感が湧《わ》く。何よりリズさんが冷静じゃない。このままでは皆、リズさんも傷つけてしまう。

「はむっ、じゅる、んっ」

唾液《だえき》を吸うリズさんの頭を掴んでどうにか押し上げる。しかし、力の差がありすぎてそれも敵《かな》わない。

というか、キスがとにかく乱暴で龍化に伴って尖り始めた歯が当たって痛みが先に来た。

（ああもう！）

全力で抵抗する。身を捩《よじ》ったり、押したり、ちょっと乱暴に手足をバタつかせるが、まるで意味がなかった。本当にビクともしない。こちらに反応もしてくれないので説得も無理そうだ。

口内を蹂躙《じゅうりん》する舌先を慌てて吐き出そうとすると、舌を噛《か》んでしまう。

その瞬間、リズさんの動きが止まった。

ようやく諦《あきら》めてくれたのかと思ったが、違った。無言のまま見つめ合うこと数秒、リズさんは口を開けたままで固まっていた。

口元についた血を舐《な》めとると、彼女は顔を歪めて苛立《いらだ》ったように声を荒げた。

「……どうしたの？　なんで？　なんで抵抗したの!?」

どうすればいいんだと必死になって考える。このまま色々とやられてしまうんだろうか。立場が逆な気もするけど……。

とにかく何とかしないと……。

「なんで!?　抵抗しないでよ！」

そんなことを考えている間にもリズさんの行為はエスカレートしていく。いつの間にか、彼女は自分の胸を形が変わるほど強く僕の身体に当てていた。

柔らかくて弾力のある感触に意識が割かれるけど、この状況から脱出する方法を考える。

思考を回しながらリズさんの肩を押し返すように力を込めるが、力の差は歴然で簡単に捻《ね》じ伏せられてしまう。

「大丈夫、大丈夫だから！　ボクに任せてよ！　ねぇ！」

それでも、とにかく暴れるように抵抗を続ける。

密着した彼女の表情は窺《うかが》えないが、ぽつりと声が聞こえた。何かされると怯《おび》えた僕の耳に聞こえてきたのは、予想外の感情が込められた言葉だった。

「なんで……？」

はたと、リズさんは暴れる手を止めた。その時ようやく視認できた彼女の顔は、情欲からの興奮ではなく悲しみの様相に変化している。

今までと全く変わった様子に戸惑いを覚えた。

体が離れ、ようやく見えた彼女の顔は、諦観《ていかん》、悲哀、苦痛、切情、が入り混じっている。

「――なんでそんなに抵抗するの？」

先程までとはまるで違う感情が込められた言葉だった。

ずきりと心が痛む。

彼女の黄金色の瞳から一筋の涙が流れて頬を伝っていた。

なんで？　と一言疑問を口にすると、彼女は感情を吐露する。

「こんなに好きなのに……どうして分かってくれないの？」

彼女の口から次々と出てくる言葉はただひたすらに愛を告げるものだった。

「ずっと一緒にいたいだけなのに……い、いいじゃないか……不細工が、いいんでしょ……？　こういう身体が好きなんじゃなかったの？」

泣き縋《すが》るように彼女は言った。

なんで、なんで、とリズさんは疑問を唱える。

「だ、大好きなんだ……気持ち悪いこと言って、ごめんなさい……！　トーワ君の好みだって聞いて、嬉しくて、ずっと、一緒にいれるって、勝手なこと考えてて……！」

嗚咽《おえつ》交じりに訴える彼女に僕は何も言えない。何を言えば正解なのか分からなかった。

ただ、目の前で泣き崩れる彼女を見ていると、自分がとても酷いことをしているような気がしてくる。

「こんな、醜いボクを疎《うと》まなかった優しい君が、だ、大好きなんだよ……ッ!!」

そこには、ただ純粋な思いがあった。

だけど、次の瞬間には彼女は肩を落とした。

「や、やっぱり、ボグじゃ、だ、駄目……？」

咄嗟に言葉が出なかった。その目が、その表情が、あまりにも悲しそうだったから。

すすり泣く声が聞こえてきた。その姿からリズさんの気持ちが痛いほど伝わってくる。

「い、痛いよ……痛くて堪《たま》らないんだ」

胸を押さえて俯《うつむ》く彼女に既視感を感じた。

ガラガラの声帯が絞り出すように聞き覚えのある助けを求める。

「助けてよ……トーワ君……っ」

ピキ――と、音が連なる。

もうリズさんの姿に元の面影はほとんど残っていない。

言われなければこれがリズさんだとは分からないだろう。

僕は気付けばリズさんの身体に腕を伸ばしていた。

さっきまでまるで動かせなかったとは思えないほど弱々しい彼女の身体を胸に抱いていた。その鱗の感触を僕は知っている。

「……リズさんと僕って、結構前に会ってましたか」

僕の腕の中でリズさんが静かに頷《うなず》く。

ああ……あの時の彼女か。

「大丈夫ですよ……また〝全部〟治せますから」

腕の中で泣くリズさんの背中を撫でた。

きっとリズさんは傷ついている、あの時みたいに。

だったらやることはやっぱりあの時と同じだ。

しばらくすると、少しだけ落ち着いた様子のリズさんへ僕はそのまま力を行使する。

「後でゆっくり話しましょうね……」

手のひらから光の渦が出て僕たちを包み込む。目も開けていられないほどの魔力の奔流は、一瞬でリズさんの歪な身体を元の状態へと戻していった。

◇

夢を見ていました。

これはいつの頃でしょうか……。まだ装備が整ってないから……パーティーの結成時ですかね？

『パーティー名は処女同盟です！』

『『『…………』』』

皆さんが一斉に黙ってしまったのを覚えています。

『な、なんですか？　何か言いたいことでもあるんですか？』

夢の中では、たじろぐ私に彼女たちは率直な意見を述べました。

『ダサい』

『ないと思う』

なかなかストレートな言葉でした。

良心であるリズさんを見ると苦笑いを浮かべています。

私は悔しさで『くっ』と、呻《うめ》くことしかできません。

『まあ飲みながら考えようぜ』

気を取り直して全員に飲み物が行き渡り、各々で好きなものを酒場で注文しました。

一晩中考えていたのにとか、自分たちを表しているじゃないかとか、膨れっ面をしていた私に三人が無理やり音頭を取れと促してきます。

確か皆がご機嫌を取ってくるので、私もすっかりその気になって口上を言い始めたんですよね。

『私たちはこれからどんな苦楽も分かち助け合うことを誓います！』

『おう！』

『乾杯』

皆で乾杯して口をつけました。

あまりお金がないから、おつまみに簡単な乾き物をいくつか頼んでいます。

私はあまりお酒が強くないので皆が心配しています。ですが、そんな中で『こんな時くらいいいじゃないですか』と勢いよく喉《のど》の奥にビールを流し込みました。

大丈夫ですかね……。

もうお腹もペコペコで、のど渇いちゃってーと、夢の中の私はご機嫌にもう二杯目でした。ぷはっと息を吐き出すと、もう顔が赤いです。我ながら弱すぎませんかね？

アイリさんが心配そうに見ています。ミーナさんは我関せずでおつまみのジャーキーを齧《かじ》っていました。

その光景をリズさんがジッと見つめています。

『……あれぇ、リズさんどうしました？』

さっそく呂律《ろれつ》が回らなくなりつつある口調で私はリズさんに話しかけました。

『あ、ごめんごめん、なんて言うかさ』

『処女同盟がよかったか？』

アイリさんが冗談交じりにそう言うと、ミーナさんから『抜けたい』と、これまた冗談めかした言葉が聞こえてきました。

私は『そんなに駄目ですかね～？』と、いまだに納得できてないような声をあげています。皆からあれはないと笑われていました。

『それでぇ？　そんなに不満だったんですかぁ？』

『ち、違うよ！　そうじゃなくてさ……』

ジョッキを手にリズさんは感情を噛み締めるように呟《つぶや》きました。

『なんかこういうの……良いなって思ってさ』

あの時は、ちょっとしんみりしましたね。

アイリさんが照れ臭そうに笑い、ミーナさんが頷く隣で酔っぱらった私が何かに気付いたように『あー！』と、声をあげました。

『ここは一番強いリズさんに肖《あやか》りましょう！』

『……ボク？』

『そうです！　パーティー名は――』

随分と懐かしい夢でした。

なんで酔ってる時の方がいい案を出すんだと皆から笑われましたね。

楽しかったですね……。

「……んぁ？」

ぱちりと目を開けた私の目の前にあったのは、いつも眠っているテントの天井でした。

あれ？　どこですかねここは？

記憶を辿《たど》ってもお酒飲んでからの記憶がないような……酔い潰《つぶ》れたんでしょうか？　それにし

ては妙に心地の良い目覚めです。

「お？　起きたのか」

「あ、おはようございます、アイリさん」

まだ夜だけどな、とツッコミが入りました。

「夕食のことは覚えてるか？　トーワには礼言っとけよ。わざわざキュアかけてくれたんだしな」

「やっぱりトーワは優しい」

ミーナさんもごろんと寝転がっていた身体をこちらへ向けました。

キュアって確か解毒の魔法ですよね。そういえばお酒にも効いたんでしたか……トーワさんはキュアも使えたんですね。

銀翼《ぎんよく》のパーティー内で使える人はいなかったのでありがたいです。

しかし……夕食の時のこと？

ちょっともう一度思い返すように頭を捻《ひね》ります。えーと、リズさんに確認しようとして、酔った勢いで喋らせちゃおう、みたいな流れでしたよね。それから竜酒《りゅうしゅ》を勧めてたら逆に酔い潰れて……。

ふむふむ……。

「あ、ああああ!?　や、やらかしました！　やらかしましたかね!?」

私は思わず飛び起きました。

いくらなんでもトーワさんに失礼でしたし、リズさんにも悪いことをしてしまっています。

「やらかしてるな」

「と、とりあえず、どうすればいいですかね……？」

「リズには謝った方がいいだろうな……」

アイリさんが呆《あき》れ顔を浮かべていました。

で、ですよね。何をしてしまったんでしょうか、私は。

酔った挙句、リズさんの前で惚気《のろけ》るとか最低でした……。

「しかし、謝ったところで問題の根幹は解決しない」

と、ミーナさんが口を開きました。

「どうするの？」

とても真剣な表情でした。

私もアイリさんもそれにつられて、居住まいを直します。

「確かにあの態度はそういうことだよな……」

「うん、私にも分かった」

私は……どうするべきなんでしょう。

正直初めてできた恋仲の男性を共有することに面白くない気はします。

三人もいて今更ですけど、これ以上増えたら構ってもらえなくなるんじゃないかとか、よくない方向に考えてしまいました。

理屈じゃない。本能的にもうこれ以上はと、独占欲が湧いてきます。

でも――。

「私はリズさんだけ仲間外れは嫌です」

自分の正直な気持ちです。あの時、パーティーの結成時に誓ったのは嘘《うそ》じゃありません。だからこそ、二人が認めてくれないなら、分かってもらえるまで何度でも説得するつもりです。

「昔のことを思い出したんです。私たちが一人きりだった時凄《すご》く苦しかったじゃないですか」

それを一番最初に助けてくれたのは、紛れもなく仲間たちだったからです。

リズさんは今もまだ苦しんでる。それをどうにかしてあげたいと思います。

「……お二人はどうでしょう？　リズさんのことは」

恐る恐るアイリさんとミーナさんの顔色を窺います。

怒られるでしょうか？

そこで黙っていたアイリさんがガリガリと頭の後ろを掻《か》きました。そして、小さくため息をついてから言います。その表情はとても穏やかでした。

「お前が反対だったらどうしようかと思ってたよ」

「うん」

二人の反応に私は首を傾《かし》げました。

「え、もしかしてアイリさんとミーナさんは、受け入れる方向で固まってたんですか？」

アイリさんが「お前が寝てる間にな」と、補足します。

「そ、そうでしたか……」

私は大きく息を吐いて一安心しました。反対されたらどうしようかと。まあでも、リズさんのことを尊重してくれたのなら良かったです。

すると今度は、ミーナさんが口を開きます。

「シルヴィが反対だったらトーワにあれをバラすしかなかった」

「あ、あれってなんですか？」

何か私の弱みでも握っているんでしょうか。

「トーワにしたこと、心当たりがあるはず」

「……ちょっとありすぎて分からないですね」

トーワさんとあれこれしたいと欲望を垂れ流した時のことでしょうか？　それとも、秘蔵のちょっとエッチなコレクションが見つかってしまったとか……あるいはトーワさんの水浴びを見てしまったときの事とか。トーワさんの上着の匂《にお》いを嗅《か》いだこともあります……他《ほか》にも色々と心当たりが。

駄目ですね。絞り切れません。

そんな私をミーナさんが心なしか軽蔑の目で見てきている気がします。あの、怖いんですけど。好感度は下げたくないので変なことは言わないでくださいね……？

「そういえば――」

と、その時でした。

会話に混じって足音のようなものが聞こえてきます。

一瞬、それぞれが警戒しますけど、音に敏感なミーナさんが一番最初に「リズの足音」と、口にしたことで警戒を解きました。

丁度いいかもしれません。一度ちゃんとお話ししましょう。

と、テントの入り口の垂れ幕が開きます。

「み、皆、いる？」

◇

すすり泣く音が聞こえる。誰《だれ》だろうか、でも、泣かないでほしい。だけど体は動かない。

なんだろうか。これは、今は……。

ようやく気付く。僕はリズさんに背負われているんだ。

「う……ぁ」

しかし口すら動かすのも億劫《おっくう》で、自分の身体とは信じられないほど動かない。

必死に出した声は、意味のないものでしかなかった。

そんな声に気付いたのか、リズさんは立ち止まり返事を返してくれた。

「ごめん、ごめんなさい……でも、あんな場所にトーワ君を置いておけないから、ごめん……我慢して、ほしい」

そんなことない。悲しまないでほしい。

すぐにでも彼女を慰めたいのに、僕は少しも動けない。

ただ、悲しかった。

◇

「え、ど、どうしたんですか!?」

泥だらけでリズさんに背負われた僕を見たシルヴィさんたちが驚きの声をあげた。

リズさんのことを考えると、それを口にするべきかどうかも分からない。

ただ僕を背負った彼女がひどく狼狽《ろうばい》しているのを見てとにかく中へと通された。

「ごめん……っ、トーワ君、ごめん……！」

リズさんはそう言って泣きながら謝るばかりだ。

とりあえずベッドまで運ばれて横になる。過去に龍化してるリズさんを治した時と似た状態だ。酷い倦怠《けんたい》感で身体が動かしづらかった。あの時も起きた直後は碌《ろく》に身体が動かなかったんだっけ。

だけど、寝てる場合じゃない。

「な、なあ……何があったんだ？」

「私にも話がよく……というかなんで二人ともボロボロなんですか……？　魔物に襲われたんですか？」

とりあえず説明だけでも……状況が飲み込めない皆を前にして、僕は口を開こうとする。だけど、リズさんが「待って」と僕を止めると、重々しく続けた。

「……ボクのせいなんだ」

彼女は涙声で何度も謝る。

「彼を……襲ったんだ……ボクみたいな女に人を好きになる資格なんてなかった……」

さっきまでの行為のことを悔いていた。

「……ごめんなさい」

今にも消え入りそうな弱々しい謝罪を聞いた途端、僕は身体を無理やり起こそうとしていた。

「おいっ、無理すんな！」

「アイリさん……ちょっと……手を貸してください」

アイリさんに申し訳ないが、返事をするだけでも辛《つら》くて、彼女の心配を無視する形になってしまった。

「……わかった、リズのところだな」

それでもアイリさんは僕の考えていたことをくみ取ってくれたようで、リズさんの傍《そば》に連れて行ってくれそうだった、しかしリズさんがすかさず僕のところへ来てくれる。

アイリさんの背中を支えになんとか上半身を起こしてリズさんと向かい合うことができた。膝《ひざ》立ちのリズさんと僕は視線が重なる。そんな僕を見てリズさんは痛ましい表情をする。

何度も僕に手を向けるが、そのたびに悲しそうにその手を引っ込めた。

すぐに言葉が出てこない。

さっきアイリさんに頼んだことで、喉に力が入らない。

自分の非力のせいかなんだかわからないが、少しでも早くリズさんを慰めたくて手を伸ばす。

彼女はビクリと体を強張らせる。

頬に手を添え、その涙を拭《ぬぐ》った。すごい滑らかな肌だなと、場違いにも思ってしまう。

「大丈夫です、から……」

そんなことしか言えない自分が、歯痒《はがゆ》くて仕方がないけれど。

「うぁ、あああ……ごべんっ、ごべんなさいいいいっ!!」

リズさんは僕の手を両手で握り締め、慟哭《どうこく》する。

拭った涙は次から次へと溢れて、今もなお零れて落ちる。

この人は今までどんな人生を歩んできたのだろうか？　価値観の違う僕には想像することさえできない。

でも、きっと辛い思いをしてきたのだと思う。

「大丈夫ですよ、リズさん……」

「ぐすっ……ひくっ」

こんなにも優しい人が誰かを傷つけてしまうことが悲しいと思った。

だからせめて、僕だけは彼女に寄り添ってあげたい。

「泣かないでください……」

それが今の僕にできる精一杯のことだった。

それからしばらくして、ようやく落ち着いたリズさん。少しばかり気まずい沈黙が流れる中、シルヴィさんが意を決して話しかけてきた。

そういえば、さっきから何度か声をかけられていた気がする。

「あの！　置いてけぼりなので、もうそろそろ詳しい事情を知りたいというか……」

シルヴィさんの質問に他の二人も同意を示すようにこちらを見つめてくる。

今回のことは説明せずにいるのは無理だなと観念した。リズさんに確認を取ると、静かに頷いてくれる。

「トーワ君、ボクから全部話すよ……」

僕とリズさんの間でこれまでにあった出来事について、包み隠さず話した。

案の定予想していなかったようで、それぞれが気難しい反応をしてきた。

僕は慌てて補足する。

あの時のリズさんは何かおかしかった。詳しく聞かないことにはまだ何も分からないだろうと。

僕が原因で皆に仲違《なかたが》いはしてほしくない。

「僕は大丈夫ですよ」

安心させるように声をかけてみる。

だけど、ミーナは「むぅ」と不満そうだ。

「トーワがいいって言うなら……まあそれにアタシたちも謝らないといけないことがあるしな」

アイリさんがフォローを入れてくれて、それを聞いたミーナが渋々といった様子で引き下がった。

それぞれの視線がリズさんに向けられる。

そして、上着を羽織って身体を隠したリズさんが、改めて事情を説明してくれた。

「……ボクは皆を妬《ねた》んで欲望のままにトーワ君を傷つけた」

そう言って彼女は頭を下げた。

「ごめんなさい」

言い訳すらしない真摯《しんし》な謝罪だった。

しばらく経《た》っても顔を上げようとしないリズさんをシルヴィさんが妙におどおどした様子でフォローした。

「あの……そんなに気にしないほうがいいんでは……」

「……無理だよ」

「いや、ほんとそんなに自分を追い詰めなくても……」

シルヴィさんが熱心にリズさんを慰めている。仲間として、友達として、彼女もやっぱりリズさんが心配らしい。

ただ、何となく挙動が不審な気がする。気のせいだろうか？

「……ボクがトーワ君を傷つけた事実は消えないんだ」

不意にリズさんは「ありがとうね、シルヴィ」と優しく微笑《ほほえ》み目を擦《こす》った。

シルヴィさんが「ん？」と意外そうに反応を示す。

「そんなに気を使ってくれて嬉しいよ」

「まあ、そうですね……えっと」

僕も最初は意味が分からなかったけど、途中で理解した。そういえばシルヴィさんも同じことしてるじゃないか。出会い頭のレイプ未遂。不可抗力だったとはいえ、状況は今回のリズさんの件と酷似している。道理で顔が引き攣《つ》ってるはずだよ。そうだね、そりゃ気まずい。

リズさんはもう一度こちらに向き直った。そして、ゆっくりと口を開く。

「……トーワ君、本当にすまなかった。ボクにできることだったら何でもする。許してくれとは言わない……ただ少しでも気が済むならボクのことは好きにしてほしい」

シルヴィさんが呻いた。目も逸らしていて小さく汗をかいているようだった。

リズさんの言いたいことは分かる。ただシルヴィさんのやらかしを知らないだけに、言葉の刃《やいば》がシルヴィさんにも降りかかっていた。

「ボクが告白した言葉は全部事実だ。ボクは君が大好きだ。だからこそ、絶対に許せない……人を襲うような人間が君と恋人同士なんておこがましかった……」

「………」

シルヴィさんが隣で物凄い冷や汗をかきはじめた。今更そのことに言及されることになるとは思わなかったんだろう。顔が凄い引き攣っている。

すると慌てて前に出てきて僕の手を取った。

「トーワさん、許してあげてもらえませんか……？　悪気は絶対になかったはずなんです」

「お前それ、自分のことを棚に上げ、むぐっ」

すぐさまシルヴィさんがアイリさんの口を塞《ふさ》いでいた。

アイコンタクト取ってるけど、何て伝えてるんだろう。しばらくして何かしらの結論が出たらしく、シルヴィさんがアイリさんから手を離して深々と頭を下げる。

「憎からず思ってるなら、リズさんのことも受け入れてあげてもらえないでしょうか。一度の過ちで幸せになれないなんてあんまりじゃないですか」

「シルヴィ……」

リズさんが感激したように目を潤ませた。

とりあえずこれは言わないほうがいいのかな。

「レイプ未遂は未遂なんです。セーフなんですよ」

開き直ってる。

いいんですか、それ。

シルヴィさん的にありなんですかその言い訳……。

いやまあ、僕はいいんですけどね、ただミーナとアイリさんの目が凄い冷ややかなんだけど……。

「でも……ボクは皆に嫉妬《しっと》してた」

「そんなこと言ったら、私だってミーナさんやアイリさんに嫉妬してましたよ」

「……そうなの？」

「ミーナさんがくっつくたびにこの雌猫！　とか思ってましたし、アイリさんとトーワさんが私の入れない会話で盛り上がってる時は、このムッツリ！　とか思ってましたよ」

「そんなこと思ってたのか……」

シルヴィさん、リズさんを慰めるのはいいんですけど、それは言って大丈夫なやつですか？

アイリさんとミーナが心なしか顔を強張らせて何とも言えない表情をしている。特にアイリさんは不満そうだ。シルヴィさんはアイリさんの「お前はお前でペットになりたいとか言ってただろ」という発言を大声で誤魔化していた。

ミーナも「嫉妬と言うなら私だってしてた」と、皆をフォローしている。

「リズさんは付き合いたくないんですか？」

「そりゃ……ボクだってトーワ君と関係を持ちたいよ」

でも、とリズさんは続けた。

「ボクがいない方が皆だって都合がいいだろうし……」

するとアイリさんがこつんと拳《こぶし》をリズさんの頭に当てた。

なんだかんだでアイリさんもリズさんに気を使っているのだ。それは僕も、他の皆も同じだった。

「馬鹿《ばか》にすんなよ。そんな狭量な人間だと思われてるのは心外だ」

「私も、トーワとの時間が減らないなら何も問題はない」

アイリさんもミーナも賛成らしい。ただ、ミーナの時間が減らないは無理なんじゃないかな。

「なんで自分だけ例外みたいなこと言ってるんですか……三等分が四等分になるなら減りますよ」

シルヴィさんが呆れている。

だけど、とそんな皆を見てもリズさんはまだ不安そう。

「でも……また我慢できなくなるかもしれない」

リズさんは少し前の龍化を恐れている。

そんな彼女にミーナが自信あり気に胸を叩《たた》いた。

「その時は私たちが止める。絶対に」

ミーナもリズさんを否定することはなかった。それを見て、僕も嬉しくなる。

元々銀翼はこんな感じだったんだね。

僕のいない間に育まれた絆《きずな》を見せてもらっている気分だ。

「だけど順番は守ってもらう。リズは第三夫人。これは譲れない」

「……あれ？　おかしくないですか？　私は？」

「四番目」

「なんで下がってるんですか！」

気付けば僕は笑っていた。そうだ、僕は知らないけど、皆はいつも一緒にいたんだ。

ここでリズさんを見捨ててしまったら、三人は彼女から離れてしまうのだろうか。僕は心からみんなに幸せになってほしい、そう思っている。だからこの仲を引き裂くような真似《まね》はしたくない。

　これはリズさんに対しての同情かもしれない。だけど、それでも一度くらいリズさんにチャンスがあってもいいんじゃないだろうか。その幸せのきっかけが自分だったら嬉しいと思う程度には、僕は彼女に惹《ひ》かれているんだと気付いた。

「皆一緒の方が楽しそうですね」

「ん、まあ……友達だしな」

「え？」

疑問を発したその反応に皆の視線がリズさんへと向けられた。

「ボク、まだ皆の友達だったんだね……」

「そりゃそうだろ」

「そうですね」

「うん」

そんなリズさんの呟きに対して、当然のように返す三人。

それを聞いたリズさんは更に強く目元を擦る。

この人はずっと苦しんできていた。その理由が僕なら、謝るのはこちらの方だ。

「リズさん、告白の返事なんですが」

「えぁ？　あ、は、はい！」

僕の言葉にビクッと身体を震わせるリズさん。僕はそんな彼女の手を握りしめて告げた。

手の中で震えている小さな手に、優しく力を込める。

「僕でよかったらお願いします」

「い、いいのかな？　ボク色々と面倒な女だけど……」

「いいですよ。僕って面倒な子が好きなのかもしれません」

皆には一緒にいてほしい。本心からそう思う。

彼女の手は震えていた。きっとそれは緊張や不安もあるのだろうけれど、一番は罪悪感からだと思った。

リズさんは自分のしたことを悔いている。

でも――。

「一緒にいたいです。皆も同じことを思ってますよ」

「……ありがとう」

僕が握った手をじっと見つめながら、彼女は小さく微笑む。

そして意を決したように顔を上げると口を開いた。

「あ……トーワ君、皆も……その、よ、よろしく」

照れたような顔で僕を見つめる彼女の表情は今まで見たことがないほど、とても可愛《かわい》らしくて、
そして綺麗なものだった。

6章　長老会

Chapter 6

「そうやって紆余曲折《うよきょくせつ》の末に今トーワ君とボクって付き合ってるんだよ？　ずっと前から見守ってた人とついに結ばれたんだよ」

「リズ……それ、昨日から何回目だ……？」

呆《あき》れた様子でアイリが口を挟む。

いや、これは何回話しても話し足りないよ。

興奮と高揚で全く眠れなかったボクはその間ずっと皆とお喋《しゃべ》りしていたのだった。

「というか見守ってたって物理的にですよね？　ストーカーですよそれは……」

「何かあったら危ないじゃないか」

「傍《はた》から見たら、お前がダントツで危険人物なんだが……」

ジト目でボクを見るアイリとシルヴィ。二人とも引いているようだけど、そんなにおかしいかな？

確かに少し怪しかった気はするけど、トーワ君に何かあってからじゃ遅いんだよ？

「あっ、待って！　もちろんトイレや水浴びなんかはさすがに見てないよ？」

「当たり前だろ……シルヴィじゃあるまいし」

「え？」

「ちょおお⁉　じ、冗談ですよ⁉　アイリさんなりのジョークです！　あはははは、いやですねぇアイリさんったら、そんなことするわけないじゃないですか」

「だ、だよね……よかった」

　この手をシルヴィの血で汚さないでよかった。

　隣でミーナは寝ちゃったけど、アイリとシルヴィは何だかんだで付き合いがよくてずっとボクの自慢話のような会話に付き合ってくれていた。ミーナもぎりぎりまで起きててくれてたんだけどね。

　ちなみにだが、トーワ君は隣のテントで眠っている。昨日は色々あったから熟睡していると思う。多少騒いだくらいでは起きないかもしれない。

「……ん、まだ話してたの？」

　ミーナが目をぐしぐしと擦《こす》りながら起きた。

　身体《からだ》を猫のように伸ばして凝りを解《ほぐ》している。

「リズさん、ずっと同じ話してるんですよね……まあ気持ちは分かりますが」

「だってトーワ君と付き合えたんだよ？」

「それは分かった……でも、眠くないのか……？　いやまあ、アタシも付き合えた日は似たようなテンションだったけどよ」

　アイリも欠伸《あくび》をしながら言ってきた。

　確かに今日は徹夜という形になったし、さすがに眠いだろう。

　しかし「気持ちは分かる」と、言ってくれる仲間たちには感謝したい。

「というか全員夜這《よば》いを期待して、一睡もしてなかったような……」

シルヴィが苦笑い。そうだったんだ……その辺りはさすが皆歴戦の処女って感じだ。

そうだよね。期待しちゃうよね。分かる分かる。

うんうんと深く頷《うなず》いた。

「ごめんね。でも無理に付き合わなくてもいいんだよ？」

しかし、ボクの方は眠れる気が全くしない。なんなら不眠不休で何日も戦える気がする。

それもこれも最近の懸念が全部上手《うま》くいったからだろう。

アイリが「寝ようとしたらお前に起こされるんだが……」と、苦笑いを浮かべていた。

「眠れないなら、あれやります？」

「？　あれ？」

ボクは首を傾《かし》げる。アイリとミーナもあんまりピンと来ていないようで首を傾げていた。

そんなボクたちを見てシルヴィが高らかに告げる。

「それではこれより、銀翼《ぎんよく》会議を始めます！」

あーこれか。

このノリ懐かしいなぁ、銀翼会議。シルヴィが大事なことを話し合うなら大仰《おおぎょう》なくらいが丁度いいってことで名前をつけたんだよね。

今何回目くらいだっけ？

そんなことを考えるボクの隣でミーナがスッと手を挙げる。

「……議題は？」

よくぞ聞いてくれた！　とばかりにシルヴィがスッと立ち上がった。

「私が四番目という話ですが」

「本気。解散」

眠そうな顔で即答しこの場からそそくさと立ち上がるミーナの袖《そで》をシルヴィが慌てて掴《つか》んだ。

「服が伸びる、離してほしい」

「お願いします！　なんで私にだけそんな冷たいんですか！　寂しいじゃないですかぁ……」

涙目で訴えるシルヴィに折れたのかため息をつきながら再び席に着くミーナ。

なんだかんだ優しいなぁ。

「けど、順番に関しては確かに話したいことだね。そりゃボクだって一番になりたいけど、それじゃあ皆は納得しないだろう？」

「付き合った順番で言うならリズが最後だしな」

出会ったのはボクが最初だけどね。

しかし、そういうことならボクが四番目になるだろう。それはそれで悔しいな。

「皆さんだって心配事とかあるんじゃないですか？　この際、そういうのを話し合いましょうよ」

あ、復活してる。

けど心配事か……確かに多い。

ミーナやアイリも同じだろう。

折角だし、自分のことを聞いてみようかな。

手を挙げると「はい、リズさん！」とシルヴィに勢いよく指名された。

「昨日少し話したよね？　それでさ、その時からトーワ君と妙に視線が合ったんだけどさ……こ、これってお誘いなのかな？　恋人同士のマナーっていうの？　分からなくてさ」

子供の頃《ころ》は里に引き籠《こも》ってたボクは、世間のそういった事情に疎《うと》い。もしかしたらこれはトーワ君からの何かしらの誘いだったり……な、なんて。と、皆に尋ねるけど、それぞれが微妙な顔をしていた。

「……まさかリズも拗《こじ》らせていたとは」

「うん？」

言われた言葉の意味が分からない。

ボクが首を傾げると、ミーナがやれやれとため息をついた。え、なに？

ボクだけが分かってないという疎外感を感じながら説明を求めるようにミーナを見る。

「恋人になってすぐに距離が縮まるというわけではない」

「……そうなの？」

「付き合い始めだとお互い緊張したり恥ずかしかったりで上手くいかないことも多い。視線が合うのは意識し合ってるからだと思う。私も最初はそうだった」

「なるほど……」

ミーナに諭されて、今更ながら客観的に自分を見れた気がする。

分かる気がする。ボクもトーワ君の顔を見るとドキドキするし、前より自分が駄目になってるという感じがした。言われてみればって感じだけど、今まで処女仲間だった年下のミーナに人生の先輩のように言われると何とも言えない違和感があった。ミーナが先輩か……すると二人の進展はどうなのか気になってくる。

道中でも相談されたけど、里に来てからはどうなんだろう？

「ミーナはその……トーワ君とどこまで進んでるの？」

顔が熱くなるのを感じるのを無視して尋ねた。自分で聞いておいてなんだけれど、いざ口に出すとなると結構照れる。

するとミーナは目を逸《そ》らしながら俯《うつむ》きボソッと答えた。

「耳掃除」

「他《ほか》には？」

と、尋ねたところミーナは耳をへにょっとさせて「……まだ」と答えた。

落ち込むミーナだったけど、それをアイリが「気にすんなよ」と慰めていた。

「トーワさんは優しいですけど、その分奥手な方ですからね」

「いやいや、シルヴィは何も分かってないよ。そこがいいんじゃないか」

ストー……、いや違う違う。普段見守ってた頃からトーワ君には手をかけさせられていた。

いつからか、それがボクの日々の活力になっていた気がする。

「大好きな人を支えるのが女の喜びだよ。また見守りたいなぁ……」

「……リズはトーワをストーキングしていたの？」

ミーナが引いている。

いやいや、ミーナには言われたくないよ。聞けば、トーワ君に貢いでるらしいじゃないか。

無理やり押し付けるのはよくない。

「……ふむ、しかし仮にそうだとしても、リズの行動の正当性を証明するものではない。ストーキングはよくないこと。私でも分かる」

「ミーナこそ、男の人に貢ぐなんて不健全だ」

「羨《うらや》ましいくせに」

「羨ましいよ!!」

あ、羨ましいんだ……みたいな目をシルヴィとアイリが向けてきた。

そりゃそうだよ。ボクだってトーワ君にプレゼントしたい。尽くしてる感じがなんか良い。

「ま、いいんじゃねーか？　のんびりアタシらのペースで進んでいこうぜ」

そう言って朗らかに笑うアイリだった。

なんだろう。そのアイリの態度には不思議と余裕が見える。優越感さえ感じ取れるほどだ。

まさか二人の間で何かボクたちにはない進展が……？

そう考えた時、思い当たることがあった。

アイリの余裕の理由は……恐らくはボクの目撃したあの時のことだろう。

「アタシはトーワとキスしたぜ？」

「なっ!?」「みっ!?」

ピシャッと皆の後ろに心の衝撃を具現化した雷が落ちた幻影が見えた。

シルヴィが横で「ま、まさか無理やりですか!?」と失礼極まりないことを言っている。それを聞いたアイリがシルヴィの脇腹《わきばら》に手刀を入れていた。

ミーナが悲痛な顔で動揺を隠しきれず、震える声でアイリに問う。

「い、いつ!?」

ここまで激しく動揺したミーナをボクは初めて見たかもしれない。それだけ彼女の中で重要なことだったのだろうけど、アイリは容赦なくミーナに答える。

「里に来てからだな。トーワから誘ってくれたんだ」

ふふん、と自慢気に腕を組むアイリ。その巨乳が挑発するように腕に乗せられている。

くっ、ボクたちの中で一番大きいサイズのくせに……もぎ取ってやろうかその淫《みだ》らな脂肪の塊……。

「ま、アタシがリードってところだな。精々ミーナが耳掃除止まりくらいだろ？　トーワの一番はこりゃあアタシか？」

アイリが珍しくこちらを挑発してくる。それだけ、トーワ君のことは譲れないという意思表示だろうか。

だけどそれならボクだって……。

「分からないよ？　トーワ君は、〝ボクの〟ファンらしいし」

思わず強調してしまった。

ムッとした表情のアイリが対抗してくる。

「それを言ったらアタシだってあいつの好みだろ……？　ったく、〝アタシみたいな〟顔が好きってほんと頭おかしいよな」

しん……っ、と静寂が降りてきた。

数秒ほどの間の後、目が合い火花が散った。

「え、なに？」

「なんだよ？」

「喧嘩《けんか》売ってる？　買うよ？」

こきっ、と拳を鳴らした。

しかし、アイリも負けじと「売ったのはお前からだろ？」と、その瞳《ひとみ》を鋭く光らせる。ボクも睨《にら》み返した。

「勝てるとでも思ってるの？」

「トーワは暴力を振るう女ってどう思うんだろうな？」

ミーナが「トーワの一番は私」と空気を読まずに参戦してきたことで、もうてんやわんやだ。

控えめにシルヴィも「私も……」と恐るおそる手を挙げている。

その手をボクが叩《たた》き落としたことで悶絶《もんぜつ》していた。

「そもそも顔の造作はボクが一番おかしくないかな？」

「それを言うならアタシだって似たようなもんだろ」

「しいて言うならだよ。否定はできないだろう？」

バチバチと火花を散らしているとミーナが不意に「そもそも」と言ってくる。

「美醜の価値観は主観的なもの。リズが満点の不細工だとしてそれがトーワにとっての満点である保証はない。もしかしたら九十点くらいの不細工が好きかもしれない」

「……そりゃないだろ。トーワは不細工な方が好きだろうしな」

「それを決めるのはトーワ」

アイリが考え込む。

確かにボクたちにトーワ君の価値観を知る術《すべ》はない。

「一旦自分に都合のいい考えは捨てようぜ。まず顔は誰が一番ブスだと思う？」

客観的な意見がほしいということか。しばらく皆で考え込む。

判断しづらいな。しかし、ここはやっぱり――と思っているとミーナが面白くなさそうに口を開いた。

「悔しいけど……恐らくはリズ」

「甲乙つけ難くないですか？　確かにリズさんの顔はちょっとした兵器レベルですけど」

いや、そこはボクも否定はしない。

有象無象《うぞうむぞう》の評価なんかより、トーワ君に好かれることが第一だから喜ばしいことだった。

むしろ誇らしい。

「胸は？」

「一番小さいのは私」

「小ささは関係ないだろ。大きいのはアタシだ」

「前にトーワさん形重視って言ってませんでした？」

形か……そこの詳細はボクは聞いていないな。それに胸に関してはボクも含め皆の情報が少ない気がする。

「トーワが一番心を許しているのは私な気がする」

「馬鹿《ばか》言うなよ。それこそ都合がいい考えだ」

もう収拾がつかない。

同じく埒《らち》が明かないと思ったのか、シルヴィが発言した。

「じゃあ、トーワさんに判断を委《ゆだ》ねるのはどうかなって……トーワさんが一番好きな人は誰なのかっていう……」

確かにそれは良い案かもしれない。トーワ君の意見を聞くのは大切だと思う。

だけど、もし仮にそれでボクが選ばれなかったらと思うと怖い。

「ありだな……」

と呟《つぶや》いたアイリ。

ぱんっ、と彼女が膝《ひざ》を叩いて立ち上がった。

「よし！　トーワにアタシたちの中で誰が一番好きなのか選んでもらう……ってことでいいな？」

アイリの言葉に皆が首肯する。

「でもどうやって決めてもらうの？」

と尋ねた。

アイリは「直接聞くしかねーだろ？」と答える。

「もし選んでもらえたら、初体験はその人ってことでいいんですかね？」

「……いい、恨みっこなし」

ミーナに続いてこちらも頷きを返した。何でもない風を装ったけど……大丈夫だろうか。ボクはまだ付き合ったばかりだからちょっと自信がない。

だけど、自惚《うぬぼ》れかもしれないけど、自分が一番彼を想ってると思ってる。その直感を信じよう。

◇

ちょっとした悩み事を考えている昼時のこと。リリーラさんに関してだ。

やっぱり早いうちに挨拶《あいさつ》に伺った方がいいよね。

適当に散歩がてら、その辺りを散策しているとシルヴィさんがいた。

丁度いい。相談してみようかな。リリーラさんのことだけじゃなく皆にも親しい人がいるなら報告くらいはした方がいいだろうし。

「シルヴィさん、ちょっと相談が――」「トーワさん!!」

僕の言葉を遮るように大声で叫んできた。ここまで勢いよく声をかけられるのも珍しい。

ギクシャクと左右の手と足を同時に出しながら進んでくる。

「あ、す、すみません。トーワさんから……どうぞ」

「ああいや、そっちからでいいですよ」

「い、いいですかね？」

うん、と頷いた。なんか切羽詰まったものを感じるし。とりあえず不思議に思いながらも彼女の言葉を待つことにした。

するとシルヴィさんは一度深呼吸をして息を整えて口を開く。

「トーワさんから見て、私はどうですかね!?」

「？　どう？　とは」

彼女は淑女然とした態度で髪をかきあげた。

優しく微笑《ほほえ》んでいる。なんかちょっとわざとらしい気もするけど。

「私たちが最初に出会ったんですよね」

「え？　いや、順番で言うならリズさんじゃないですか？」

「あ、あぁ……そうでしたね。えーと、それでも私とトーワさんの出会いから全《すべ》てが回り始めた気がしません？」

「……なるほど？」

まあ、皆と知り合いになれたのはそれが始まりだった。

僕は「きっかけはそうかもしれませんね」と肯定する。それを聞いたシルヴィさんが我が意を得たりとばかりに勢いづいた。

「で、ですよね！　これはもう運命？　じゃないですかね？」

シルヴィさんの勢いに押されるが、しかし、僕にはいまいち状況が呑《の》み込めなかった。

え、待って待って、なにこれ。何のアピール？

訳も分からずに戸惑っているとシルヴィさんはさらに続けた。

「それとシークレット情報なんですけどね……わ、私が一番色白なんですよ」

「……真っ白ですもんね」

エルフという種族的な違いなのか、彼女の肌は雪のような白に近く本当にシミの一つすらない美肌だった。近くで見ると、触れなくてもとても滑らかだというのが分かるほどだ。

しかし、他意はなかったんだけど、シルヴィさんが微妙に傷ついた顔をする。

「あ……すみません、一応僕にとっては褒め言葉だったんですが」

これ、こっち基準だと駄目らしい。

いまだにこういうところに気を使えないのは良くないとは思うけど、今のはシルヴィさんから誘導してきたし仕方ないのでは。

いや、言い訳は良くないな。もう一度謝っておいた。

「いっ、いえいえ、今のは私の言い方が悪かったです。それでですね……そ、それを加味すると、私が一番不細工だと言っても過言じゃないかもしれませんね」

「どうなんですかね……？」

「銀翼で一番不細工なのは私です！　トーワさんは誰が一番不細工だと……美人だと感じてるんですか？」

「あの……その聞き方はさすがに答えにくいんですが……」

なんか言い回しがややこしいな。

僕にとっては誰が美人に見えるかって、一番不細工な人を選べってことになるのか。それはちょっと良心がズキズキするというか……色々な価値観が邪魔をして答えられない。

少しの葛藤。いや、やっぱり無理だ。不細工好きを公言しておいて今更だけど、好きな人にそんなハッキリとあなたが一番不細工ですよ、とは言いづらい。

逆に美人だと断定するにしても、やはり好きな女の子に優劣をつけることはしたくなかった。

「待ってください。そもそも何の話ですか？」

事情と状況がよく分からないから説明は聞きたいところだ。

「まず聞かせてください！　私って不細工ですよね!?　目なんてすごい二重ですよ！」

「お綺《き》麗《れい》ですよ」

「そ……そうじゃなく、あいや、そうでした……。待ってください……な、何かややこしくなってきました。えっと、トーワさんの価値観的には私たちって不細工じゃないわけじゃないですか？」

「そうですね」

「何か明確な基準とかってあったりします？　性癖というか……ちなみに私どれだけ食べても太れない体質なんですよね。いや～参りましたよ」

ちょこちょこアピール挟んでくる……本人には悪気ないんだろうけど、それたぶん僕の世界だとダース単位で同性からの恨み買いますよ。

「涙拭《ふ》いてください……けどそうですね……銀翼の皆はかなり好みなんですけど……あと個人的

に強い女性は尊敬できるなって思ってたり」

　するとシルヴィさんが「ハッ」と何かに気付いたような仕草をする。

　それからあくどい顔でこっそり耳打ちしてきた。ふわりと甘い匂《にお》いが鼻腔をくすぐる。そして、シルヴィさんの柔らかい吐息が耳にかかった。彼女の女性らしさを意識させられたけど、ニタリと口元を歪《ゆが》めるその邪悪そうな笑みを見て我に返る。

　あの……怖いんですけど。

（実は誰が一番強いかで揉《も》めてるんですよ）

（え、そうなんですか？　というかなんで小声で？）

　僕の疑問には答えずシルヴィさんが周囲を見てから強調してくる。

（どんな相手だろうと私の弓術に掛かれば遠距離から一発ですよ！　触れもしない距離から相手を一方的に弄《もてあそ》んで蹂躙《じゅうりん》できますからね！）

（言い方が……）

　ふふふと笑うシルヴィさん。

　幻聴でげへへって聞こえてきそうだ。

（分かってますよね？　トーワさん、私銀翼のリーダーですよ？　皆のトップをやってますからね？　ですから、ね？）

　シルヴィさんが意味深に微笑むとシャドーボクシングみたいに拳を空中に突き出し始めた。

　その動きは弓とは関係ないのでは……？

（トーワさんは皆が傷つかないように遠回しに私が一番だと言ってくれればいいんです。いいですか!?　遠回しに言ってくれればいいんです！）

とりあえず、強さならシルヴィさんが四番目だろうか。シャドーをしてこっちをチラチラ見てきている彼女には申し訳ないけど、強弱という意味ならあまり強いイメージはない。確かに遠距離なら弓がメイン武器のシルヴィさんが一番なのかもしれないけど、正直見たことがないからピンとこないしね。

次点がアイリさんかミーナで迷うところだ。

一見アイリさんの方が強そうに見えるけど、ミーナは毎日魔物狩ってるのを知ってるしな。

けどまあ強さで言うならやっぱり――

「ちょっと待ったぁぁ!!」

突然の声に振り返るとそこにはアイリさん、そして、リズさんとミーナがいた。

いつの間にか近くまで来ていたらしい。

「シルヴィ……抜け駆けは許さない」

ミーナが「ふーっ、ふーっ」と呼吸を荒く乱し、まるで野生の小動物が威嚇《いかく》するような声を出している。

そうして荒々しく近づいてくるアイリさん、ミーナ、リズさんの三人。その迫力に僕はたじろいだ。

「トーワはアタシの顔どう思う!? アタシより醜い女なんてそうそういないぜ? む、胸だって……」

「……格好いい美人さんみたいな」

でも胸は持ち上げないでほしい。アイリさんのは大きすぎて、本当にどこに目線をやっていいのか分からなくなる。

「待って！　顔ならボクだって自信ないよ！」

リズさんがぐいっと顔を寄せてくる。傍で聞いてる分には謎のアピールだ。

まつ毛長いなぁ、なんて思っているとミーナも負けじと発言した。

「トーワ、よく考えて。先日の狩りでは巨大なタイラントスネークを持ってきた。そのことも考慮してほしい」

「ああ、あの蛇みたいな……」

すごい怖かったんだけど。

ミーナ、よくあれ倒せたよね……。

蛇だから食すのには勇気が必要だったけど、味は鶏肉みたいな淡白な味で塩で味付けしたら絶品だった。

「あんな小物ボクだったら指先一つで倒せるよ！」

「力だけでどうにかなると思うなっての、こういうのは技術もいるんだよ！」

議論が白熱してきた。僕は慌てて「一番ならリズさんじゃないですかね？」と告げる。

皆が目を丸くして口をあんぐりと開けてしまった。

リズさんに至っては「え……」と、驚きで身動《みじろ》ぎすらしなくなってしまう。

その様子にシルヴィさんが焦りながら僕に駆け寄ってきた。

「ちょっ、ちょっと待ってくださいよトーワさん！　なぜ!?　なにゆえ!?」

「え、あ、いや……だってやっぱりリズさんのファンですし……本でよく見てましたから」

シルヴィさんの鬼気迫る勢いに若干気圧《けお》されながらも答える。

ちょ、痛いです痛いです。肩に指が食い込んでガクガクと揺らされていた。

そもそも僕は皆の冒険者活動に関してそこまで詳しく知らないんだよね。唯一リズさんの本で彼女の活躍は知っていた。史実だからざっくりと調べたこともあったっけな。だからだろう、強さでは文句なしで彼女以上はいないと思っている。

実際、皆の中でもS級に一番近いのはリズさんらしいし。

「え、ほ、本当に……？」

「ですね」

僕が肯定すると、リズさんは目の辺りをごしごしと手で擦った。

嬉しそうだ。

「えへ……そ、そっかぁ……」

反対に皆はがくっと肩を落としてとても落ち込んでいた。その落ち込みようは本気で悔しがっている様子で僕から見たら少し意外に思えた。

ミーナは「……トーワが選んだなら受け入れる」と俯いてしまった。アイリさんも似たような感じ。

「あの、ちなみになんですけど優劣を競ってたんですよね？」

シルヴィさんが「あっ」と声を漏らした。

「あ、あの、違うんですよ。実は」

「ボクが一番か、嬉しいな……」

シルヴィさんが口を開くと同時に、リズさんが満面の笑みを浮かべた。その笑顔は心底嬉しく思っているようで、なんというか可愛《かわい》らしい。

そんな彼女を見ていると、シルヴィさんが涙目になっていた。結局口を開いたり閉じたりを繰り返し、葛藤した末に結局何も言うことなく膝をついて項垂《うなだ》れた。

　え、そんなショックだった？

「そういえばリズさん、相談なんですけど」

「え、な、なにかな？　なんでも言ってよ」

　一番だと分かったからか、妙に上機嫌だな。

　とはいえ話しやすい分にはありがたい。

「リリーラさんに挨拶したいんですけど」

「母に？」

「はい、ほら、お付き合いの挨拶と言いますか……」

　リズさんが「もちろんだ！」と満面の笑みを浮かべる。

　これで話はまとまったな。

「あ、それとさっき、シグルドさんが用事があるって言ってましたよ」

「？　なぜ？」

「なんか後継のことに関してとか、リリーラさんが寝てたんでまた後で来るって言ってましたけど」

　するとリズさんは「あ」と一言発して身体を強張《こわば》らせた。

「もしかして……何か問題でも？」

　明らかに動揺している。

　そして――。

「わ、忘れてた……」

◇

「は？　付き合った？」

慌てるリズさんについていった先はシグルドさんの自宅だった。

リズさんにとっては父方の親戚という関係だそうだ。

「誰がだ？」

「ボクがですよっ！」

相手は自分だと言うようにリズさんが腕を伸ばしてこちらの袖を摘《つま》まれる。そこで手を繋《つな》いだり、腕に抱きついたりしない辺りはリズさんらしいなと思った。

「そ、そうか……んんっ、いや、すまない。めでたいことだな。だが……」

派手な装飾はないけど、やはり男性の家なのでいくらか大きい岩を使用して造られている。家の前には洗濯物が干されていて生活感が感じられる。

近くに古びた遊具のようなものがあることから、何となく妻子持ちなのかな？　と想像ができた。

彼は突然やってきたにも拘わらず快く出迎えてくれた。しかし――。

「立場上は認められないな」

シグルドさんに僕とリズさんの交際を伝えたところ、少しの困惑の後に却下された。

「シグルドさん、そう言わずに……やっとトーワ君と付き合えたのにそれはないよ……ど、どうにかならないですか？」

リズさんが食い下がるけど、彼は首を横に振った。

「里の人間にとって長老会の決定が大切なものだというのは理解できるだろう？　身勝手な行動は認められない」

「うぐ……だ、だけど……」

「だけども何もない。アグニラ様も同じことを仰《おっしゃ》られると思うぞ」

「くっ……」

　リズさんは不満げな表情を浮かべた。

　確かに、上の人たちが決めたことなら仕方がないかもしれない。それにしても……シグルドさんは反対なのか。出会ったばかりの人だけど受け入れられないというのは少し寂しい。

　聞いた話によれば、長老会は里の祭事や決まりなんかの重要なことを重役の人たちで集まって決める会合らしく、どうやら僕はリズさんの相手には相応《ふさわ》しくないのでは？　とのことらしい。

「僕が弱すぎるのが駄目ってことですかね……？」

「違うよ！　トーワ君はそこがいいんじゃないか！」

　ふんす、とリズさんが鼻息荒く詰め寄ってきた。

「守ってあげたくなるっていうかさ、庇護《ひご》欲が……こう、分からないかな？」

「じ、自分のことなのでなんとも……」

　というか今はそこじゃないのでは。

　リズさんは考え込むように腕を組んだ。そんなリズさんを視界に入れつつ、僕からも頭を下げた。

「あの、僕からもお願いします」

「決められたのが長老たちだからな……」

確か、各分野で功績を残した一番権限を持ってる偉い人たちだっけ。

とはいえ、僕もリズさんと同意見だ。これで諦《あきら》めろと言われて諦められるような半端な気持ちではない。

「うぅー……なんとかなりませんか……？」

唸《うな》るリズさん。そんな彼女を尻目《しりめ》にシグルドさんが口を開く。その声には、先ほどまでの硬さはなく、どこか優しい響きがあった。

彼は優しげに目を細めてこちらを見つめてくる。

「……一応私からも頼んでみよう」

「ほんとですか⁉」

リズさんの顔がパァっと明るくなる。

嬉しそうだ。僕だってもちろん嬉しいけど、そんなに上手いこといくだろうか。

事情は詳しく知らないけど、そんな重要な場での決まりごとがそう簡単に覆るなんてあるのかな。

僕の不安そうな顔を見て察したのか、シグルドさんは困ったように笑った。

「本音では私だってリズに女性としての幸せを掴んでほしいと思ってる。できる限りのことはすると約束しよう。しかし、トーワ君だったか、君が不安そうにしていたらリズだって安心できないぞ？」

「あ、はい……そうですね。ありがとうございます。その長老会には僕たちは参加できないんですかね？」

話し合って認めてもらうなら、そこしかないだろう。

「……聞くだけ聞いてみよう」

◇

「ということで昼過ぎにまた会合があるらしいから、今のうちに何か考えておきたいんだ」

銀翼の皆を交えて僕たちは再び話し合っていた。リズさんから話を聞いてシルヴィさんたちが頷く。

「ああ、どこにいってるのかと思ったらそんなことが」

「はい……。ところで、なんか皆元気なくないですか？」

「あーそれは……」

リズさんが妙に覇気のない皆を横目に見て答えた。

「まあ、しばらく優しくしてあげてよ」

「？　はぁ……」

よく分からないけど大丈夫なのかな。さっき選ばなかったのがそんなに悔しかったんだろうか。

強さに関しては冒険者活動とかで自分を磨いてほしい、くらいしか。いや、僕からもフォローした方がいいんだろうか。

「ん、どうしたの、ミーナ？」

気付けばミーナが僕の傍に寄ってきて袖を摘まれる。

「ん……なんでもない」

なんか久々にくっついてくれた気がする。ちょっと嬉しい。

ほっこりしたところでシルヴィさんが話を戻した。

「それなら、その人たちが勝手に選んじゃったっていう相手の人の説得が手っ取り早いんでは？」

「うーん……もしその人が駄目でも、次の人が選ばれると思うよ？」

それでも無駄にはならないだろう。僕はいい案だと思う。

「後は……トーワを強くするとか？」

「え、何でですか？」

「ほら、次に生まれる子供のことを考えて、身体が丈夫な奴《やつ》がいいって言ってるんだろ？」

「ですね」

「さすがに短期間では無理だけど、そういう実績があるってアピールするのも有効じゃないか？」

ああ、確かに認めてもらいやすいかも。

でも実績って言っても、僕この世界に来てからそんな経《た》ってないしな。

「実績……何もないですね」

なんにもしてない。

しいて言うなら、治療師として活動してるくらいだろうか。

「さっきも言ったけどトーワ君はそこがいいんだ。気にすることはないよ」

何の話ですか、リズさん。

「確かに……トーワが弱いのはとてもいい。守ってあげたくなる」

「あー、そうかもしれません」

ミーナとシルヴィさんも乗っかり始めた。唯一空気を読んだアイリさんが話を元に戻す。

どうするかという話題に再び戻ったところで、リズさんが「あっ」と発言する。

「実績とは少し違うけど、容姿として黒髪は好印象かもしれないよ」

「そうなんですか？」

「うん、龍族の祖先の偉い人に黒髪がいたことがあるんだ」

「へぇ」

容姿か……んーけど決め手には弱いと思う。

あ、リリーラさんから聞いた使徒云々《うんぬん》も使えないかな。治療優先で詳しいことはあんまり聞いてないんだけど、有効かもしれない。

「というかお昼まで時間もないですし、早く行きましょうか。リズさんの相手の方というのはどちらに？」

「母が知ってると思うよ。聞いてこようか？」

「ああいえ、それなら私が聞いてきます。こっちが間に合わなくてもリズさんがいるなら最悪会合には参加できますからね。アイリさんとミーナさんもいいですか？」

「？　アタシたちもか？」

「そうですね。武器は多い方がいいので」

「ふぅん？」

そして、シルヴィさんが続ける。

「相手の方はもう決まってて納得してるんですよね？」

「ん？　どうなんだろう？　詳しくは知らないけど……」

僕が不思議そうにしていると、シルヴィさんはビシッ！　と自分を指差した。

「よく考えてもみてください。私たちほど顔を好ましいと感じるのはトーワさんくらいですよ」

自虐的すぎないだろうか……。あと、似たような顔をしてる皆にもダメージが行くと思うんですけど。

隣にいたアイリさんに引っ叩《ぱた》かれていた。いや、リズさんのためを思って言ってくれてるんだ。

そして、リズさんも真面目《まじめ》に返答する。

「そうだね……でもそれがどうしたの？」

「なら説得は可能なんじゃないかなと……あまり言いたくはありませんがお金で解決とかできませんかね？」

「うーん、物物交換も盛んだからね……どうだろう。外に出る人なら欲しがるだろうけど……たぶん将来的な地位が約束されてるとかじゃないかな？」

「あー……ですが、話さないことには分かりませんよ。ちょっといってきます」

シルヴィさんは彼女なりの考えがあるのか二人を連れてリリーラさんのいるリズさんの実家へと向かっていった。

◇

そうこうしているうちに昼過ぎになった。

巨大な樹木を積み上げた建物が見えてくる。やってきた会合所は少し前にリズさんに案内してもらったので、来たのはこれで二度目だった。

一応シグルドさんに何が失礼か、どうするのが礼儀かは聞いたけど、あくまで大まかにだ。自分がどこかでやらかさないか心配だ。

ちなみに、シルヴィさんたちは間に合わなかったようでまだここへは来ていない。終わるまでに来てくれるといいんだけど……。

「君たちは待っていてくれ。先に私が伺いを立てる」

そう言ってシグルドさんは一人で中に入っていった。

残された僕とリズさんの間には沈黙が流れる。小さな声量で、まるで独《ひと》り言《ごと》のように呟いた。

「どうなるんですかね……」

「……分からない。でもてっきり保留にされて、後から勝手に決められるかと思ってた」

「まあそこは良かったじゃないですか」

しばらく待っていると、奥からシグルドさんが出てくるのが見えたので僕らは慌てて駆け寄る。

「どうでしたか？」

「入室を許可するそうだ。失礼のないようにな」

今すぐなんだ……予定に組み込まれていたとはいえ、急なことだったからそりゃそうか。

僕はリズさんに倣って身嗜《みだしな》みを整えた。

「シグルドです！　神聖なる会合所へ、リズ・ドラグニルと、その交際相手トーワの入室の御許可を！」

中から扉ごしにくぐもった声が聞こえてくる。

シグルドさんは扉に手をかけて開くと中に足を踏み入れた。そしてそれに続いて僕らも中に入る。

「失礼いたします」

室内は薄暗く、蠟燭《ろうそく》の灯《あか》りと窓から入る光だけが頼りだ。しかしそれも僅《わず》かなもので部屋の奥までは見通せない。

そんな中、シグルドさんの声が響く。

「お連れしました」

「うむ、入りなさい」

今度ははっきりと聞き取れた。

長老会と言うくらいだからもっと威厳のある人がいると思ったけど、意外にも優しげな口調だ。

薄暗さにも慣れてきた。視界がはっきりしてくる。上座には一人の男性が座布団にゆったりと腰をかけていた。彼がアグニラさんだろうか？　最長老とも呼ばれる里で最も偉い人だ。

下座には左右に分かれて何人かの老人たちがこちらを値踏みするように不躾《ぶしつけ》な視線をぶつけてきている。

「君がリズの交際相手か」

「はい、トーワといいます」

「うむ……ふむ……ほう……」

僕とシグルドさん、交互に見て何やら思慮深げに呟く。

リズさんが緊張しているのが横から見ていても分かった。

「長老会の皆さま、彼はリズが選んだ男。私は賛成しております」

シグルドさんの言葉で騒《ざわ》めきが起こる。

「あの子がねぇ……」

「まぁ、可愛い子じゃないか……？」

「顔立ちは普通だな、悪くはないが」

「だがあのような若造ではな……」

「シグルド殿、貴方《あなた》は本当にそんな軟弱そうな若者でいいと考えているのか？」

長老たちの矛先がこちらに来た。

シグルドさんは動じることなく答える。

「正直に申し上げれば、反対する理由がありません」

そして、シグルドさんは続けた。

「リズはこれまで巫女《みこ》様のお身体のことを考えて里にも尽くしてきました。そんな彼女がやっと人としての幸せを掴もうとしていることを私は喜ばしく思います」

シグルドさんの言葉に賛同するような言葉がちらほらと上がる。

いい流れだ。

思わず楽観しそうになったが、それでも納得していない様子の人もいるようだ。

「シグルドよ、貴公は随分とその男を買っているようだが……しかし、巫女の後継がいないとなればこの里はどうなる？」

「巫女様からよく彼のことは聞かされていたので……そして元々龍眼を持たなかった巫女様の代でも我々は難を凌《しの》いできました。それならば――」

しかし、シグルドさんの言葉が遮られる。遮ったのはアグニラさんだった。

「その前例があるからと、これからも問題なくやっていけるだろうと楽観視できるものではない。

それにもし万が一、次代の龍眼持ちが生まれなかった場合はどうするつもりなのだ？」

「それは……」

「そもそも勝手はするなと言っていたのに、これはどういうことだ？」

リズさんとシグルドさんが口ごもる。

強い意志を持った瞳でアグニラさんが続けた。

「そうだな……やはり駄目だ。認められない」

「そ、そんな！」

リズさんが悲痛な声を上げる。

僕だって同じ気持ちだった。

「どうしてですか!?　ボクとトーワ君は真剣に付き合っています！　それをどうして認めていただけないのでしょうか!?」

必死な訴え。

しかしアグニラさんは冷徹な声で告げた。

「我らが掟《おきて》を忘れたか？　ここでの決定は絶対だ。異論は認められない」

「それは……でも……」

言い淀《よど》むリズさんを見て、アグニラさんは続ける。

「お前がいくら望んでも無駄なこと。諦めて帰るのだな」

「っ……」

リズさんは悔しそうに俯いた。

「待ってください！」

僕は思わず叫んでいた。

「なんだ？」

アグニラさんの視線が鋭くなる。

「どうか話を聞いてくれませんか？」

僕のことを値踏みするように見つめるアグニラさん。

しばらくしてから彼は口を開いた。

「これは終わった話だ。里の人間の未来とリズ一人の幸福、どちらを選ぶかなど分かり切ったことだ」

「……リズさんだってその大切な里の一人じゃないんですか？」

「無論だ。しかし、覆ることはない」

「なぜですか……？」

「百を生かすために一を切ることも時には必要なのだ」

この人が簡単に物事を決めつける人ではないということだけは分かった。

リズさんが以前言っていたこの里で災害があったという言葉を思い出す。

彼は両親をそこで亡くしたんだったか。だけどそれでも……

「お願いします！」

決死の思いで頭を下げた。

「認めてください！　どうか、お願いします！」

「……なぜそこまでリズに入れ込む？　言っては何だが、リズの女としての器量は良くないだろう」

「僕にとっては違います」

「違う、とは？」

僕は顔を上げて言った。

もう迷いはない。

言うしかないと思った。ここまできたら隠すことなんてできない。正直に伝えよう。それが誠実というものだ。

だから僕は真っ直《す》ぐに彼を見た。そして、伝える。ありのままの事実を――。

「僕ちょっと特殊な性癖というか……美人な人の顔を見ても特に何とも思わないというか」

……だいぶ変態っぽいな。

案の定、会合所の中は騒めいた。

まあ当然だろう。突然、こんなこと言われたら誰だって驚く。

しかし、僕は本気だった。

リズさんを手放すつもりは毛頭ない。だからこそ今更恥ずかしいとか言ってられないし、変なプライドで自分の気持ちを否定するような真似《まね》もしたくない。

あちこちから「可哀想《かわいそう》に……」とか「まだ若いのにな」だの聞こえてくる。中には同情するような目で見る者もいた。どうやら僕は相当変わり者らしい。

それならそれでいいさ。僕は気にしないぞ。

むしろもっと蔑めとばかりに開き直った。

「ふむ……つまりお前は醜女《しこめ》好きということで間違いないか？」

「はい！」

誰に恥じることもないと勢いよく返事をすると、アグニラさんが目頭を押さえた。

「なんと悲しい男よ……」

「えっと、すみません」

「謝ることではない。ただ……不細工が好ましく感じると告白した者は初めて見たものでな」

「そ、そうなんですね」

ちょっと引かれてる気がするけど、別に構わない。

「リズさんは確かにあなたたちにとって美人ではないかもしれません。それでも僕にとってはとても可愛らしい人なんです。一緒にいて楽しいです。それに冒険者として活躍してきた彼女のことは僕も尊敬しています」

「と、トーワ君……ちょっと言いすぎ……いや、嬉しいけど……」

「何より僕は彼女を愛しています」

「うぐ……ッ」

隣でリズさんが俯いている。

ちょっと語りすぎただろうか、後になって恥ずかしくなりそうだ。

「……ほう」

「だからどうか認めてくれませんか？」

「…………」

アグニラさんはしばらく黙っていたが、やがて口を開いた。

「……しかしだな、感情論ではどうにもならないことなのだ」

「う……」

それは分かってる。しかし、僕は食い下がった。

必死の思いで訴える。そんな時だった——。

「お待ちください！」

会合所の扉がバンッと開かれ、そこから入ってきたのは……。

◇

「……リリーラ？」

アグニラさんが驚きの声を上げる。

そこに立っていたのは母と銀翼の皆だった。

突然のことにボクは驚愕《きょうがく》していた。隣のトーワ君も同様だ。

母は凛《りん》とした表情で室内を見回した後、アグニラ様の方を見て言った。

「お許しください。しかし、娘のことなら私も無関係ではありません」

そういって頭を下げた母を、アグニラ様は目を細めて睨んだ。その威圧感はすさまじく、普通の人であれば身を縮こまらせるだろう。

だけど母は違った。その目線をものともせずアグニラ様に視線を合わせていた。

それからしばらくした後、先に折れたのはアグニラ様だった。

「……はぁ、リリーラよ、体調の方は大丈夫なのか？」

「はい、トーワ様に治療していただきました」

「……治療？　いやしかし」

そこで言葉を止めると、今度はトーワ君に視線を向ける。

その鋭い眼光にボクは思わず息を呑んだ。

「その御方は使徒様です」

「へっ？」

トーワ君が使徒？

その言葉に反応したのはこの場にいる全員だった。口々に疑うような、訝《いぶか》しむような発言が聞こえてくる。

ボクも思わず彼を見た。

「何を言ってるんだ？」

アグニラ様も困惑しているようだ。

それはそうだ。ボクだって驚いている。龍族と使徒様は浅くない関わりがあったし、トーワ君が神様に選ばれた人で、そんな彼とボクが一緒にいるだなんて信じられなかった。

母はそんな皆の反応を無視して話を続ける。

「アグニラ様、少し私の話を聞いていただけないでしょうか」

「しかしだな……」

「お願いします」

有無を言わせない迫力だった。

「……聞こうか。彼が使徒様であるということだが……しかし、それを証明することはできるのか？」

「はい」

母の言葉を聞いてアグニラ様は苦々しい顔をしていたけど、一応納得してくれたみたいだ。

それにしても証明しろって言われても……。

そう思いながらチラッと母の方を見ると目が合った。

任せてくれといった感じでアイコンタクトをしてくる。

「まずトーワ様の毛髪ですが、女神様の遣わせた御方は黒髪の人物が多いというのは御存じでしょうか」

母の言葉を反芻《はんすう》しながら考える。そういえば聞き覚えのある話だ。ボクの髪の毛にも黒が混ざっているのは過去の使徒様の髪の毛が黒かったから、中途半端に先祖返りした結果だと言われている。人の毛髪は自身の持つ魔力と混ざると変色してしまう事例が多い、とかなんとか。確かに使徒様の特徴と一致するかもしれない。

でもそれだけでは足りないんじゃないかと思うんだけど……。

ボクが不安げにしていると、母は更に続けた。

まるで大丈夫だと安心させるように優しく微笑みかけてくれる。

「使徒様の毛髪は書庫にも保管してある……確かにその通りだが、しかし、絶対ではないだろう」

母は「それだけではありません」と、次にボクを見た。

「娘の言葉なのですが、トーワ様には過去の経歴が存在しませんでした」

「……それは誠か？」

過去を遡れなかったのは異国から来たのではなく、それ以前に彼がこの世に存在していなかったからなのではないかと。

すると、さっきまで渋っていた様子とは一変して、アグニラ様の顔つきが変わった。どうやら何か思うところがあるらしい。

ボクたちはそのことに驚きながらも黙って見守るしかなかった。

そして、母は重々しく口を開いた。

「さらに私を治すことができるほどの特異な回復魔法を使用できます」

母の話を聞き終えた後、部屋の中には静寂が訪れた。誰も何も発することなく、ただじっと視線を交わしている。

それから口火を切ったのは母だった。

トーワ君に対して深く頭を下げる。

「トーワ様、まずは謝罪させてください。御身が訪れられた時、龍眼を用いてあなたのことを知ろうとしました」

「……そうなんですか？」

ボクも驚いた。

母が彼に対してそんなことをしていたなんて。

龍眼は未来を予見する力だ。トーワ君の未来を知ることでどんな人物かを測ろうとした。それはこの里では固く禁じられている使い方だ。

「咎《とが》はこの後如何様《いかよう》にもしてください。しかし……あなたに関連する未来は断片だけ。ほとんどの光景を見ることができませんでした」

真剣な表情でトーワ君を見つめるその姿からは、今まで見たことのないような強い意志を感じた。その視線にトーワ君は少し戸惑ったようだったけど、それでも目を逸らすことなく真っ直ぐに見返した。

「それはあなたがこの世界の人間ではないからではないでしょうか」

しんと会合所が静まり返る。

あちこちから「まさか本当に……？」と囁《ささや》く声が聞こえてきた。

それからしばらくアグニラ様が考え込むと、母の後ろについてきていたシルヴィがおずおずと手を挙げた。

「あの～、私からもいいですか？」

「誰だ其方《そなた》は？」

「あ、申し遅れました。私リズさんと冒険者として活動を共にしているシルヴィです」

急に現れた見知らぬ彼女に警戒心を強めるアグニラ様。

その視線に僅かにシルヴィはたじろいだが、気を入れ直すようにマイペースに話し始めた。周りの長老たちやアグニラ様も彼女の態度に毒気を抜かれてしまったようだ。

そんな二人を見て母がくすりと笑みを浮かべる。

「彼女のことは娘から知らされています。怪しい人物ではないのでご安心ください」

アグニラ様がひとまず納得したようで「それで？」と続けた。それを確認してからシルヴィは話し始める。

「私たちもこんなことはしたくありませんでした……ですが、私みたいな顔と結婚できますか？と脅し……いや、迫ったところ泣き出してしまわれたようですが？」

……そんなことしてたんだ。

あ、だからアイリとミーナも連れて行ってたんだね。

まだその相手のことはボクは知らされていないけど、三人に囲まれてさぞ恐怖だっただろう……。少しばかり同情したけど、皆は皆でその扱いはいいの？

それからすぐに母が咳《せき》払いをする。

「リズを縛るようなら娘を連れて出ていかせてもらいます。もう戻りません」

母の目は、本気だった。その目に気圧されたのか、アグニラ様は何も言わなかった。

母の戻らないという発言でこの場は大騒ぎになった。当然だろう。里を安定させてきた当代の巫女が後継者を連れて出ていくだなんて前代未聞だ。

「えぇ!?　い、いいの、それ大丈夫!?」

大丈夫、と母は笑った。

「里の未来と、リズの幸せどちらを選ぶか、でしたか？」

そして母はそのままアグニラ様を見据えると言葉を続けた。

「……私は、リズを選びます」

先程までの厳かな雰囲気とは一変した、まるで聖母のような柔らかい口調だ。

ボクも母の豹変《ひょうへん》ぶりに驚いたけど、それ以上にアグニラ様は驚いているように見えた。

やがてアグニラ様が口を開く。

「……最後に聞かせてほしい。トーワ殿、貴方は本当に使徒様なのですね？」

「そう、ですね。女神様には会ったことありますけど……」

その問いに対して彼は複雑そうに首肯した。

アグニラ様が深々と頭を下げてくる。周りの人たちもそれに続いた。

（リズさん、すみません……使徒ってそんなに偉いんですか？）

こそっと話しかけてきたトーワ君にボクは苦笑いで返すしかなかった。

(龍の祖と女神様の使徒との御子が龍神様なんだ。だからまあ……ボクたちの先祖様の縁者ってことになるかな?)

母が改めて誓いを立てる。

その光景にトーワ君が顔を引き攣《つ》らせていた。

◇

「リリーラさん、ありがとうございます……本当になんて言っていいか」

リリーラさんへのお礼を口にすると、再び僕に深く頭を下げた。

「お気になさらず、当然のことをしただけですので」

それから皆と一緒に会合所を出た。里の中を皆と歩きながらリズさんの実家へ向かった。

「よ、よかった……本当に」

とても嬉しそうな声が聞こえてくる。

リズさんに目を向けると、目の端に薄っすらと涙を浮かべていた。

安堵《あんど》から僕も深く息を吐く。

「これでなんの気兼ねもなく付き合えますね」

「そうだね!」

シルヴィさんが「よかったですね」と笑った。

アイリさんとミーナも嬉しそうだ。

「というか、凄い敬われたんですけど……」

参加してた人たちの態度が百八十度変わっちゃったから驚いた。何だこの若造は？　から、あの豹変はそりゃあ驚く。

僕としては「どうも……」と言って頭を下げるか、軽く手を上げたりするくらいしか対応できずにいた。

退場する時も今晩は歓待するとか言われたけど、必死に断らせてもらった。小市民の僕にとっては、普段通りにしてもらわないと困惑してしまう。

「し、仕方ないよ……トーワ君は使徒様なんだから」

リズさんは少し心配するような様子で「ボクも敬った方がいいですか？」と聞いてきた。

「いや……勘弁してください。寂しいんで普通に話してください……」

そう言うと、アイリさんが「そっか」と少し安堵した様子。シルヴィさんからは「いや、それはそれで美味《おい》しいような……？」とかなんとか聞こえたけどそこはスルーしておいた。

ミーナも頷かなくていいから。

「そ、そう？」

うん、それが一番いいと思うんだ。

それに僕は何かしてきたわけじゃない。

別にそこまで気にしなくても大丈夫だよ。むしろ、僕の方が緊張するよ。

「逆に僕が敬い始めたら違和感あるでしょ？」

「……いや、最初はトーワ君もそんな感じだったよ」

あ、そうだった。

サインもらう辺りとか似たような感じだったかもしれない。

リズさんは「でも、そうだね」と言って笑った。

「ごめん……実はちょっと寂しかったんだ」

ですよね、と僕も同意する。今まで普通に接してきた人が急に畏《かしこ》まった態度を取るというのは、なんだか落ち着かないものだ。

「リズのことはいいんだが、トーワはこれからどうするんだ？」

「？　どうとは？」

「女神様の使徒なんだろ？　これからこの里で過ごすのか？」

ミーナが「だったら活動拠点は変更する」と口にする。

すると不意にリリーラさんが神妙な感じで口を開く。

「トーワ様」

リリーラさんから聞こえてきたその言葉に一瞬固まる。

だけどすぐに苦笑いした。

「リリーラさん……初日にも言いましたけど、僕としては落ち着かないので最初みたいな感じでいいんですけど」

というか自立したいから突然使徒だと言われてもこの立場は邪魔かもしれない。リリーラさんがショックを受けそうだから言わないけど……。

「申し訳ありません。しかし、女神様の遣わされた方に龍神様の巫女である私が失礼な真似はできません」

「リズもできれば、正してもらいたいのですが……」とそこを譲歩してるから許してほしいということなのだろう。

まあいいか。本人が納得してるならいい。

それより、気になったことが一つある。

それはリズさんの様子だった。なんかこう……ソワソワしているというか落ち着きがないように見える。

なぜだろうか？

「まあいいですけど……それでなんでしょう？」

彼女が頷く。

「そうですね、トーワ様と銀翼の皆さん、それとリズにも聞いておいてほしいことです」

「？　分かりました」

家の中にお邪魔すると、リリーラさんが「今お飲み物を出しますね」と、用意をし始める。

飲み物が配られると、早速ミーナが手を伸ばす。その手をアイリさんが「いきなりは行儀悪いぞ」と叩《はた》き落としていた。

「皆様にお伝えしなければならないことがございます」

そんな前置きからリリーラさんは話し出した。

「トーワ様に関してです」

僕のこと？　一体なんだろう……。

「トーワ様は過去の使徒様と同じく特異な能力を所有されています。そのことについてですが

「……」

そこで言葉を切ったリリーラさんは僕を見つめて続けた。

「トーワ様にこの身に再び命を吹き込んでいただけました」

リリーラさんは「まずは深く感謝をさせてください」と頭を下げた。

しかし、と――。

「〝龍眼〟での未来では私は近いうちに死んでいました。本来なら今頃は動けないほど衰弱していたはずなんです」

「でもトーワ君のおかげでお母さんは良くなったじゃないか。元気そうに見えるけど？」

そういえばそんなこと言ってたな。

血色は以前より良い。

一見して問題はないように思えるけど、何か不都合があったのかと、不安になってくる。

「もしかして何か身体に不調が？」

「いえ、不調はありません」

その言葉に安堵する。それを聞いてリズさんが首を傾げた。

「つまりどういうこと？　治ったならいいんじゃ？」

「違うの。回復するとか、治るとか、そういう話じゃないの」

リリーラさんはそう言って僕を見た。

そして彼女は言う。自分の体に起きた変化について。

それを僕たちは黙って聞いていた。

「未来は枝分かれしています。ですがもう分岐を選べないほど進み、確定した死は避けられません。そういうものなんです。寿命が増えますか？　老いた肉体が若返りますか？　死人が生き返りますか？」

　リリーラさんはコップに入った水を口にする。

　そして一息つくと話を続けた。

「今のは例えですが、トーワ様がしたことはつまりそういうことです。理屈に合わない……あり得ないんです。私のこともですが、リズの龍化にさえも作用するのは、回復という領分を些《いささ》か超えたところにあると感じました」

　真剣な表情で聞く皆にリリーラさんは取り繕うことなく告げた。

「ハッキリ言います。その能力は異常です」

　しかし、すぐに頭を振った。

　そして、深々と頭を下げる。

「失礼しました。こんな言い方をしてしまって。ただ、これは皆さんに知っておいてほしかったのです」

　皆も戸惑っているようだ。

　彼女は、トーワ様、と続けた。

「あなたのそれは〝回復魔法ではありません〟。その力をあまり人前で使うことのないよう、気をつけてください」

7章　リズさんと

Chapter 7

少し空気が重くなったけど、トーワ君が退席したこともあり、そういえばと切り出す。

「この後のことはちゃんと分かってるよね？」

やや警戒気味な声が出る。ずっと考えていたことだ。トーワ君との蜜月を過ごす予定なんだから、多少は気を使ってほしいところだよね。

全員が「うっ」と呻《うめ》いた。

「あら、何の話？」

母が興《きょう》味《み》津々《しんしん》で入ってきた。

この話は母には聞かせづらいな。でも、どうしようか悩んでる間にも母はこっちをキラキラと好奇心満々で見てくる。

ああ、もういいや。言っちゃおう。

「トーワ君に一番だって言ってもらえたからね……まあだからさ、その、分かるでしょ？」

さすがにそれ以上は言いづらかった。それとなく遠回しで話してしまう。

「へぇ？」と楽しそうだ。

「でも大丈夫？　リズはそういうことに対して全く知らないでしょう？」

「……お母さんもでしょ？」

「あら、一応これでも勉強したことがあるのよ」

……怪しかった。というか身についてるかどうかを明言しない辺り、正直胡散臭《うさんくさ》かった。

「あの～」

ボクが訝《いぶか》しんでいるとシルヴィが妙におどおどと手を挙げた。

「なに？　今更撤回は無しだよ？」

「……仮にですよ？　仮にリズさんが一番じゃないってなったらどうします？」

「シルヴィ……未練がましいよ？　今日のところはボクに譲る約束だろう？」

「うぐ、そうですね……すみません」

そう言って納得してくれたシルヴィ。まだ何か言いたげだった。なんだろう？

「うぅ、嫌です。凄《すご》く嫌です……」

「そんなにボクとトーワ君が仲を深めるのが嫌なの？」

「めっちゃ嫌です！」

いっそ清々《すがすが》しかったし、ここまで言われるとは思わなかった。

「リズさんだって、私がトーワさんと睦《むつ》み合ったら絶対嫌でしょう？」

「泣くと思う」

「そういうことですよ！」

おんおんとわざとらしく泣き声をあげるシルヴィを、ミーナとアイリが何とか宥《なだ》めていた。

「あの、それなら私も銀翼《ぎんよく》の皆さんと親睦を深めたいと思うんですが」

すぐにこちらを気遣ってくれてのことだと分かった。

頑張ってね、と母が言ってきたことで一気に意識する。そうだ、ボクはこの後トーワ君と致しちゃうんだ。

あ、本当にどうしよう！

何か心臓がばくばくしてきた。好きな人と結ばれるってやっぱり特別だよね……そう考えるとますます緊張が増してくる。

「わっ、ご、ごめんお母さん」

緊張のあまりふと力を込めすぎた木製のコップを握り潰《つぶ》してしまう。弾《はじ》けるような勢いで飲み物がテーブルに零《こぼ》れてしまった。食器を壊したことを咄嗟《とっさ》に謝る。

皆が「相変わらずの馬鹿力《ばかぢから》……」と呆《あき》れていた。

「身体《からだ》の調子、戻ってないのか？」

「んー、そうかも。ちょっと力の調整が上手《うま》くできない感じはあるんだよね。前よりは調子がいいからその内戻るとは思うんだけど……」

「……そういや普通にやるのって大丈夫か？」

「？　なにが？」

「お前の力だとトーワ折れるんじゃねーかなって」

失礼な、とは思いつつも否定は全くできない。飛び散ったコップの木片がアイリの言葉を肯定しているようだった。

「……そうかも」

どうしよう、万が一にもトーワ君を傷つけたくないし、失敗したくもない。そんな事態になったら一生後悔する気がする。

でもどうしよう、力を使わなければいいんだけど彼との行為で力が入らないとか無理なんじゃないかな。強張《こわば》ったり、気持ち良かったりした時に無意識に力を込めちゃうんじゃないかな。

するとアイリが閃《ひらめ》いたとばかりに口を開く。

「拘束したらどうだ？」

「アイリは変態」

アイリの言葉にミーナが突っ込んだ。

「ちげーよ。咄嗟に掴《つか》んだりできなけりゃさすがにトーワを傷つけたりなんてできないだろ？」

なるほど……ちょっと変態チックなプレイになるけど悪くはない。

するとシルヴィが鞄《かばん》から何かを取り出した。

「一応魔鉄鋼の拘束具ならありますけど」

「……なんでそんなの持ってるの？」

いや、装飾やデザインが若干いかがわしいお店で使うようなのに見える気はするけど、野盗に襲われた時用に縄や拘束具なんかの類は持ち歩いている者も多い。

たぶんそういうことなんだと思うことにした。

「丁度、街の商店で取り扱われていたので。サイズもあってましたし」

ほら、とシルヴィが自分の手に合わせる。

……自分用なんだね。いやいい、この際野暮なツッコミは無用だろう。

「……一応借りてもいい？」

◇

「すみません、説明されたのにトイレの場所よく分からなくて迷ってました……あれ、どうしたんですか？」

リリーラさん以外の四人の様子がなんとなく緊迫しているような気がする。

リズさんが「うん、ちょっと待っててね」と言いながら隣のテントへと僕を連れ込んだ。

何か話があるのかな。僕はキョロキョロと辺りを見回す。

リズさんが深く息を吸い込んでいるのを見て、酷く緊張しているのだなと分かった。そして、彼女は勢いよく頭を下げた。

「と、トーワ君！　実は……お、お情けをもらえないかなって！」

「はい？」

何を言っているのか全く理解できなかった。

お情け？　えっとどういうことだろう。

そんな僕の考えが声に出ていたのだろうか、彼女は慌てて顔を上げた。

「み、皆と相談して決めたんだ！　それでボクが最初だってことで……ど、どうかな？　もちろん嫌だったら断ってくれても全然いいんだけど……」

リズさんの言葉が尻窄《しりすぼ》みになっていき、いつの間にか祈るように手を組んでいた。

彼女の顔には不安がありありと浮かんでいて、とても真剣なのだということが理解できる。だったら僕も真面目《まじめ》に答えないといけない。きっとここは大事な分岐点だ。

「……嫌じゃないですよ」

「本当!?」

リズさんは嬉《うれ》しそうに涙まで浮かべて飛び上がった。そのまま押し倒され、覆いかぶさるように抱きついてくると「ドキドキしてる……」と伝えてくる。

　初めてだらけの出来事に緊張してきた。

　顔を上げると彼女と目が合い、吸い込まれるような瞳《ひとみ》に見つめられて体が熱くなる。ふと抱き締めると「ふぇ？」と間の抜けたような声を発していた。

　……可愛《かわい》い。

「大好きですよ。リズさん」

　そう言って頭を撫《な》でた。

「ふあ……っ」

　彼女は目を細めて気持ち良さそうな表情を浮かべている。

　もっと触れたい。そんな欲求が芽生えてきて、背中を指先でなぞってみた。ビクッと反応する彼女を見て悪戯《いたずら》心がくすぐられる。

　今度は頬《ほお》に触れてみると潤んだ目で見つめられた。

「リズさん？」

「ごめん……」

　するとリズさんは突然口の中を貪《むさぼ》るように唇を合わせてきた。あまりの激しさに呼吸をすることも忘れてしまう。

「んむぅ……ぷぁ、ちゅ、れろぉ……っ」

　彼女は唇から舌を差し込んで口内を犯していく。

　愛し合うという感覚に、頭がぼーっとした。

「はぁ……はぁ、トーワ君、好きぃ……好きなんだ。もう我慢できないよぉ」

「リ、リズさん、落ち着いてください。僕も嬉しいですけど……むぐっ」

再び舌を入れてくるとリズさんは唾液《だえき》を飲み干すような勢いで僕の口内を貪った。歯茎を舐《な》め回し、体液を啜《すす》る。

「んむっ、は、ん……はっ、むっ」

次第に彼女の表情がトロンとし始めた。蕩《とろ》けた顔を見せるリズさんに、僕自身も興奮が高まっていくのを感じる。

「んぅうっ!?」

ほんの僅《わず》かに僕からも舌先を吸うとびくんと身体ごと跳ね上がらせてリズさんは大きく反応をしてきた。恥ずかしそうに顔を赤くするリズさんの目には涙の膜が張られ、こちらの嗜虐《しぎゃく》心を煽《あお》ってくる。

「トーワくん……もっと、してぇ……」

リズさんは甘えるような媚《こ》び声を発すると、僕の身体に腕を回してきた。長い手足でこちらの身体を離すまいとロックしてきた。

「あ……」

「?」

その時ふとリズさんが動きを止めた。何か不手際があったのかと不安になったけど、彼女はやや気まずそうに提案してくる。

「あ、あの……トーワ君さえよかったら……拘束とかしてみない?」

「………」

自分の顔が引き攣《つ》るのをこれでもかと感じた。

リズさん、そういう趣味だったのか……いや、大好きな彼女の性癖を受け入れるのも彼氏の役割だろう。理解は示してあげたいところだ。

とはいえ、拘束、うーん……拘束か……。

「し、シルヴィの！　シルヴィのだよ⁉」

リズさんは慌てた様子で鞄から拘束具を取り出した。

「こ、これでボクを拘束してほしいんだ。ほらっ、ボクの力だとトーワ君を傷つけちゃうかなって思って」

「あー……なるほど？」

拘束するってリズさんをか。

一応は納得した。確かにリズさんの力だと僕の身体は小枝のようにへし折れるかもしれない。

◇

「……まさか初体験がこんなアブノーマルな感じになるとは……」

トーワ君が拘束具を手に苦笑いを浮かべている。強靭《きょうじん》な革製のベルトに魔力を帯びた鋼鉄の魔鉄と呼ばれる鉱石を加工した黒を帯びた色の鎖が伸びていた。

さすがにボクの力でもこれを壊すのは一苦労する。

「えっと、じゃあ服を脱いでから拘束してもらえたら」

しゅるしゅると服を脱ぐ。会話が途切れてしまったので、ボクの衣擦《きぬず》れの音だけが部屋に響いていた。

うぅ、何だか恥ずかしい。

下着姿になるとトーワ君の視線を強く感じた。こういう視線を感じるのは初めてだったけど、意外と分かるものだなと他人事《ひとごと》のように思ってしまう。

ベッドに横たわり彼を見上げた。

「じゃあその……お、お願いします」

「…………」

「トーワ君？」

「あっ、いや、なんでもないです」

慌てたように我に返ったトーワ君だったけど、その視線は変わらずボクの身体に向けられている。なんだろう？　も、もしかして見惚《みと》れてくれていた……というのは都合よく考えすぎだろうか。

トーワ君がボクの手に嵌《は》められた手枷《てかせ》を頭上に固定する。

足は足首と太ももの辺りで一纏《まと》めにされて閉じることができない。恥ずかしい部分を隠すことができない状況に強烈な羞恥《しゅうち》が湧《わ》き上がる。

「……よろしく」

これでボクはトーワ君に蹂躙《じゅうりん》されるしかなくなってしまった。

そんな状況が興奮を煽る。

お腹《なか》の奥が疼《うず》き蜜壺《みつつぼ》が疼いた。

覆いかぶさるようにトーワ君が耳元に顔を近づけてくる。

「綺麗《きれい》ですね……」

囁《ささや》くトーワ君の言葉に脳が犯される。

強烈な悦《よろこ》びが背筋を駆け巡った。

「と、トーワ君……駄目だよ。そんなこと言われたら……ボク……」

そっ、と指先が脇腹《わきばら》に触れてくると、体内で火の粉が散った。

トーワ君の前で、こんな屈辱的な格好をしているというシチュエーションが被虐的な興奮を煽る。

「っ……ぁ……」

頭のてっぺんから足の爪先《つまさき》に至るまでの全身を、しばらく快感が駆け巡っていた。

自分の身体なのにまるで制御できない。

性感帯に触れられたわけでも強く責められたわけでもない。なのにボクは泣きたくなるくらい感じてしまったのだった。

人一倍敏感な身体だという自覚はあった。普段の冒険では感覚の鋭いボクが索敵《さくてき》を行うほどだ。だけど、そんな頼りになる自身の感覚器が、今は自分を苦しめる凶器へと変貌していた。

好きな人に触られているという、自分にとって本来ならあり得ない出来事も関係しているんだと思う。自分がどうなってしまうのかという恐怖か期待からか身動《みじろ》ぎしてしまう。

鎖の音がボクという雌の身悶《みもだ》えに合わせて屈辱的な不協和音を奏でる。

腰が無様に揺れ動いてしまう。

先程の僅かに爪先がかすめるような刺激で膣《ちつ》の奥からこぽっ、と白い塊のような愛液が噴き出した。

「ま、待って、トーワ君、み、見ちゃダメ……」

トーワ君がお腹を撫でてくる。

丁度子宮の真上の辺り。キュゥゥ、と音さえ聞こえるんじゃないかと錯覚するほど、子宮が引き絞られた。

「あっ、あっ、あっ」

体内で刺激を求めた子宮が中で疼くのを感じる。

「と、とぉわくん、らめ、らめら……しょこ、なでなでされる、と……ふぁあ……」

へこへこと揺れ動く情けない腰。

淫《みだ》らな反応を返すボクの身体からトーワ君の手が離れてしまう。

「あっ……」

物欲しげな声を上げてしまっていた。

気付けばボクは、無意識の内に舌を突き出していたようだった。

「ごめんなさい。可愛くてつい」

可愛いと言われて顔が熱くなった。こんな風に感じている姿を見られて褒められるなんて……。

「とぉわ、くっ、もっろ、さ、触って、くだ、さひ……」

突き出しているせいで舌が上手く回らない。

拘束されたボクの身体をトーワ君の手があちこちを這《は》い回り愛撫《あいぶ》する。

耳、鼠径部《そけいぶ》、胸、脇腹、お腹、腋《わき》の下。

あらゆる部位に触れてくるけどまだ肝心なところには刺激がない。

「や、やぁあ……もっと……せ、切ない、切ないよぉ……もっと、もっとぉ……」

もはや呂律《ろれつ》すらまともに回らない。

しかし、拘束されているため彼の意志と指先一つで蹂躙されるしかない。抵抗することのできないボクの肢体を彼が焦《じ》らすように弄《もてあそ》ぶ。

「も、もっと……とーわくっん……焦らしちゃ、やっ……なんでもするかりゃ……ぁ、お願い……っ、ふあっ、あああ……い、イジわりゅしないでぇぇ……！　もっと、にゃでにゃで……くぅんっ、くぅ、せつにゃくて、くるひぃよぉぉ！」

ついには恥も外聞もなくボクは泣きながら懇願してしまった。

「……すみません。ちょっと我慢できそうにないです」

トーワ君がズボンを脱ぐとそこには長く太い剛直がへそに届くような勢いで上を向いていた。

ごくりと生唾《なまつば》を呑《の》んだ。

こ、これが……入るんだ。

ボクの中に……あんなものが……。

「挿《い》入れますね」

ボクの入り口にトーワ君のモノの先端が宛《あて》がわれる。

「……っ」

思わず息を呑む。

ボクが覚悟を決める前にそれは侵入してきた。

「ふあぁあああああああッ！！！？」

視界が一瞬真っ白に染まった。

今まで経験したことのない快楽だった。ボクは挿入れられただけで達してしまったのだ。

「くっ……大丈夫ですか？」

絶頂と同時に膣内が強く収縮したことでトーワ君の顔が歪《ゆが》む。だというのに、破瓜《はか》の血を流すボクの心配をしてくれる優しいトーワ君の心遣いに理性が消えていく。

ボクは意識が飛びそうなほどの悦楽の中でなんとか踏み留まっていた。

「う、動いて……」

掠《かす》れた声でボクは言った。

「はい」

トーワ君はゆっくりと動き始めた。

最初はボクを労《いた》わるように優しく、それからは徐々に激しくなっていく。

「ふぁ、ああ……あああああああ!!　あっ、あっっ、んああああああああああああああ!!」

「くっ、あ、もう、出そう……!」

限界を迎えたのかトーワ君の動きが激しくなる。

「だして、出して……中にいっぱい……っ」

一際強く打ち付けられる。

子宮口に先端が押し付けられ、そこで熱い液体が弾けた。

「〜〜〜〜!!」

声にならない悲鳴を上げて、ボクも再び果てる。

びくん、と身体が大きく跳ね上がった。

◇

リズさんの中が気持ち良すぎる。

名器というやつなんだろう。少し入れるだけで肉ヒダが僕のペニスを引き絞ろうときゅうきゅうと甘えてくる。しかもリズさん自身の反応も僕の興奮を煽った。

少し擦《さす》るだけで面白いほどに反応を返す彼女は少し苛《いじ》めるだけで可愛らしく喘《あえ》ぎ鳴く。そんな彼女を見下ろしながら、僕は彼女の中を味わうようにゆっくりと挿入していく。

「ああああ!!　はあ!?」

そして、根元まで入れてから一息つく。

「凄いです……リズさんの膣内気持ちいいですね」

そう言いつつ軽く腰を振ると、それだけで脳天にまで快感が走る。

「あっ！　だめっ！　今動かれたらボク……」

リズさんが制止の声を出すが、もう我慢できなかった。

リズさんの太ももを掴み乱暴なピストン運動を開始する。ぱんっぱんっと肌同士がぶつかる音が響き、その度にリズさんの大きな胸が激しく揺れた。

「あああああ!!　トーワくっ、あ、駄目！　こ、壊れ、ちゃう!?」

結合部から愛液が流れ出し、毛布に大きな染みを作る。

それを見て更に興奮した僕はもっと激しくリズさんを責め立てた。

リズさんは涙を流して喜んでくれている。その姿を見ると僕の中で嗜虐心がくすぐられた。

僕は一旦動きを止め、彼女に覆いかぶさるとそのままキスをする。舌を差し込み絡め合わせると、リズさんもそれに応《こた》えてくれた。

「ふあ……っ」

へこへこと腰を揺り動かすリズさん。

絶頂の予兆を感じ取った僕は彼女の舌を思いっきり吸い上げた。

「んぅぅぅぅうううっ!?」

彼女の奥から潮が噴水のように溢れ出てきた。それは薄っすらと濁っていて、本気で感じてくれているのが分かる。

呼吸を荒くしながら目を滲《にじ》ませ、僕の名前を呼ぶリズさんが愛《いと》おしくてもう一度キスをした。

彼女は何度でも僕に応えてくれる。

そんなリズさんを悦ばせるために僕は再び腰を振った。

◇

「大丈夫ですかね、痕になってたりしませんか」

「このくらいなら大丈夫だよ」

拘束具から解放されたリズさんは、僕の腕の中に収まっていた。じんわりと染みるような熱が心地良い。

シーツにはリズさんの血がついている。

これで僕も童貞卒業か……色々あったけど、達成感みたいなのがあった。賢者タイムとも言うのかもしれない。

ふわふわとしてて、多幸感に包まれている。

「……リズさんは聞かないんですか？」

「君のこと？」

「はい……」

「気にならないと言えば嘘《うそ》になるよ。でもなんとなく聞いてほしくなさそうな気がして」

そんなに顔に出てただろうか？　まぁ確かにあまり聞かれたくない話だなとは思っていたけれど。

それとも女の勘というやつなのか。どっちにしても敵《かな》わないな。

「いえ、すみません。ただもし僕の正体が得体の知れない人間だと思われたらって考えるとちょっと不安だったんですよね」

「……何言ってるのさ、トーワ君がどこの人間だろうと、君は君じゃないか」

でも、と彼女は続けた。

「気が向いたら教えてほしいな。君の事はなんでも知りたいんだ」

「……ありがとうございます」

「いつか一緒にぱんだ、見に行こうね」

「パンダ？」

いきなり何の話？　と思ったけど、そういえば出会った頃《ころ》にそんな話題を出したような気がする。

「そんな昔の会話よく覚えてましたね」

「君のことなら全部覚えてるよ」

「……そうですね。いつか色々見に行きましょうね」

「うん！」

嬉しそうに笑う彼女を見て僕は安堵《あんど》した。受け入れてもらえるか心配だったけど、考えすぎだった気がする。

これならもし話す時が来ても、彼女なら全部受け入れてくれる予感があった。

愛しい彼女を思いっきり抱き締める。しかし、反応は返ってこなかった。

「リズさん……？　寝ちゃいました？」

返事はない。代わりに安心しきった穏やかな寝息が返ってくる。

「いつか知ってくださいね、僕のこと」

時間はある。慌てることはないだろう。そしたらその時は、彼女のことも教えてほしいな。楽しかったことも辛《つら》かったことも、知っていきたいと思った。

こんな関係になるなんて想像もしてなかったけど、きっとこれからはもっと賑《にぎ》やかになるんだろう。皆との騒がしい日常を想像しながら僕の意識は眠りに落ちていった。

エピローグ

epilogue

「おう、準備できたか？」

「私は大丈夫ですよ。あとは野営の道具ですかね？」

荷物を馬車に乗せる銀翼《ぎんよく》の皆を、傍らで僕とリズさんが見ていた。

「……手伝わなくていいんですかね？」

「荷物は少ないからいいと思うよ」

そう言って腕を絡ませてくるリズさんは、これまでの鬱憤《うっぷん》を全《すべ》て晴らすかのように甘えてくる。

「いや……手伝いはいいんですけど、目の前でイチャイチャはしないでほしいんですけど……」

「えー？」

咎《とが》めるシルヴィさんに見せつけるように、リズさんは身体《からだ》まで押し付けてきた。豊かな胸の感触は昨晩のことを思い起こさせる。

目が合うとリズさんは照れたように頬《ほお》を染めてはにかんだ。

「ふふん、少しはボクの気持ちを分かるといいよ」

「ぐぬ……」

悔しそうに歯噛《が》みするシルヴィさんは、じとっとした目で僕たちを見てくる。

「しかし、リズ。折角最初を譲ったわけだから、しばらくは遠慮するべき。次は私」

反対側の手を取ってきたのはミーナだった。馬車の方ではアイリさんが「おーい……暇なら手伝ってくれよ」と呆《あき》れ気味に言っている。

「はぁ、リズ？　友達とは仲良くしないと駄目よ？」

僕と銀翼の皆を見送ってくれるらしいのはリリーラさんや、長老会の騒動で僕のことを知った人たちだった。その中にはシグルドさんやアグニラさんの姿もある。

「もう少しゆっくりしてくれてもよかったんですけどね」と、リリーラさんが嬉《うれ》しいことを言ってくれる。

「リズ、たまには帰ってきてね」

「うん、当たり前じゃないか」

抱き合うリズさんとリリーラさんを見守ってから、そういえばと聞いてみた。

「リリーラさんは里に残るんですか？」

「はい、これでも巫女《みこ》ですので」

そして、リリーラさんはふと思い出したように「あっ」と、リズさんに耳打ちすると、突然、リズさんの身体がびくりと震えた。その反応を見てから、僕は「何ですか？」と聞いてみた。

「ま、孫って……」

あ、なるほど。大体察せた。

リズさんがぽろっと言った言葉にリリーラさんが慌てている。

僕も僕で照れてしまい、場が妙な空気に包まれた。どうしよう……というところで丁度荷物を積み終えたらしいアイリさんが「終わったぞ」と伝えにきてくれる。

「あはは……それじゃあ乗ろうか。隣はボクだね」

「……リズ、調子に乗りすぎ」

「ミーナだって、散々行きの時にボクに見せつけてきたじゃないか」

ミーナは僕の腕に抱きついて「むぅ」と面白くなさそうに頬を膨らませた。

火花を散らすように視線を交わらせる二人に挟まれていると、アグニラさんが「少しいいですかな？」と僕に声をかけてきた。

「使徒様はリズのことを愛していると言っていましたね」

「……そうですね」

アグニラさんの蒸し返すような言葉に警戒気味な声が出る。

「リズのことは子供の頃《ころ》から知っています。私にとって我が子のようなものです」

そう言ってアグニラさんは深く頭を下げた。

「幸せにしてあげてください」

顔に刻まれたシワが優しそうに深められる。

意外だった、というのは失礼だろうか。だけどアグニラさんが彼女を憎からず思っているのなら、彼女の周りの世界は考えていたより優しいものだったのかもしれない。

嬉しくなりアグニラさんに「任されました」と頷《うなず》いた。

「トーワ君、そろそろ出るらしいよ」

これまで傷ついてきた分、彼女にはそれ以上に幸せになる権利があると思う。

リズさんの手を取ると、彼女は「ふぇ!?」と驚いたように顔を赤くする。

「行きましょうか」

「う、うん」

僕も彼女の幸せな未来にいることができるのなら、僕にとってもこれ以上ない幸福なのだろう。

リズさんの嬉しそうな顔を見て、僕も彼女に笑いかけた。

書き下ろし番外編

ピロートーク

Newly written extra edition

目が覚めてすぐに、自分が裸でいることに違和感を覚えた。

しかし、目の前にトーワ君がいることを思い出し、すぐに恥ずかしくて離れたけど、彼の傍《そば》にいないことが寂しくてもう一度隣で横になる。

大好きな人の温《ぬく》もりを感じる目覚めは、胸の奥がぽかぽかするような多幸感をボクに実感させた。しかし、彼の寝顔が目の前にあることで昨夜のことを思い出してしまう。

次第にむずむずとしたいまだに慣れることのない緊張が込み上げてきて、堪《こら》え切れずに彼の胸板に顔を埋める。

そっかぁ、とうとうトーワ君と一線を越えたんだね。

「ふふっ」

彼の一番になっちゃったな……こんな幸せなことがこの世にあっていいんだろうか。これまでの苦しみが全部報われた気がする。

だけど、幸せな感覚を邪魔するような気配を感じた。

すぐに警戒して外の気配を探ったけど、近くにいるのは〝銀翼《ぎんよく》〟の皆のようだった。何してるんだろう……いやまあ何となく想像できる気はする。

もう少しだけ一緒に横になっていたいという誘惑を撥《は》ね除《の》けて服を着た。

そして、トーワ君の寝顔を見る。

「…………」

無防備なこの顔にキスの一つでもしてあげたい。

もう一度彼の傍で膝《ひざ》をついて顔を寄せると、外から感じる威圧感が増したので、渋々テントの外へと出るとアイリ、ミーナ、シルヴィの三人が待ち構えるように揃《そろ》っていた。

「おはよう皆、それとありがとう。皆のお陰で」とボクが口にすると、それを待たずしてアイリから「……それで？」とムスッとした端的な疑問が発せられた。

「なにが？」

テントの方を確認したアイリは、トーワ君が起きていないことを確認してから小声で耳打ちをしてくる。

「トーワとやったんだよな？　どうだった？」

「あ、あぁ……あはは、そうだね。照れ臭いんだけど……幸せだよ、本当に」

頬《ほお》を掻《か》きながら昨晩のことを伝えると、皆は苦々しく顔を引き攣《つ》らせていた。

あ……しまった、さすがに配慮がなかったか。内心で焦ると、途端にシルヴィが膝から崩れ落ちる。

「うぇぇ……越されました……先を越されましたぁぁ……おめでたいですけどぉぉ……」と、葛藤が聞こえてくる。

半分くらいは本気でショックを受けているらしい。

その内シルヴィの順番も回ってくると思うけど、ボクはボクで良くない優越感を感じていた。

以前処女を散らしたと娼館《しょうかん》前で騒いでいた冒険者たちがいたけど、今ならその気持ちが分かる。

いや、ごめんシルヴィ。だけどやっぱり一番になれたのは本当に嬉《うれ》しいよ。

「あーくそ！　とりあえずめでたいけどよ。色々聞かせろよ！」

「えぇ……水浴びしたいんだけど」

「そんなの後でいいだろ。ほら、いくぞ」

◇

そんなこんなで皆をテントから離れた里の使われていない廃屋まで案内した。

誰《だれ》もいない場所をと言われたから連れてきたんだけど……でも一体何を聞きたいんだろうか。

ごほんっ、とシルヴィが咳《せき》払いをして場を改めた。

「リズさん、これはとても真面目《まじめ》な話です。いいですね？」

「う、うん、そんなに大切なことなの？」

「それはそうです。リズさん、顔がちょっとした兵器レベルの私たちにとって身体《からだ》を重ねる行為がどれほど重要なことかは分かるでしょう？」

「まあ……」

シルヴィの言葉はもっともだった。逆の立場ならボクも色々聞きたがったかもしれない。それはきっと好奇心なんて下世話な理由ではなく、失敗することが怖いからこそ事前に聞いておきたいということなんだろう。

それならボクも大切な友達の皆に応《こた》えないといけない。

「うん、分かった。何でも聞いてよ」

「トーワさんのちんちんについてなんですけど、形状と色と長さや太さについてお聞きできればなと」

「……それ、聞く必要ある？」

「ありますよ！　入るか不安じゃないですか！　逆に小さくてもしばらくは妄想が捗《はかど》りますし！」

確かに心配は分かる。

ちなみにトーワ君のは長いし太かった。他《ほか》の人のがどんなものか分からないけど、形状も顔に似合わず凶悪というか……。

とにかく凄いものだった。

「まず形だけど……凄かった」

「す、凄いとは……？」

三人がごくりと生唾《なまつば》を呑《の》み込んだ。

「入ってくるじゃない？　気持ち良すぎて頭が真っ白になったというか……気付いたら呼吸ができなかった」

挿入されたのがトーワ君のだからというのもあったんだと思う。全身が幸せに塗り潰《つぶ》されて、自分が自分でなくなったみたいだった。

「そこからお腹《なか》の中をごりごりされたんだ……思ったより圧迫感があったし、最初は痛みもあったけどね」

「どのくらい痛かったんですか？」

「少しだけかな。すぐに気持ち良さで上書きされたよ……なんかもう訳が分からなくて怖いくらいだったんだけど、トーワ君が手を握ってくれたんだ」

彼の温もりで大事にされてるんだと、これでもかってくらい理解できた。

もう一度、いや……あれは何度でもやりたいくらいの中毒性がある。ボクはすでにトーワ君に溺れ始めているんだろうな。

「皆も経験したらきっと分かるよ。あれは凄いよ」

ボクの言葉にアイリが顔を赤くする。相変わらず照れ屋だなぁ……。

「ピロートークはどうだった？」

「ぴろー……？　なにそれ？」

初めて聞く言葉だけど、なんだろう？

「アタシも詳しくはないんだが、これが充実してたら相手は満足してるって言われてるな」

「えっ⁉　な、なにそれ！　そんなのあるの⁉」

「おう、そういう本とかだとよく書かれてたりするな。その辺はどうだったんだ？」

初耳だ。その後のことを思い返してちょっとした絶望を感じた。

そ、そんな……じゃあボクは……。

「途中で寝ちゃったんだ……ど、どうしよう、少しは話したんだけど……」

そんな大事な工程があったなんて知らなかった。

項垂《うなだ》れているとシルヴィが満面の笑みを浮かべ、にんまりとしたままボクの肩を叩《たた》いた。

「失敗することもありますって、私はリズさんの失敗を踏み越えていきます」

慰めてると見せかけて、内心ではボクの失敗を喜んでる。そんなシルヴィに苛立《いらだ》つも、すぐにそれどころじゃない現実を思い出した。

「ちょっと待って……もう一度だけボクにやらせてもらえないかな。次は完璧にしてみせるから」

　ピロートークとやらも完遂してみせる。トーワ君に満足感を味わってもらうんだ。

「何言ってるんですか……駄目ですよ」

「た、頼むよ。皆だって初めては完璧にこなしたいっていうのは分かるだろう？」

「それとこれとは別ですよ！」

　頼み込むけどシルヴィは納得してくれてないみたいだった。

　自分勝手だというのは分かるけど、そんな話を聞いてしまったら不安になってくる。

　果たして、トーワ君はボクの身体で満足してくれたんだろうか……？

「待って、本当に怖くなってきたんだけど！」

　そもそも寝起きでトーワ君を一人にしたままもよくなかったんじゃないだろうか。

　目を覚ましたら傍にいるはずのボクがそこにいない。逆の立場なら身が凍るような孤独を感じてしまうはずだ。

「もう一度トーワ君に頼んでくる」

「は？　おい、リズ。本気か？」

　アイリが不機嫌そうな声を出した。

「ズルいですよ！　次は私じゃないですか！」

「二番手はアタシも譲りたくないんだが……」

　シルヴィも不満げな表情をしている。

「ごめん、でもお願いだよ。ちゃんとしたかったんだ」

「龍化しながら言っても同情できませんよ！　完全に押し通す気じゃないですか!?」

ボクは必死に皆を説得しようとするけど、なかなか上手《うま》くいかない。このままじゃいけないと、ボクはテントまで戻ろうとする。

「あっ、ちょっと！　リズさん！」

「くっそ！　おい、止めるぞ！　そう何度もやられちゃ本当にトーワの一番がリズになっちまう！」

アイリとシルヴィが慌てて止めに入ってくる。なぜかミーナがさっきから微動だにしていなかったけど、それなら好都合だとボクは二人を振り払った。

力の差は歴然だ。二人にボクを止めることはできない。

そして、ボクはトーワ君のいるテントへ向かおうとする。

「……ふぅ」

その時、背後からため息が聞こえてきた。

振り返ると、そこには無言のまま佇《たたず》むミーナの姿があった。

「リズ……」

「なに？　ミーナもボクを止めようとしてるの？　言っちゃなんだけどスピードファイターのミーナにボクを止める力なんてないと思うけどな」

しかし、彼女は眉根《まゆね》を寄せて鼻をくしくしと擦《こす》ると一言呟《つぶや》く。

「……臭い」

「えっ」と、ボクは一瞬何を言われたのか理解できなかった。

「さっきから言おうと思ってた……凄い発情臭。汗の臭いとリズの体液の香りが混ざってちょっ

と形容しがたいことになってる」

「………」

慌てて自分の腕を鼻に寄せるけど言われてみると確かに少し臭った。

「たぶん、獣人の私じゃなくても分かるほどだと思う」

昨晩の行為で色々飛び散ってるし寝汗だってかいてる……女として急に恥ずかしくなってくる。

「とりあえず水浴びをしてくるといい」

ミーナの淡々とした物言いがボクの羞恥《しゅうち》心を余計に煽《あお》った。

◇

街に戻る前の皆との昼食時。

「美味《おい》しいですね。酒蒸しってあんまり食べたことないんですけど」

竜酒《りゅうしゅ》は無理だったけど、これなら食べられるかも。

しかし、一つ気になることがあった。

関係を結んだばかりのリズさんの態度だ。

「ところでリズさんはなんでそんなに距離をとってるんですか？」

「な、ななな、なんでもない！　なんでもないから！」

不思議な反応だったけど、リズさんはその後も僕が近付くと慌てて距離を取るのだった。その様子に僕は首を傾《かし》げるばかりである。

な、何だろう……昨日のあれこれで意識してるのかな。

僕も照れ臭いけど、さすがにここまで距離を置かれると不安になる。

リズさんは食事が終わるとそそくさと立ち上がり、逃げるようにその場を離れていった。

そんな彼女の後姿を見ながら、アイリさんが呆《あき》れたように言う。

「気にしすぎだろ」

彼女は事情が分かっているらしい。

「リズさん、どうしたんですか？」

皆に聞いてみた。

「とりあえずミーナさんのファインプレーだったとだけ……」

「ふむ？」

よく分からないけどミーナが何かやった結果らしい。

撫《な》でてほしいと傍に寄ってくるミーナの頭を撫でてあげる。少し久しぶりな気がする彼女との触れ合いに、ミーナは「みぃ」と甘えた声を漏らすのだった。

あとがき

Afterword

二巻も手に取って頂きありがとうございます、猫ヒゲです。

今回は一ページと言われているのであまり話せないのですが、とりあえず裏話を。

パーティーメンバーの四人目としての構想は最初からありまして、パーティー名もリズさんに肖っていたりします。

卑屈で嫉妬するヒロインは絶対可愛いという妄想の元に生まれたのが彼女だったりします。

作者として絶対卑屈なことを言わせたいと思ってました。

まだまだ色々語りたいのですが今回は文字数が結構限られているのでこの辺で。

それでは謝辞を。

まずは素敵なイラストを描いてくださった水野早桜さん、ありがとうございます。

それとこの作品に関わってくれた方々にも感謝を。

何よりこれを読んでくれた読者の方々もありがとうございます。

また機会がありましたらお会いしましょう。

では。

美《び》醜《しゅう》逆《ぎゃく》転《てん》世《せ》界《かい》で治《ち》療《りょう》師《し》やってます2

I'm a healer in the reversed world of beauty and ugliness

初出……「美醜逆転世界で治療師やってます」
小説掲載サイト「ノクターンノベルズ」で掲載

2023年1月5日　初版発行

【著　者】猫《ねこ》ヒゲ

【イラスト】水《みず》野《の》早《さ》桜《お》

【発行者】野内雅宏

【発行所】株式会社一迅社
〒160-0022東京都新宿区新宿3-1-13　京王新宿追分ビル5F
電話　03-5312-7432(編集)
電話　03-5312-6150(販売)
発売元:株式会社講談社(講談社・一迅社)

【印刷所・製本】大日本印刷株式会社

【ＤＴＰ】株式会社三協美術

【装　幀】寺田鷹樹

ISBN 978-4-7580-9519-8

Printed in JAPAN

おたよりの宛先
〒160-0022
東京都新宿区新宿3-1-13　京王新宿追分ビル5F
株式会社一迅社　ノベル編集部
猫ヒゲ先生・水野早桜先生